目次

目 次

装幀　和田誠
挿絵　ヨゼフ・チャペック

長い長い郵便屋さんのお話

だれもがさまざまな仕事についています。そのどれにもお話がありますよね。王様のお話、王子様のお話、泥棒《どろぼう》のお話、羊飼いのお話、騎士のお話、魔法使いのお話、巨人のお話、きこりのお話、カッパのお話。それなのに郵便屋さんのお話がひとつもないのは、いったなぜなんでしょうかね？　教えてもらいたいものです。

なぜって、郵便局ってなにかなぞめいた、なにかまるで魔法にかけられたようなところに見えませんかね。郵便局には「禁煙」とか「犬を入れてはいけません」といったさまざまな注意書きがいたるところに貼ってあります。いいですか、あなたのオフィスにも、魔法使いや竜が住むお城にもあんなにいっぱい、「……禁止」とか「……してはいけません」と書いた張り紙なんか張ってありませんよね。もうこれだけでも郵便局がなにか神秘的なすごいところだということがわかります。夜、郵便局が閉まってから、あそこでいったいどんなことが起きているか、だれかこっそり見たことのある人はいるんでしょうか？　私たちもちょっとこっそりのぞいて見たいものですね！

ところが実際のぞいてみた人が一人いるのです。それが、みなさんもひょっとしてご存知のコルババさんなんですよ。コルババさんは郵便屋さんで手紙を配達するのが仕事です。コルババさんは本当に自分の目で見たのです。そして見たことを同僚の郵便屋さんに話し、その郵便屋さんがだれかに話し、そして……といった具合で、とうとう私の耳にも入ってしまったというわけです。私も聞いた話をだれにも話さずに胸のうちにしまっておけないたちなのです。ですからみなさんにもお話しようと思います。いいですか？

実は、コルババさんは自分の郵便屋さんの仕事にうんざりして、嫌気《いやけ》がさしていたのです。郵便屋さんて、来る日も来る日も、二万九千七百三十五歩も歩き回り、走り回り、飛び回り、駆けずり回らなければならないのです。階段も八千二百四十九段も上がったり降りたりするんですからね。それに配達する手紙も印刷物や請求書といったつまらないものばかりで、受け取ってもだれも少しも喜んでくれないのです。それに、郵便局なんて、クソ面白くもない、つまらないところで、こんなところからはおとぎ話のひとつも生まれてきようがありません。こんなわけで、コルババさんは郵便屋さんという自分の仕事にあれやこれやと不平たらたらでした。

ある日、すっかり落ち込んでしまったコルババさんは郵便局のストーブのそばの椅子に座ったまま眠ってしまい、夕方の六時になっても目を覚ましませんでした。時計が六時を打って、ほかの郵便局の職員はみな帰ってしまい、入り口のドアの鍵もかけられて、コルババさんは一人残されてしまったのですが、それでもまだ眠り続けていたのです。

もう真夜中近くだったでしょうか、コルババさんはネズミでも床の上を歩き回っているような、ごそごそいう音で目を覚ましました。「おやっ、ネズミのやつだな」コルババさんはつぶやきました。「これはネズミ捕りを仕かけなくてはいけないな」でも、いくらネズミを探してあたりを見回してもネズミはいませんでした。そのかわりにいたのは、おどろいたことに郵便局の小人だったのです。せいぜいヒヨコかリスか森にすむ野ウサギぐらいの大きさの長い口ひげを生やした小人たちでした。

「いったいこれは」郵便屋さんの制帽をちゃんとかぶり、しかもマントまで着込んでいる小人たちを見てコルババさんはおもわずつぶやきました。でもそれからは、小人たちがおどろいて逃げてしまわないように、一切口も動かさず、じっと息も殺して小人たちのようすを見ていたのです。小人の一人は手紙の束をチェックしなおしている最中でした。おやおや、その手紙の束はコルババさんが明日の午前中に配達する予定のものだったのです。もう一人の小人は郵便物の仕分けをしていました。さらにもう一人、小荷物を秤《はかり》にかけ目方を量ってからラベルを貼っている小人もいました。ほかにもよく見てみると、小包がきちんと包装されていないとぶつぶつ小言を言ってい

る小人がいるかと思えば、窓口に座ってすっかり郵便局員になりきってお金の計算をしなおしている小人もいるのです。「やっぱりまたやってる」こちらにやっと聞こえるような小声でぶつぶつ言っています。「あいつはまた一ハリーシュ計算をまちがえてるぞ。なおしておかなくっちゃ」

あちらでは電信機の前に座って電文を打っています。カチッ、カチカチ、カカ、カチッ、カチカチカチと音が聞こえてきます。コルババさんはこの信号の意味がわかりました。でも、みなさんにもわかるように信号を電文に直すとこんな内容だったのです。「中央郵便局宛　こちらは小人一三一番　当郵便局はすべて異常なく順調　マル。局員マトラフォウセクは咳が出て体調不良と連絡あり、本日は欠勤　マル。以上　マル」

こちらでは「カニバル王国のバムボリムボナンダ町宛の手紙が一通あるんだが、いったいどこなんだか？」という声が聞こえました。

そうすると別の小人が「それはベネショフ経由だな。いいかい、宛名に『カニバル王国　ドルニー・トレビゾン駅　コチチー・フラーデク郵便局留め　航空便』と書き足しておけばだいじょうぶだ。さあ、これで仕事は終わりかな？　じゃあ、トランプ遊びでも少ししようかね」

「やりましょう。やりましょう」と、一人の小人が答えました。もうその小人は三十二通の手紙を用意していたのです。「さあ、札《ふだ》もそろったし始めるよ」

一人の小人が札を受け取ってきり始めました。

「もうきってあるよ」

「じゃあ配れよ」

「まいったな、ひどい札ばかりだ！　まったくついてない」ぶつぶつとつぶやく声が聞こえました。

「ぼくから行くよ」一人の小人が机の上に一通の手紙をぽんっと投げました。

「ぼくの札のほうが強いぜ」その小人は最初の手紙の上に自分の手紙を乗せたのです。

「おっと、おれの札のほうがもっと強いぞ」そう言うと別の小人が自分の札を投げたのです。

「いや、ぼくの札は君のよりもっと強いんだ。まいったかい？」

「残念ですね。ぼくの勝ちだ。ほらエースだよ」そういう声が聞こえました。ちょうど自分の札をこれまでの札の山の上に乗せると

ころでした。

コルババさんは、もうとてもがまんができませんでした。おもわず、小人たちに話しかけてしまったのです。「小人さん、こんばんは。トランプ遊びのじゃまをしてごめんなさい。でも、なにか変なカルタですね」

「おや、これはコルババさん。せっかく寝ていたのを起こしてしまいましたか」小人の一人が言いました。「でも、目が覚めたのなら、せっかくですからこちらに来て一緒にトランプで遊びませんか？　いつものトランプ遊びをしてるだけなんですけどね」

コルババさんは、それ以上なにも聞かずに小人たちのトランプ遊びの仲間入りをしました。

「はい、これがあなたの札ですよ」コルババさんは何通かの手紙を渡されました。「じゃあ、もう一度最初から始めましょう」

コルババさんは渡された手紙を見ました。「ごめんなさい。でも、これはトランプの札じゃないよ。これはこれから配達するはずの手紙じゃないか」

「いいえ、これはトランプの札《ふだ》ですよ。まちがいありません」

「うーん」コルババさんはおどろいてききました。「でも、いいですか、おこらないでくださいね。トランプの札は一番弱い七の札から八、九、十、さらにジャック、クイーン、キングと強くなってエースが一番強い札ですよね。でもこの手紙の束では強いも弱いもさっぱりわからないじゃないですか」

「いいえ、コルババさん。それがわかるんですよ」小人が答えました。「いいですか、手紙は一通、一通、その書かれた中身で強いか弱いかがきまるのです」

「一番弱い手紙は」別の小人が付け加えました。「つまり七の札に当たる手紙は、うそだらけでいい加減なことしか書いていない手紙ですね」

「その次に弱い手紙、つまり八の札に当たる手紙は」さらにもう一人の小人が話を続けます。「書かざるをえなくて書いた、いわばお義理の手紙です」

こうしてつぎつぎに小人たちが一人ひとり説明してくれました。

「次に弱いのは九の札に当たる手紙ですね。その手紙はうわべのていねいさだけをよそおっています」

「次は十の札《ふだ》に当たる手紙です。その手紙は興味本位の、最近流行《はやり》のことしか書いてありません」

「その次はジャックの札ですね。受け取る人を喜ばせるために書いた手紙です」

「そしてクイーンの札です。これは親しい友人同士の手紙です」

「それより強いのはキングの札です。それは愛のために書かれた手紙なのです」一人の小人が付け加えるように言いました。

「最後に最強の札、エースです。この札に当たる手紙は心をこめて書かれた手紙ですね。この札に当たる手紙はどの札にも負けない切り札なんです。コルババさんにはお分かりいただけると思いますよ。言ってみれば、おっかさんが子供にあてた手紙とか、自分よりも大切に思っている人にあてた手紙、そういった手紙なんです」

「なるほど」コルババさんはうなずきました。「でも、いったいどうやって手紙の中身がわかるんですかね？　知りたいもんです。まさか、開封して読んでいるなんて言わないでくださいよ。おわかりですよね。信書の秘密は守られなければなりません。そんなことをするやつらはくず同然です。警察に突き出してやります。ああ、なんてことだ。人様《さま》の手紙を無断で開けるなんて、これはとんでもない犯罪ですからね！」

「コルババさん。もちろんそんなことはわかっていますよ。でも、私たち小人は、開封しなくても手紙の中身を読めるんです。手紙を触ってみると、そっけないことしか書いてない手紙はなにかひんやり、冷たいのです。でも手紙に気持ちがこめられていればいるほど、あったかい感じが手に伝わってくるんですよ」

「それに、手紙を額《ひたい》に当ててみるだけで、」もう一人の小人が付け加えました。「私たちは書かれた中身が一字一句までわかるのです」

「なるほどね、でも」コルババさんが口をはさみました。「こうやって、トランプ遊びまでみなさんといっしょにやらしてもらっているんですから、ひとつ、いろいろ聞いてもいいですよね。でも、おこらないでくださいよ」

「いえ、ほかでもないコルババさんですからね。なんなりと聞いてください」

「あの、つまり、みなさんは食事はどうしているのです？」

小人が口々に答えます。

「それは小人によりけりですね。さまざまな役所に住んでいる小人は、まるでアブラムシのように、人がこぼしたパンくずとかロールパンの小さなかけらを食べています。——でも、コルババさん、人の口からこぼれて、下に落ちてくるものなんてしれてるんですよ」

「でも、私たち、郵便局に住んでいる小人は、けっこう食べものには恵まれているんです。電信テープをヌードル代わりにしてスパゲッティを作れますし、オリーブ油は郵便局用の糊《のり》で十分です。ただ、糊はデキストリン糊にかぎりますね」

「切手の糊をなめることだってできます。なかなかの味ですが、食べた後でひげが糊付けされたようにこわばってしまうのには閉口します」

「でもふだん一番口にするのはなんといってもやはり、パンくずですね。だって、コルババさん。郵便局もそうですが、どこの役所も掃除なんてめったにしませんから、けっこうパンくずが落ちたままになっているんです」

「ごめんなさい。もうひとつだけ質問していいですか？」コルババさんが思い切って聞いたのです。「みなさんはいったいどこで寝るんですか？」

「コルババさん、その質問にはお答えできません」小人の一人が答えました。私たち小人がどこに住んでいるかわかってしまえば、たちまち追い出されてしまいます。ですから、私たちの寝場所だけはお教えできません」

コルババさんは口には出しませんでしたが、ひそかに考えたのです。「そうかい、教えたくないなら教えてくれなくてもいいさ。でも、どこで寝るか、しっかり見届けてやるからな」コルババさんはそうつぶやくとストーブのそばの椅子にもう一度座りなおして、じっと小人たちを見張ることにしました。ところが椅子に座ったとたんにまぶたが糊付けでもされたように、どうしても開けておれず、コルババさんは五つまで数えるまもなく、朝までぐっすり眠ってしまったのです。

＊＊＊

この夜に見たことをコルババさんはだれにも話しませんでした。だって、郵便局に用もないのにかってにお泊まりしたなんて、けっしてだれにももらすわけにはいきませんからね。でもコルババさんはあの夜からは、郵便を配る自分の仕事のことをぶつくさとこぼさなくなったのです。手紙を手に持つとつぶやきました。「この手紙はほんのり温かいな。でもこちらの手紙はもっとずっと温かいぞ。きっとこれはお母さんが子供に出した手紙にちがいないな」

ある日、コルババさんは郵便局でこれから配る手紙の仕分けをしていました。すると、突然、声を上げたのです。「おや、この手紙には宛名も書いてなければ切手も貼ってないぞ」

それを聞いた郵便局長さんが言いました。「また、どこかのあわて者が宛名も書かずにポストに放り込んだんだな」

　ちょうどそのとき、一人の男の人が書留の手紙を母親に出すために郵便局に来ていました。その人は郵便局長さんの話を小耳に挟んで言いました。「手紙に宛名も書かずに出すなんて、よほどのばかか、まぬけか、ぬけさくか、世間知らずの役立たずか、頭がおかしいにちがいないね」

「いえ、そうとも言えませんよ」郵便局長が答えました。「宛名のない手紙は一年もすると山のようにたまってしまう始末ですからね。信じられないくらいうっかり者が多いんです。手紙を書くと宛名を書いたかどうかもチェックしないで、郵便ポストに飛んでいく。そういう人は、お客さんが思っているよりもずっといっぱいいるんですよ」

　その人はおどろいて言いました。「すると、郵便局ではその山ほどたまった宛名のない手紙はどうするんですか？」

「局で保管するしかありません」郵便局長さんは答えました。「配達しようがありませんからね」

コルババさんはといえば、例の宛名のない手紙を手の中で何度もひっくり返しながらつぶやきました。「局長さん、この手紙はとても温かく感じますね。きっと偽りのない心のこもった中身なんだと思います。これは何とか相手に届けてあげなくてはいけません」

「きみ、宛名が書いてないのに、いったい、どうやって届けるって言うんだ」郵便局長さんは、まるでコルババさんをとがめるように言いました。

「その手紙を開けてみればいいじゃないですか」手紙を出しに来ていたさっきの男の人が口を

はさみました。「開ければ、なにが書いてあるかわかりますし、受取人や差出人の名前もわかると思いますがね」

「そんなことはできません」局長さんはきっぱりと言いました。「手紙を開封したりすれば、信書の秘密を破ることになってしまいます。やってはいけないことなのです」そして、局長はこの話はこれで終わりだとでもいうように口をつぐみました。

ところが、男の人が帰るとコルババさんは局長のほうを向いて言いました。「あのう、すみません、局長。でもあの手紙を郵便局の小人に見せれば、きっとなにかいい知恵を貸してくれると思うんですが」そして、コルババさんは思い切ってあの夜、郵便局で仕事をしている小人たちに会った話を局長にしたのです。「おどろきましたよ。小人たちは手紙を開けずになにが書いてあるか読めるんです」

局長さんはしばらく考え込んでいましたが、コルババさんに言ったのです。「よし、わかった。きみ、その小人たちに会って頼んでくれ。もし、封を開けずにその手紙になにが書いてあるかその小人たちが教えてくれれば、だれがだれにその手紙を出したかわかるってわけだ」

こういうわけで、コルババさんはその夜、郵便局がしまった後も残って、じっと待っていました。すっかり夜もふけた夜中の十二時ごろでしょうか、まるでネズミがごそごそ床を走り回っているような音がコルババさんの耳に聞こえました。あの夜そのままでした。小人たちがせっせと手紙を仕分け、小包を秤《はかり》にかけ、お金を数え、電信機をカチカチとたたいて電文を送っていたのです。そして仕事が終わると床に座って手紙を札にしてトランプ遊びを始めました。

そこへコロババさんが声をかけました。

「小人のみなさん、こんばんは」

「おや、コルババさんじゃないですか」一番年上らしい小人が言いました。「こちらに来て一緒にトランプ遊びをしましょうよ」

コルババさんはもちろん喜んでトランプ遊びに加わりました。

「さあ、ぼくからはじめるよ」一人の小人がそう言うと床に一枚の手紙を置きました。

「ぼくの札のほうが強いな」別の小人が言いました。

「ぼくはダブルをかけるぞ」もう一人の

小人が言いました。

次はコルババさんの番です。コルババさんは宛名のないあの手紙を三枚の手紙の上に置きました。

「うーん、これはコルババさんの勝ちですね」最初に手紙の札を置いた小人が言いました。「ハートのエースですからね。この札にかなう札はありません」

「あの、すみません。でもこの札が本当に一番強いんですか？」

「私を疑うんですか？」ちょっとむっとして小人が言いました。「この手紙はある青年が一人の少女に出した手紙ですよ。その青年は少女のことをとても愛し、自分よりも大切だと思っているんです」

「どうも私にはそんなふうには思えませんがね」コルババさんはわざとそんな言い方をしました。

「でもそうなんです」小人は答えました。「もし信じてもらえないのなら、手紙の中身を読んでみましょうかね」小人は手紙を手に取ると自分の額《ひたい》に当てて、目を閉じました。そして声を出して読み始めました。小人は読み始めたとたんに、『「書く」の下の日が口になっていますね』なんてことまで言ったのです。

ぼくの大好きなマジェンカ
きみに早く伝えたいから、ぼくはこの手紙を書いているんだ。
自動車《じどうしゃ》の運転手で仕事が見《み》つかった。きみさえよければ、ぼくたち結婚《けっこん》できるんだ。いまもぼくが好きなら、すぐに返字《じ》をくれないか。きっとね。
心からきみの　　フランティーク

「小人君、ありがとう」コルババさんは小人に礼を言いました。「手紙になにが書いてあるか、どうしても知る必要があったのです。いや、ほんとうに、どうもありがとう」

「いや、たいしたことでは、」小人が答えました。「でも、字がいくつもまちがっています。このフランティークは学校での勉強が足りなかったようですね」

「はあ。でも私が知りたいのはマジェンカやフランティークが、いったいどこのだれかということなんですけど」コルババさんはつぶやくように言いました。

「コルババさん、せっかくですが」小さな紳士が言いました。「手紙に書かれている以上のことは、私どもにもわかりませんからね」

朝になってコルババさんは郵便局長にきのうの夜のことをすっかり話しました。つまり、あの宛名のない手紙はどこかで運転手をしているフランティークがどこかのマジェンカという娘に書いたもので、フランティークはマジェンカに結婚をプロポーズしているのだと局長に伝えたのです。

「それはたいへんだ」郵便局長さんは大声で言いました。「あの手紙はとてつもなく大切な手紙だったんだ。なんとしてもその娘さんに届けなくてはいけないぞ、これは！」

「マジェンカの苗字とどこの町の何丁目何番地何号に住んでいるかがわかれば、」コルババさんは言いました。「たちどころにあの手紙を届けてあげられるんですがね」

「それがわかればだれだって手紙を届けられるさ」局長さんが言いました。「これはもう、郵便配達の業務を超えているんだが、でもね、きみ。なんとしてもあの手紙をその娘《こ》に届けてあげたいね」

「いや、私もそう思います」コルババさん

も大きな声で言いました。「なんとしてもその娘さんの住んでいるところを探し出しますよ。たとえ何年かかろうが、世界中を歩き回ることになってもがんばります」

　こう言うと、コルババさんはその手紙と何切れかのパンを入れた郵便かばんをひょいと肩にかけて、あてもないのにマジェンカさんを探す旅にでたのです。

　こうしてコルババさんは足を棒にして歩き回り、行く先々でこのあたりにマジェンカという名前の娘《こ》が住んでいないかたずねました。その娘《こ》は運転手をしているフランティークという男の子からの手紙を心待ちにしているはずです。コルババさんはあちこち訪ね歩きました。それこそリトムニェジツェからロウニツェ、ラコヴニーク、プルゼニ、ドマジェリツェ、ピーセク、ブジェヨヴィツェ、プジェロウチュ、ターボル、チャースラフ、フラデツ、イチーン、ボレスラフをくまなくたずね歩き、クトナー・ホラ、リトミシュル、トゥシェボニ、ヴォドニャニ、スシツェ、プジーブラム、クラドノ、ムラダー・ボレスラフ、ヴォティツェ、トゥルトゥノフ、ソボトカ、トゥルノフ、スラニー、ペルフジモフまで足を伸ばし、さらにドブルシュカ、ウーピツェ、フロノフからセドム・ハルプ、クラコルカ、ザーレシーにまで行ったのです。

　つまり、マジェンカを探してあちこち、それこそありとあらゆるところを訪ね歩いたのです。たしかにチェコ中でマジェンカという名前の娘《こ》は山ほど見つかりました。そう、合わせて四万九千九百八十人もいたのです。でも、その一人として運転手のフランティークからの手紙を待っている娘《こ》はいなかったのです。たしかに、運転手からの手紙を待っている娘《こ》は何人かいました。運転手の名前はトニークから始まって、ラディスラフ、ヴァーツラフ、ヨゼフ、ヤロリーム、ロイジーク、フロリアーン、イルカ、ヨハン、ヴァヴジネツ、さらにドミニク、ヴェンデリーン、エラジムまでさまざまでした。でも、肝心《かんじん》のフランティークという名前だけはなかったのです。

フランティークという名前の男の子からの手紙を待っているマジェンカさんもいることはいたのですが、そのフランティークは運転手ではありませんでした。錠前《じょうまえ》屋さんや軍曹さん、家具職人さん、葬儀屋さん、あるいは薬屋さん、家の内装屋さん、床屋さん、服の仕立て屋さんはいましたが、運転手のフランティークはいなかったのです。

こうして、コルババさんは一年と一日、

探し回ったあげく、運転手のフランティークの手紙を待っているマジェンカに手紙を届けることができませんでした。コルババさんはさまざまな体験をしました。村々や町々、野原や森、日の出に日没、ヒバリがもどってきて春が再び訪れるさま、種まきや収穫、森のキノコ、熟したプラム、ジャテッツではビールづくりのためにホップを取り入れていたし、メルニークではワイン用のぶどう畑を見ました。トゥシェボニではコイを養殖していたし、パルドゥビツェではジンジャークッキーのペルニークをつくっていました。

でも、一年と一日も歩き回って手紙を届けようとした努力は無駄に終わったのです。コルババさんはしょんぼりと道端《みちばた》に座り込んで独り言を言いました。「もうだめだ。マジェンカを見つけるのは無理なんだ」

「マジェンカはフランティークからの手紙が届かないのをどんなに悲しんでいるだろう。フランティークはあんなにマジェンカのことを自分よりも大切に思っているのに」コルババさんは悲しくて、もう泣き出したいくらいでした。せっかく書いた手紙がマジェンカに届かないままになっているフランティークもかわいそうになりました。コルババさんはすっかりしょげこんでしまいました。手紙を届けようと、足を棒にして毎日毎日、雨の日もカンカン照りの暑い日も、どんな嵐の中でも歩き続けたのに、それもすっかり無駄になってしまったと思ったのです。

こうしてコルババさんがしょんぼりと道端《みちばた》にすわっていると、一台の車がこちらに向かって走ってくるのが目に入ったのです。その車は時速六キロほどでのろのろと走っていました。「あんなのろのろ運転しかできないなんて、よっぽどのおんぼろ車にちがいない」コルババさんはつぶやきました。ところが、だんだん近づいてきた車を見ると、おどろいたことにその車は八気筒のすてきなイタリア製の高級車で、車には運転手ともう一人男の人が乗っていました。ところが二人とも黒い服を着ていてとても悲しそうでした。

その男の人は、道端にしょんぼり座っているコルババさんを目に止めると、運転手に車を止めるように命じたのです。

「郵便屋さん、よろしければ途中までお送りしますよ」

コルババさんはほっとしました。さん

ざん歩き回ったあとだったので、足が棒のようになり、痛くてもうこれ以上はとても歩けなかったからです。車に乗せてもらい、黒い服を着た悲しそうな男の人のとなりに座りました。車はふたたび、ゆっくりと動き出しました。車までがなんだか悲しそうな走り方だったのです。

三キロほど車が走ったところでコルババさんは男の人に思い切って聞いてみたのです。「まちがっていたらごめんなさい。でも、もしかしてお葬式に行く途中なんですか?」

「いえ、ちがいます」男の人はうつろな声で答えました。「でも、どうしてお葬式に行く途中だと見えたんでしょう?」

「あの」コルババさんは言いました。「つまり、あなたがとても悲しそうに見えたもんですから」

「それは悲しいですよ」男の人は深いため息をつきました。「なにしろ、車がこんな調子でのろのろと悲しそうに走るもんですからね」

「そうですか」コルババさんは言いました。「でも、こんなすてきな高級車がどうしてスピードも出さないで、こんなにのろのろ悲しそうに走るんですか?」

「いや、運転手がすっかり気落ちしてしまって、こんな運転しかできないんです」男の人は悲しみに沈んだ声で言いました。

「なるほど」コルババさんはつい聞いてしまいました。「すみません。でも、どうして運転手さんはそんなに気落ちしてしまったんですかね?」

「なぜって、一年と一日前に彼が出した手紙の返事がまだ来ないもんでね」男の人は答えました。「手紙を出した相手はこの運転手が、もうそれは大好きな女の子なんですよ。でもその返事が、いまだに来ないんです。『あの子はもうぼくのことがきらいになったんだ』、そうすっかり思い込んでしまったのです」

　これを聞いたコルババさんは、びっくりして席から飛び上がってしまいました。「こんなことをきいてすみませんが、運転手さんはフランティークという名前じゃありませんか？」

「ええ、そうです。フランティシェク・スボボダという名前です」男の人が答えました。

「ほんとですか！　じゃあ、女の子の名前はマジェンカじゃありませんか？」コルババさんは重ねて聞きました。

　すると、運転手が悲しそうにひとつため息をついてから、はじめて口を開いたのです。悲痛な声でした。「ええ、そうです。マリエ・ノヴァーコヴァーという名前です。でもきっと、私の気持ちなどすっかり忘れてしまったんですよ！　そんなきままな娘《こ》だったんだ！」

「そうか」コルババさんの顔がぱっと輝きました。「すみません。でもいいかい。宛名も書かずに、その上切手も貼らずに手紙を出すなんて！　きみはとんでもないばか者だ。世間知らずの間抜けだよ。とんでもないへまをしたんだぞ！　このろまが。うすのろ！　あほう！　ずっとしょんぼり暮らしていたのか！　頭が変なんじゃないのか！　ばか、間抜け。おまえ、気はたしかかい？　酔っぱらってたんじゃないだろうな？　スカタン頭め。宛名も書かず切手も貼らずにポストに手紙を投函するんだからな。でも、そんなやつでもこうして出会えたんだから、なにしろありがたい。いいかい、きみの手紙が届いていないのに、マジェンカが返事を書けるわけがないだろう」

「そんな。じゃあぼくの手紙はどこにあるんです、どこに?」運転手のフランティークがききました。

「いや、それよりマジェンカの住所をおしえてくれないか。そしたら、すぐに手紙を届けられるんだがね。いいかい、間抜け男のおかげで、私は一年と一日、この手紙を郵便かばんに入れて、チェコ中、きみの大切なマジェンカさんを探しまわったんだぞ!」

「いや、郵便屋さん。もう探すにはおよびませんよ」男の人が口をはさみました。「この車でマジェンカのところまでご案内しますよ。フランティーク! フルスピードでマジェンカさんの家まで行くんだ!」

それを聞くか聞かないうちに、フランティークはぐいっとアクセルを踏み込みました。車はビュンビュンとスピードを上げ、たちまち時速六十キロ、七十キロ、八十キロ、百キロ、百十キロ、百二十キロ、百五十キロに達し、さらにもっとスピードをあげたのです。とうとう車までうれしさのあまり大声で歌を歌いだし、エンジンのうなり声をいっそうあげました。黒い服を着た男の人は帽子が飛んでいってしまわないように、両手でおさえていました。コルババさんはといえば、両手でしっかり座席にしがみついていたのです。フランティークが大声で言いました。「いやあ、なんてすばらしい走りだ。百八十キロですよ! あれっ! あっという間に地面を離れて空に飛び出したぞ。いったいどこで飛び出したんだ！　あっ！　翼が出ているぞ！」

しばらく時速百八十七キロのスピードで空を飛んでいると、とてもきれいな白い家の並んだ村が下のほうに見えてきたのです。——ああ、とうとう来たのです。——これが目指すリブニャトフ村です。——フランティークが言いました。「だんなさま。到着しました」

「よし、ストップ」男の人が言いました。車は村のはずれに着陸して止まりました。「どうです、この車の走りは？　最高でしょう？」男の人はとてもうれしそうでした。「さあ、コルババさん。これでやっとマジェンカに手紙を渡せますね」

「ええ、まあ」コルババさんは小声でつぶやくように言いました。「でも、フランティークが直接、手紙の中身を口で伝えたほうがいいんじゃないですかね。あの手紙は、その、誤字がいくつもありますのでね」

「とてもぼくからは言えません」フランティークはしりごみしました。「恥ずかしくて、とてもマジェンカとまともに目を合わせることもできそうにありません。だって、あれからずっとぼくはあの娘《こ》に一通も手紙を出していないんですよ」そして、悲しそうにいい足したのです。「それに、ぼくのことをすっかり忘れてしまっているかもしれないし、きらいになっているかもしれませんし。コルババさん、お願いしますよ。ほら、あそこに見える、窓が泉の水みたいにきれいな家がマジェンカの家です」

「わかった。じゃあ、私が行きましょう」コルババさんはそう言うと、なにか楽しそうに「来たよ、来たよ、郵便屋さん。来たよ、来たよ、郵便屋さん」と歌を歌うように口ずさみながら、マジェンカの家に向かいました。マジェンカの家のきれいな窓のそばに青白い顔をした娘が座っていました。娘はなにか自分の服を縫っているようでした。「はい、こんにちは、マジェンカさん。郵便の配達ですよ」コルババさんが声をかけました。

「結婚衣装を縫っているんですか?」

「いえ、とんでもありません。マジェンカが悲しそうに答えました。「私のお葬式で棺《ひつぎ》にかける布を縫っているんです」

「えっ、そんな」コルババさんは心配になりました。「でも、あの、その、いや。そんなにおからだが悪いようには見えませんが。でもなにか病気でも?」

「いえ、からだはどこも悪くありません。でも、とても悲しくて心臓が張り裂けそうなんです」マジェンカはためいきをついて胸に手をあてました。

「なんてことだ」コルババさんが大声で言いました。「マジェンカさん。あわてないでください。心臓はいつでも張り裂けることができますからね! でも、よろしければ、胸がどうしてそんなに痛むのか、教えてください」

「だって、もう一年と一日も」マジェンカが蚊の鳴くような小さな声でつぶやきました。「手紙を待っているんですもの。で

も手紙は来ないのです」

「それなら、もう心配しないでいいですよ」コルババさんがなぐさめました。「私も一年と一日、この郵便かばんに一通の手紙を入れてずっと持ち歩いているのです。それでも今日まで、渡す相手が見つからなかったのです。ああ、やっと相手が見つかりましたよ。さ、この手紙をあなたにお渡しします」コルババさんは手紙をマジェンカに渡そうとしました。

マジェンカの顔色がさらにもっと青ざめました。「郵便屋さん」消え入るような声で言ったのです。「この手紙はきっと、私が待っている手紙じゃないと思います。だって、この手紙には宛名がありませんもの」

「いいですから、手紙の中身を読んでごらんなさい。コルババさんがすすめました。「あなた宛の手紙でなければ、お返しいただければそれですみますからね」

マジェンカは震える手で手紙の封をきりました。手紙を読み始めたとたん、マジェンカの青白かった頬《ほお》が、ぱっと赤くなったのです。

「手紙はおもどしいただけるんでしょうか、それとも?」コルババさんがききました。

「もどすなんてとんでもない」マジェンカはふっと大きく息を吐きましたが、目はうれし涙であふれていました。「郵便屋さん。この手紙こそ、わたしが一年と一日ものあいだ待ち続けた手紙です! お礼になにをさしあげればいいか!」

「それではですね」コルババさんが言いました。「二コルナいただければ。その手紙には切手が貼ってなかったので、郵便料金としていただきます。いいですか？　郵便料金として二コルナいただくために、一年と一日もチェコ中を走り回ったんですからね！」マジェンカから二コルナ受け取ると、「いや、たしかにいただきました」コルババさんが言いました。「あの、いいですか。お返事をいただきたいと、どなたか、あちらで待っているようですがね」コルババさんはもう家の曲がり角まで来て、そこに立っている運転手のフランティークに手を振って合図を送りました。

フランティークがマジェンカから返事を聞いているあいだ、コルババさんは黒い服を着た紳士とそのあたりにすわっていました。「一年と一日、あの手紙を持って走り回ったんですがね。でも、それだけの価値がありました。なにしろ、チェコ中、あちこち、いっぱい見ることができましたし。プルゼニ、ホジツェ、それにターボルにも行きました。いや、すてきな美しい国ですね。――おや、フランティークがもどってきましたね。こういうことは、宛名のない手紙なんか書くより、直接口で伝えたほうがよっぽどてっとり早いんです」

フランティークは黙ったままでしたが、目は輝いていました。「では、ご主人。出発しましょうか？」フランティークがききました。

「では出発」紳士が言いました。「まず、コルババさんを郵便局までお届けしなくては」

フランティークは車に飛び乗りエンジンをかけました。アクセルをぐいと踏み込むと、車はまるで夢の中のようにスムーズに軽々と走り出したのです。スピードメーターはたちまち百二十キロをさしていました。

「いやあ、すばらしい走りだな」黒い服の紳士はうれしそうに言いました。「運転手が幸せそうに運転していれば、車だってハッスルしてがんばるってことですかね」

こうして、みんな幸せそうに帰っていったのです。

そして、このお話もここで無事に終点に着きました。

カッパのお話

カッパなんているわけがない、きっとあなたはそう思っていますよね。でもカッパはほんとうにいるんですよ！　私たちの生まれたすぐ近くのウーパ川の堰《せき》の下にも一匹、カッパが住んでいましたし、ハヴロヴィツェの木の橋のたもとにもカッパが一匹住んでいました。ラデチュの小さな川にも一匹カッパが住みついていましたが、このカッパは生粋《きっすい》のドイツのカッパだったものですから、チェコ語はまったくわかりませんでした。

あるとき一人の患者が私の父のところへ虫歯になった歯を抜いてもらいに来ました。私の父は歯医者だったのです。この患者は治療代の代わりにと紅マスを銀色のカゴに入れて持ってきました。カゴは紅マスの鮮度を保つためにしっかりイラクサでふたがされていました。ところが、この患者が実はラデチュの小さな川に住んでいるカッパだとすぐにわかってしまったのです。だって、すわった椅子から水がポタポタ下の床にたれて水たまりができていましたからね。

そのほかにも、フロノフのおじいさんの水車小屋に住みついて、水車小屋のそばの堰《せき》の水の中で一六頭の馬を飼っているカッパもいました。技師のみなさんが、あのおじいさんの水車小屋の水車は一六馬力だと言っているのは、そういうわけなのです。一六頭の白い馬たちが懸命にがんばって引くものですから、水車はいつも勢いよくくるくると回っていました。

ある晩に水車小屋のぼくたちのおじいさんが亡くなりました。すると、カッパは一六頭の馬が引いていた引き綱をそっと解き放ったのです。おかげで水車は三日のあいだ止まったままでした。大きな川に住むカッパのなかには、もっとたくさんの馬を飼っているのもいます。それこそ、五〇頭も百頭も飼っているのです。もっとも、とても貧乏なカッパもいて、そんな連中は木でできたおもちゃのヤギすら持てないのです。

プラハのヴルタヴァ川のような大きな川に住んでいるカッパはたいてい大金持ちで、大きな顔をしてすごしています。モーターボートを乗り回し、夏になると海に出かけるんですからね！

プラハではあやしげな仕事をしている並みのカッパでも多少のまとまったお金は持っています。それででしょうか、ぬかるみのどろをあたりにまきちらしながら、プラハの街中《まちなか》を猛スピードで車を乗り回すのです。

そうかと思うと、その日暮らしのひどく貧乏なカッパもプラハにはいます。それこそ手のひらほどしかないちっぽけな水たまりに住んでいますが、中にいるのはカエルが一匹と二匹のゲンゴロウだけ、あたりを蚊が三匹飛んでいるだけでした。それに、ネズミがお腹をぬらさずに渡ることのできる、ほんのちょろちょろとしか水が流れていない川でほそぼそと暮らしているカッパもいたのです。

一年かけてもちっぽけな紙でできた小舟とかお母さんが川で洗濯中にうっかり流してしまったおむつぐらいしか稼げないカッパさえいたのですからおどろきです。もうこれ以上ない貧乏暮らしです。ところがロジュムベルクのカッパときたら、二十万匹を超えるさまざまな種類のコイやマスを飼っているのです。世の中に平等なんてこれっぽっちもないんですよね。

カッパは群《むれ》はつくりません。でも一年に一度か二度、川が増水したときを見計らってあたり一帯のカッパが集まってきて、言ってみれば、地域カッパ会議を開くのです。私のところではカッパたちはフラドゥツェ・クラーロヴェの牧草地の大きな池を会場にしていました。そこはなだらかな牧草地で、川から別れた三日月湖が池になっているのです。すてきな場所でした。池の底はとても柔らかくて細かい泥でおおわれていました。

泥は黄金色、せめて少し茶色がかっていなくてはいけません。赤かったり灰色を帯びているとと、軟こうのようなやわらかさが期待できないのです。こんなすばらしい池の底の泥の上にすわって、カッパたちは最近起きたことをあれやこれやと報告しあうのです。スフォフルシツェでは河川工事が始まる

ので、そこに住んでいるカッパのイレチェックじいさんたちはそこから立ち退かなくてはならないとか、つぼやリボンの値段がおそろしいいきおいで値上がりしているといったことです。カッパが人を捕まえるには、まず三十コルナはするリボン、それに最低でも三コルナはするつぼを買いますが、そんな値段だとろくでもないガラクタしか手に入りません。そんなことならいっそう、なにかほかの仕事に職替えしたほうがずっといいかもしれませんよね。

　ほかにもカッパたちからの報告が続きます。ヤロムニェルの赤毛のファルティスとかいうカッパがなにか新しい商売をはじめて、ミネラルウオーターをあちこち売り歩いているとか、足の悪いスレパーネクが水道工事屋さんになってあちこちで水道の工事をしているとかといった話です。どのカッパもなにか仕事を見つけて何とか食いつないでいるという話でした。

　いいですか、カッパは当然水になにか関係のあることしかすることができません。立て板に水のようにしゃべりまくる詐欺師とか、結果がいつも水もののレーサー、新聞の社説を汗水たらして苦労して書くジャーナリスト、船を導く水先案内人、水門の見張り役、水の宴が好きな貴族になりすましたり、上流階級の出だといつわったり大企業の経営者にまでなったのに事業に失敗してなにもかも水の泡にしてしまうとか、それこそさまざまです。でも結局のところ、水に関係がなければだめなのです。

　こんなぐあいに、カッパはなにも水の中にこもっていなくても食べていくための水にかかわる仕事がいくらでもあったのです。そのためでしょうか、水の中で過ごすカッパの数が年々減ってきてしまいました。年に一度のカッパ会議では、集まってきたカッパの数を数えては沈んだ声で言うのです。

「いやあ、まいってしまうね。今年も五人も減ってしまった。こんな調子じゃ、オレたちのカッパ業も先がないな」

トゥルトノフからやって来たすっかり年をとってしまったクロイツマンじいさんがぼやきました。「まったくな。ずっと昔はこんなじゃなかった。数千年も前の話じゃが。そのころボヘミアはすっかり水の下にあったんだよ。そのころ人々、いや、つまりカッパのことなんだが。なぜって、当時人はまだいなかったからね。いまとはまったくちがう世界だった。――あれっ。くそ。どこまで話したか忘れちまったな」

「ボヘミアがすっかり水の下にあった、とかいうお話をされていましたが」スカリツェから来たカッパのゼリンカが助け舟を出しました。

「そうだったな」クロイツマンじいさんは話を続けました。「あのころ、ジャルトマン、チェルヴェナー・フーラ、クラーコルカをはじめすべてのボヘミアの山も水の下だった。あのころはブルノやプラハまで水の中を通って楽に行けたんだよ。スニェシュカ山の頂上だって、三〇センチは水の下にあったんだからね。ずいぶんと昔のことだけどね」

「たしかに昔はよかったですね」昔のことを思いだすようにラティボジツェからやってきたカッパのクルダが言いました。「あのころ、カッパはいまのように離れ離れに、まるで世捨て人のように住んでなんかいなかった。水の中には水でつくったレンガでできたカッパの街があって、家の中の家具は硬水でつくられていましたね。それに掛け布団は雨水の軟水でつくられていた。暖房は温水の循環装置でまかなわれていたしね。いたるところあるのは水とわれわれだけだった。水には底なんてなかったし岸辺や水面なんてものも知らなかったんだからね」

「そうだよね」ジャブロクルキの沼地からやって来たカッパのおしゃべりリシュカも相づちを打ちました。「あのころの水はすごかった！　バターのようにスライスできたし、玉のように転がすこともできたしね。糸を紡ぎだしたり、ロープをつくるのだってお茶の子さいさいだった。ときには鋼鉄や麻のように強いし、ときにはガラスや羽毛のようなんだよ。クリームみたいにこってりしてるしカシのように硬いんだ。毛皮のコートみたいに温かいしね。みんな水でできていたんだからすごいよね。ところが、いまじゃこんな水、アメリカに行ったって絶対見つけられっこないのさ！」リシュカじいさんが口を開くたびにつばをあたりに飛ばし続けたので、とうとう深い水たまりができてしまったそうです。

「そう」しんみり考え込んでいたクロイツマンじいさんが口を開きました。「あのころはもういたるところ水しかなかった。それもきれいな澄んだ水だったね。水はなにも口をきかなかった。まったく静かなものだったよ」

「口をきかなかったですって？」ゼリンカが聞き返しました。ゼリンカはほかのカッパたちよりもずっと若かったのです。

「そうさ。口をきかなかったんだ」おしゃべりリシュカが答えました。「口をきくにも、声が出せなかったんだよ。だから話すことができなかったんだ。それでとっても静かだったんだ。そうだね、いまでも雪がシンシンと降り、なにもかもすっかり凍りついて、なにもじっと動かない真夜中にはシーンと静まり返っているよね。あのシーンとした静けさに似ていたかもしれないね。なにしろ静かなんだ。あんまり静かなので不安になり、そっと頭を水面から出して耳をかたむけてもなにも聞こえない。心臓があまりの静けさ

にしめつけられるんだよ。水が口をきけなかったあのころにはそんな静けさがあったんだよ」

「でもどうして」まだ七千歳になったばかりのゼリンカが質問しました。「このごろ水は口をきき出して騒ぎたてるようになったんですか?」

「それにはこんなわけがあるのさ」リシュカが答えました。「私のひいおじいさんが教えてくれたんだが、もう何百万年も前の話だそうだ。そのころ、えーと、名前は何だったかな? 一匹のカッパがいたそうだ。ラーコスニーク? いやちがう。ミナジーク? やっぱりちがうな。ハムプルでもないし、パヴラーセクでもない。いやはや、どうしても出てこないぞ」

「アリオンじゃないの?」クロイツマンが言いました。

「そうそう。たしかにアリオンだった」リシュカが相槌《あいづち》を打ちました。「おれもアリオンって名前が喉まで出かかっていたよ。そのアリオンは不思議な才能を持っていたんだ。たぶん神様からでも授かったんだろうな。それが、いいかい、その才能にはすごい力があるんだよ。すてきな声をしていてとてつもなく歌がうまいんだ。だからだれもその歌をきくと心臓が飛び出さんばかりになって思わず泣きだしたそうだ。すごい歌い手だったんだな」

「アリオンは歌手というより詩人というべきですよ」クルダが言い直しました。

「歌い手だろうと詩人だろうと」リシュカが言いました。「どっちでもいいじゃないか。ひいおじいさんが言っていた、『アリオンが歌い始めるとだれもが感動して涙を流した』ってね。でもアリオンは心の奥底にとてつもない痛みをかかえていたんだ。でもだれもそのことを知らなかった。どんなにひどいことがアリオンの身に起きたのかもだれも知らなかったんだよ。アリオンがあれほどまでに悲しげにすばらしい歌声をわれわれに聞かせることができたのは、よほどつらい思いをしたからだろうな。アリオンが水の下で悲しげに歌を歌うと、水のしずくというしずくがまるで涙にでもなったように震えたんだ。アリオンの歌声はしずくの奥深くへと沁みこんでいき、そのまま外へ出て行かずにしずくの中にとどまったままになったんだよ。それ以来、水は口もきき声も出すようになったそうだ。

つまり、鈴のようにチリンチリンと鳴り響いたり、つぶやいたり、ざあざあ、ささやいたり、ばしゃばしゃ、ざわめき騒いだり、轟《とどろ》くような音を立て、ためいきをつき、嘆き悲しみ、うなり、吠え声をあげ、叫び、雷のような音をとどろかせ、うめき、ため息をついたかと思うと笑い出し、そのときどきに銀のハープやバラライカ、オルガンのような音をかなで、フレンチホルンのような音を吹き鳴らす。そうかと思うと、まるで人のように喜びや悲しみを語り合うんだそうだ。この時から水は世界中のどんな言葉でも話せるようになったそうだ。不思議なすてきな話をしてくれるようになったそうだが、いまではもうだれも水がなにを言っているのか聞き取ることができないんだ。もちろん、人間にわかるわけもないさ。いずれにしても、アリオンが水に歌の歌い方を教えるまでは、水はいまの空のように口をきくにも声が出せず、話すこともできなかったんだそうだ」

「でも水の中に空を持ち込んだのはアリオンじゃないんだが」クロイツマンじいさんがつぶや

きました。「空が水の中に持ち込まれたのはもっとずっと後のことさ。おれのおやじがまだ生きていたころのはずだ。持ち込んだのはクヴァクヴァクヴォコアクスという名前のカッパだったんだが、ある人が好きになってしまったんでね」

「好きになったからって、一体何のためにそんなことをしたんですかね?」ゼリンカが質問しました。

「つまりやつは恋に落ちてしまったってわけだ。クワククワクンカっていうお姫様を一目見て、恋の炎が燃え盛ってしまったのさ。このお姫様はそれはそれは美しい方だったそうで、お腹は黄色いカエルのようで脚もカエルのようだった。口はといえば耳から耳まで、まるでカエルのように大きくて、それはそれは魅力的だった。からだ全体がしっとり濡れていてひんやりとしていたんだ。あれほどの美しい方はどこを探したっていなかったのさ」

「それでどうなったんですか?」ゼリンカが膝を乗り出すように興味津々《きょうみしんしん》、ききました。

「どうなったと思う? クワククワクンカ姫はとても美しい方だったが、どうもそのことを鼻にかけているところがあったんだな。お腹をぷーっとふくらませて、一言『ぐわっ』ッと言ったきりだった。クヴァクヴァクヴォコアクスはその一声でますます頭に血がのぼってしまい、思わず言ってしまったんだ。『お望みのものをおっしゃってください。必ずお持ちいたします。ですから、どうかぼくのおヨメさんになってください。お願いします』するとお姫様はおっしゃったのだ。『それなら、ぐわっ、青い空を持ってきてちょうだい』」

「それで、クヴァクヴァクヴォコアクスはどうしました?」ゼリンカがききました。

「いや、さすがにやつも頭を抱えて水の中で座り込んでしまった。どうしようもなかったんだ。ただぐわっ、ぐわっ、ぐわっ、ぐわっとため息をつくばかりだった。いっそ死んでしまおうとまで思いつめてしまったのさ。そこで、思い切って水の中から空気の中へと飛び込んだってわけだ。空気の中に飛び込んで溺れて死んでしまおうとしたのさ。こんなことをしようなんてだれも考えたこともなかった。やつが最初だったんだ」

「それで空気の中でどうなったんです?」

「別になにもおきなかった。クヴァクヴァクヴォコアクスは頭上の青空を見上げたが、ふと下を見るとそこにも青空があったんだ。やつはすっかりたまげてしまった。あのころ、空が水の上に映るなんてだれも知らなかったんだよ。水の上に青空が映っているのを見たクヴァクヴァクヴォコアクスはすっかりたまげて、おもわず『ぐわっ』と叫んで、また、水の中に落っこちたのさ。

水の上に青空が映っているのをお姫様に見せようと、クヴァクヴァクヴォコアクスはお姫様を背中に乗せて、空中に飛び出した。クワクワクンカ姫は水に青空が映っているのを見て、すっかりうれしくなって、おもわず『ぐわっ、ぐわっ』と鳴き声をあげられた。クヴァクヴァクヴォコアクスが自分のために青空を持ってきてくれたと思ったんだね」

「それで?」

「いや別に。二人は結婚して幸せに暮らし、たくさんの子どもに恵まれたそうだ。このときから、カッパたちはときどき水から外へと這い出してきて、水に青空が映るさまをじっと見つめるんだそうだよ。だれでも故郷を離れると、故郷が恋しくなってふと空を見たくなるものさ。クヴァクヴァクヴァクヴォコアクスが自分の住み家である水の上にもほんとうの空が映っているのを見たようにね。ぐわっ」

「水の上に青空が映るのを発見したのは、やっぱりクヴァクヴァクヴォコアクスなんですかね？」

「それはそうだろう」

「すごいな。クヴァクヴァクヴォコアクスばんざい！」

「クワクワクンカ姫ばんざい！」

ちょうどその時、一人の男が池のそばを通りかかり、つぶやきました。「今日はばかにカエルどもがぐわっ、ぐわっとうるさく鳴くな！」男は石をひとつ拾い上げ池に向かって投げました。

水しぶきが高く上がりましたが、水面はまたもとの静けさへともどりました。カッパたちはあわてて水の中に飛び込みました。きっとまた来年、この池でカッパの会議がいつものように開かれるんでしょうね。

長い長いお巡りさんのお話

だれでもきっと知っていますよね。どの警察署でも交番でもお巡りさんが何人か、夜通し寝ないで起きているのです。どこかの家へ泥棒が入ったり、悪いやつがなにか悪さをしでかしたときにすぐ出動するためです。こうして朝まで待機しているお巡りさんもいれば、パトロールに出かけるお巡りさんもいます。パトロールに出るお巡りさんは街を巡回して、強盗や泥棒、それにお化けがどこかに潜んでいないか注意深く点検するのです。そのほかにもなにか異常なことが街で起きていないか気をつけます。

街を歩き回って、足が棒のようになったお巡りさんは警察署にもどり、ほかのお巡りさんが交代して街を巡回するのです。こうして交代で一晩中街を見張ってくれているのです。なにも起きないと、お巡りさんたちは退屈をまぎらわすために、タバコをすったり、パトロール中に見た珍しいことをたがいに話して聞かせるのだそうです。

ある晩、いつものようにお巡りさんたちがタバコをすいながら話をしあっているところに、パトロールからひとりのお巡りさんが、ええ、たしかハラブルトさんとかいう名前でしたっけ、もどってきてつぶやきました。

「いやはや、足が痛くてまいるな」

「ここに座って休むんだ」上官のお巡りさんが言いました。「君と交代にホラス君に行ってもらおう。ところで、ハラブルト。パトロール中に君の受け持ち地区でなにか異常はなかったか報告してくれ。なにかあったとすれば、法律の名においてどのような処置をとったかもあわせて報告するのだ」

「今晩はたいした異常はありませんでした」ハラブルトさんは答えました。「シュテパンスカー通りではネコが二匹もめていました。そこで、法律の名の下に二匹に説教を食らわしてから解散を命じました。ジトナー通り二三番地では小スズメが巣から落ちていましたので、旧市街の消防署に連絡し、はしごを消防車に積んで持ってきて小スズメを巣にもどしてやるように依頼しました。お父さんスズメとお母さんスズメを呼んで、その不注意をしかっておきました。それから、イエチュナ通りを下っていきました。すると、だれかが私のズボンを引っ張るんです。見ると、あの小人でした。ほら、カレル広場に

住んでいるあのひげをはやした小人です」

「いったいどいつだろう?」上官のお巡りさんが聞きました。「あそこには小人がいっぱい住んでいるからね。ミドリホウセクに、『おじいさん』なんて呼ばれているコルババ、シュミドルカル、パドルホレッツ、プンプルドリーク、『パイプさん』なんてあだなのクヴァーチェク、クジノシュカ、それにチンチェラ。このチンチェラはアポリナーシから最近引っ越してきたのさ」

「私のズボンを引っ張ったのはパドルホレッツです」ハラブルトさんは答えました。「ほら、あの古いヤナギの木に住んでいる小人ですよ」

「なるほどあいつか」上官が言いました。「パドルホレッツは親切な小人でね。カレル広場でだれかが落し物をすると、そう。指輪とかボール、フットボールとかなんだが。パドルホレッツはこういった落し物をくすねたりしないで正直に交番に届けてくれるんだ。そんなやつさ」

「ええ。そのパドルホレッツがですね」ハラブルトさんが話を続けました。「私にこんなことを言ったんです。『お巡りさん。ぼく、家に帰れなくなっちゃったんです。リスがぼくのヤナギの上の家に入り込んで、ぼくを入れてくれないんです』——そこで、パドルホレッツを連れてやつのヤナギの木の下まで行って、サーベルを抜いて上にいるリスに向かって大声で言ってやったんです。

『やいやい、そこのリス。法律の名において、ただちにそこから立ちのくんだ。お前のやっていることは、住居の所有権侵害罪、公共の治安維持法違反、威力業務妨害罪、それに、窃盗罪にあたるんだ』するとリスのやつが答えたんです。『ごめんだね。立ちのくもんか』そこで本官はやむなくサーベルを下げるバンドをはずしてマントを脱ぎ、そのヤナギの木をよじ登ったのです。

木のこぶのところにできたほこらがパドルホレッツの住みかでした。そこまで、やっとのことでたどりつくとリスのやつ、泣き泣き言うんです。『お巡りさん。お願いですから、僕を逮捕しないでください！　雨で巣穴がすっかり水びたしになったもんで、ちょっとパドルホレッツさんのところで雨宿りさせてもらっているだけなんです』本官はリスに言ってやりました。『だまるんだ』それから命じました。『いいか。プラムの実だかブナの実だか知らないが、そこにあるお前の持ち物の五つの木の実を持って、パドルホレッツさんが所有する住居から退去するのだ。今後二度とパドルホレッツさんの許可なしに入り込んではならん。無理やり入るのも、悪知恵を使って入るのもだめだからな。入り込みでもしたら、応援を求めてお前を完全に包囲して逮捕し、縄にかけて署まで連行する。わかったな！』──今夜報告しなければならないのはこの一件だけであります」

「ぼくはまだ小人をこれまで一度も見たことがないんだけど」それを聞いていた同僚のバンバスさんが言いました。「これまでデイヴィッェが受け持ち区域だったけど、デイヴィッェのような新興住宅地では小人なんて見かけないし、超自然現象なんてものもおきないんだよ」

「いや、きみ。このあたりにはいくらでもいるぞ」上官のお巡りさんが言いました。「もっとも、以前にはそれこそどこにでもいたけどね！　たとえば、シートコフの堰のあたりにはずっと昔からカッパが住みついていたのさ。そいつは、おれたち警察にやっかいをかけるようなことは一切しなかったね。同じカッパでもリヴェの老いぼれカッパはろくでもないやつだったが、シートコフのカッパはまともなやつだったよ。なにしろ、プラハの河川局はやつをプラハのカッパのトップにすえて、毎月手当てを支払っていたんだ。やつはヴルタヴァ川の水がかれてしまわないように見張っていた。ヴルタヴァ川はときどき洪水を起こした

が、これはやつの仕業じゃなくて、ヴィドラやクルムロフ、ズヴィコフといった上流に住んでいるいなかカッパたちの仕業なんだよ。ところが、リヴェのカッパはそんな厚遇を受けているシートコフのカッパをうらやんだんだ。そこでシートコフのカッパをたきつけてプラハ市当局に対して自分のしている仕事に見合った高い役職を与え、それにふさわしい俸給を支払うように要求させたんだ。だけどこの申し入れは受け入れてもらえなかった。シートコフのカッパがまともな高等教育を受けていないというのが、断った理由だったそうだ。これに腹を立てたシートコフのカッパは、それ以来プラハから姿を消してしまった。今ではドレスデンの川に住んでいるそうだ。

いいかい。ハンブルクまでのドイツのエルベ川にいるカッパはみな、しっかり者のチェコのカッパなのさ。でも、そのときからシートコフの堰にはカッパが一匹もいなくなってしまったんだ。そのためだろうね、プラハで水不足が起きるのは。

それにカレル広場では夜になると火の玉が踊りを踊っていたそうだ。でも、カレル広場に火の玉が出るようではだれもがこわがるしうまくないので、プラハ市は火の玉たちと取り決めを結んだそうだ。つまり、火の玉たちはストロモフ市に移住して、ガス灯がわりになるという取り決めさ。ストロモフ市のガス会社の職員が夜になると火の玉たちに点灯してくれ、朝には消してくれるというわけだ。ところが、このガス会社の職員にも赤紙が来て戦争にかり出されてしまったんだ。それで、火の玉のことはすっかり忘れられてしまった。

でも、水の精ならストロモフ市だけで十七匹はいたね。でもそのうち三匹はバレエ団に入ってしまったし、一匹は映画女優になってしまった。それに、たしか、もう一匹は鉄道に勤めているストジェショヴィツェの男と結婚したよ。残りのうち三匹はキンスキー公園にいるし、二匹はグレボブカで働いている。一匹はプラハ城のイエレニ・プシーコプ（シカの堀）に住み着いているはずだ。

リーグル公園の庭師は公園に水の精を一匹住み着かせようとしたんだが、うまくいかなった。どうやら、風が強すぎたようなのだ。そのほかに、警察の管轄内の公共の建物や公園、修道院、図書館に住んでいて、警察に登録されている小人がプラハ市内に三四六人はいる。この三四六人の中には個人の家に住んでいて登録されていない小人は当然のことながら含まれていない。

——お化けもプラハに以前にはいっぱいいた。ただ、今はお化けはまったく姿を消している。お化けなどいるはずがないことが科学的に証明されてしまったからね。ただ、マラー・ストラナでは、すっかり年老いたお化けを何匹かひそかに屋根裏部屋にかくまっているらしい。法律違反なんだけどね。マラー・ストラナの警察に勤めている知り合いの警察官がそっとおれに教えてくれたんだ。おれの知っていることはこんなもんさ」

「そのほかに竜もいますよね。つまりドラゴンですよ」クバート巡査が口をはさみました。「ジシュコフのジドフスケー・ペツェで退治された竜ですよ」

「ジシュコフか」上官のお巡りさんが答えました。「おれはジシュコフを担当したことがこれまでないんでね。だから竜の一件はほとんどなにも知らないんだ」

「私はそのときジシュコフ警察に勤務していたんです」クバートさんが言いました。「もっとも直接この事件を担当したわけではないので、詳しいことは担当した同僚のヴォコウンが書いたその事件の報告書を仕事がら読んで知っているだけなんですよ。ずいぶん前の話で、たしかビエネルトさんが警視総監をつとめていたときだったと思います。

報告書によると、ある晩のこと、チャストコヴァーさんという年老いた女性がヴォコウンに声をかけてきたそうです。このチャストコヴァーさんは表向きはタバコ屋さんをやっているのですが、ほんとうのところは魔女で占いをやっていたんですね。そのチャストコヴァーさんがヴォコウンにこんなことを言ったそうです。『フルダボルトという竜がジドフスケー・ペツェに美しい娘を監禁していると、私のカルタ占いに出てしまいました。家族から娘をさらってジドフスケー・ペツェまで連れてきたのです。その娘はムルツィア王国のお姫様だそうなんですよ』『どこの国のお姫様だろうとなかろうと』ヴォコウンは答えたそうです。『竜はその娘を親元に帰さなくてはなりません。もしも竜がしたがわなければ、警察官職務規定に基づいて対処しなければなりませんね』そう言うと、ヴォコウンはベルトにサーベルをつけるとジドフスケー・ペツェに向かったのです。警察官なら、だれでもヴォコウンと同じ行動をとると私は思いますがね」

「当たり前だよ」バンバスさんが口をはさみました。「でも、デイヴィツェやストジェショヴィツェには竜なんてまったく見かけませんがね。それでどうなりました？」

「それでヴォコウンはサーベルとピストルをベルトにつけて、夜にもかかわらずすぐにジドフスケー・ペツェに向かったのです。ジドフスケー・ペツェに着いてみると、おどろいたことに、洞穴の一つからいくつものすさまじい声が聞こえてきたのです。パトロール用の懐中電灯で洞窟の中を照らしてみると七つの頭を持ったおそろしい竜が浮かび上がってきました。

頭はたがいに話をしたり、返事をしたり、ときには、口げんかをしたり、ののしりあったりしているのです。――まあ、竜がお行儀がいいなんてありえませんけどね。洞窟の中をよく見てみると、隅のほうでとてもきれいな娘さんがしくしく泣いているではありませんか。娘さんは竜の頭が出す野太い大声を聞くまいとして、両耳をふさいでいました。

『もしもし、そちらの方』ヴォコウンは、ていねいに、しかしいかにもお巡りさんらしくきびしく竜を問いただしたのです。『なにか身分を証明できるものをお持ちですか？　身分証明書とか住民票、社員証、武器携帯許可証といった証明書なんですけどね』

すると竜の頭の一つがゲラゲラと笑い出し、もう一つの頭はばかにしたようにわめきはじめたのです。そしてつぎつぎに、もう一つがののしり、一つがどなりつけ、また一つがしかりつけ、一つが悪態をつき、さらに一つが舌をヴォコウンに向かってべろりと出したのです。

それでもお巡りさんのヴォコウンは、竜なんぞ物ともしないで申し渡しました。『法律の名においで言い渡す。さっさと荷物をまとめて、その娘さんと一緒に署まで来るんだ』

『ごめんだね』竜の頭の一つが大声で叫びました。『おまえ、ちっぽけなくせして、おれがどこのだれだかわかって口を聞いているのか？　おれは竜のフルダボルト様だぞ』

『グラナダ山に住んでいるフルダボルト様だ』二つ目の頭がわめきました。

『ムルハツェンのビッグ・ドラゴンと呼ばれているんだ』三つ目の頭が大声で言いました。

『木いちごみたいに一のみにしてやる』四つ目の頭がほえるように大声で言いました。

『おまえを八つ裂きにして、さらにずたずたにしてから砕いて粉々にしてしまうぞ。塩漬けニシンみたいに

二つにノコギリで引いてやってもいい。オガクズみたいなクズがいっぱい出るだろうな』五番目の頭が雷のような大声でどなりました。

『おれは頭を引きちぎってやるか』六番目の頭がほえるようにどなりました。

『そして鳥につつかれて食われるんだ』七番目の頭が引導を渡すようにおそろしい声で言ったのです。

みなさん。こんなにおどされたヴォコウンはどうしたと思いますか？ ひるんだんじゃないかって？ とんでもない！ 竜が言うことを聞きいれる、そんなヤツではないとわかると、警棒を手にとって、いかにも強そうな一番目と二番目の竜の頭を力いっぱい殴りつけたのです。でも、竜が相手では警棒もまったく歯が立ちませんでした。

『いいね』一番目の頭が言いました。『これも悪くないぞ！』

「なにか、頭のてっぺんがむずむずするぞ」二番目の頭がつぶやきました。

『シラミにでも首のところを噛まれたか』三番目がぼやいたのです。

『おいおい』四番目の頭が文句を言ったのです。『その棒でくすぐるならもっとまじめにやれよ！』

『少しはきくように、』五番目の頭はアドバイスまでしたのです。『もうすこし気合を入れてやれよ』

『もう少し左をお願いするよ』六番目が頼んだのです。『そこが、おそろしくかゆくてね』

『そんな枝なんておれにはふにゃふにゃすぎるな』七番目が感想を述べました。『もっと硬い枝はないのかい？』

こうなったらヴォコウン巡査はサーベルを抜くしかありませんでした。サーベルで龍の七つの頭の一つひとつに切りつけましたが、竜のうろこがカランカランと鳴るばかりでした。

『さっきより少しはましかな』一番目の竜の頭が言いました。

『ノミの耳ぐらいは切れるかもしれないが』二番目の頭がさもうれしそうにニヤリと笑って言い放ちました。『だが、おれの飼っているシラミのやつはハガネでできているんだぞ』

『いや、頭がかゆくて困っていたんだが、髪を切ってくれて助かったよ』三番目が言いました。

『おれもおかげで頭がさっぱりした』四番目の頭が礼を言いました。

『毎日、櫛がわりにおれの頭をとかしてくれないかな』と五番目がぶつぶつつぶやきました。

『そんな鳥の羽一本ぐらいでなでられたって、痛くもかゆくもないぜ』と六番目。

『いや、ありがたい』七番目の頭が言いました。『もう一度、くすぐってもらいたいんだが』

すっかり腹を立てたヴォコウンはピストルを抜くと、一発ずつ竜の頭に向けて撃ったのです。

『くそっ』竜がわめきました。『そんな砂粒なんて投げつけるの、やめろよ』『髪の毛が砂だらけになってしまうじゃないか！』『ちぇっ。目にも入ってしまうしよ！』『歯のあいだにも入ってしまったぜ！』『もうたくさんだ』竜は口々にわめきました。そして竜の七つの喉が一斉に咳払いをしたかと思うと、七つの口から炎がヴォコウン巡査に向かって吹き出されたのです。

それでもヴォコウンはひるみませんでした。あわてずにポケットから警察手帳を取り出すと、手ごわい相手から攻撃を受けた時にはどうすればよいのか、職務規定を読みなおしたのです。すると、そのようなときには応援を依頼すべし、と書いてありました。

さらに、火炎攻撃を受けた時にはどうすべきか、職務規定をさがしてみると、消防隊に電話をするように書いてあったのです。これで、なにをすべきかすべてわかりました。さっそく、電話で消防隊の出動を依頼し、警察にも応援を要請したのです。警察からは六人の警察官が全速力で現場に駆けつけました。ラバス、マタス、クドラス、フィブラス、ホラス、

それに本官です。駆けつけたわれわれにヴォコウンは叫びました。『おい、みんな。竜から娘さんを救出するんだ。やつのからだはハガネでできている。サーベルでむやみに切りつけてもだめだ。だがな、おれは見つけたんだ。やつの弱点は首だ。首は柔らかくてサーベルでも切れる。いいか、おれの『一、二の三』の掛け声と同時に一斉にヤツの首めがけてサーベルで斬りかかるんだ。だが、おれたちの制服が燃えてしまわないように、消防隊にやつの吐き出す炎を消し止めてもらうのが先だ』

ヴォコウンがそう言い終わらないうちに、ジドフスケー・ペッェの現場にウーウーとサイレンを鳴らしながら七人ずつの消防士を乗せた七台の消防自動車が到着したのです。『消防士さん。いいですか』勇敢なヴォコウン巡査が大声で言いました。『私が一、二の三と合図したら一斉に竜の頭に向かって放水してくれませんか。しっかり喉をめがけるんです。ほら、扁桃腺のあるところですよ。やつの吐き出す炎はそこを通って出てくるんです』

『さあ、いくぞ。一、二、三！』ヴォコウンが三と言ったとたん、消防士たちが一斉に竜の口めがけて猛烈な勢いで放水を始めました。火は火炎放射器のように竜の口から吹き出していたのです。シュー、シューと言う音とともに竜の口から炎が出るのが止まりました！

竜のやつ、ゼイゼイとむせ返り、あえぎ声を上げ、悪態をついていました。ガラガラ、ゴロゴロと苦しそうに咳き込み、もがいて、とうとう『ママ、ママ』と泣き声を上げてお母さんを呼び、尻尾を振り回してあたりかまわず地面をたたいたのです。

それでも消防士たちはここぞとばかりにいきおいよく放水を続けたのです。竜の口からは炎のかわりに蒸気機関車が吐き出すような蒸気が噴き出してきて、一歩先もなにもまったくみえなくなってしまいました。そして、とうとう竜の口からは蒸気もあまり出なくなって、あたりもはっきり見えるようになったので、消防士たちは放水をやめ、消防自動車に乗ってカランカランと鐘を鳴らしながら帰って行きました。

竜のやつ、すっかりぐしょ濡れになってへたりこんでいました。ツバキをペペッ、ペッと吐き出し、目からは水があふれるように出続けていました。それでも、『くそっ。もう勘

弁ならないぞ』と小声でつぶやいたのです。ところがヴォコウンはそんなことはおかまいなしに、『いいかい、用意。一、二の三』と叫んだのです。三の声を聞くと同時に、われわれ七人全員は竜の七つの首にサーベルで切りつけました。すると、七つの首がコロンと地面に転がり落ちたのです。そして、竜の首からは水がほとばしるように流れだしました。まるで消火栓を開いたようでした。竜のからだは水でパンパンにふくれていたんですね。

『竜は退治しましたよ』ヴォコウンはムルツィア王国のお姫様にお伝えしました。『でも、お洋服が濡れないようにお気をつけください』『助けていただいてありがとう。礼を言います。みなさん、すてきな方たちね。とても勇気があるわ』お姫様はおっしゃりました。『竜のとりこになった私を助けてくださったんですもの。私、ムルツィア王国の公園で友だちとバレーボールやハンドボール、それにコマ遊びやかくれんぼをしていたの。そしたらあの大きな、大昔から生きている竜が空から降りてきて私をさらって一度も休まずにここまで飛んできたのよ』

『それでどこを通ってここまで飛んで来たのですか?』ヴォコウン巡査がたずねました。

『アルジェリアを通ってマルタ島を越え、コンスタンチノープルからベオグラード、ウイーン、チェコに入ってズノイモからチャースラフ、プラハのザーベフリツェからストラシュニツェを通ってここまで来たの。三十二時間十七分五秒のノンストップ・フライトだったわ』ムルツィア王国のお姫様はお答えになりました。

『すると、竜は旅客機の無着陸長距離飛行の世界新記録を打ち立てたってことですね』ヴォコウンが言いました。『それはおめでとうございます。それはとにかく、お父様に電報を打って、だれかをこちらに派遣してもらわないと困りますね』

ヴォコウンがそう言い終わらないうちに、フルスピードで走ってきた自動車が一台、キュキューンと大きな音を立てて止まりました。そしてムルツィア王国の国王、つまりお姫さまのお父上が車から飛び降りたのです。王様は王冠を頭にのせ、金襴《きんらん》織りの服にミンクの毛皮を着ていました。王様はうれしさのあまり、片足でピョンピョン跳ねまわり、大きな声でおっしゃったのです。『ああ、私の大切な娘。やっとのことで見つけたぞ!』

『お待ちください、国王陛下』ヴォコウンは王様に言い渡しました。『あなた様のお車は公道を猛スピードで走りましたね? これはスピード違反にあたります。罰金七コルナの支払いを命じます』

王様はポケットに手を入れてゴソゴソ探していましたが、とうとう小声で言いました。『まいったな。それにしても一銭もないなんておかしいな。出かけるときに七百ドブロン、七百ピアストラ、七百ダカットの金貨と千ペセタ、三千六百フラン、三百ターレル、八百二十マルク、千二百十六コルナ二十五ハリーシュ持っていたんだが、ポケットの中は空っぽで一銭もない。すっからかんだ。

どうやら、ここへ来る途中で、ガソリン代やらスピード違反の罰金の支払いなどで全部使いはたしたようだな。すみません。罰金の七コルナは大臣に命じてすぐ送らせます』ムルツィア王国の国王は咳払いをすると手を胸に当ててヴォコウンにおっしゃいました。

『お召になっているお洋服やいかにも気高くて堂々としたご様子から、きっとあなた様は勇敢な騎士か王子かおえらいお役人なんでしょうね。あのおそろしい竜を退治して、娘を助けていただいたあなたには、ぜひ娘と結婚していただきたいと思いました。でも、あなたの左手の指にはめておられる結婚指輪を拝見して、あなた様がすでに結婚されているのがわかったのです。お子さんはおられますか?』

『ええ、いますよ』ヴォコウン

は答えました。『三歳の息子と生まれたばかりの女の赤ちゃんがいます』

『それは、すばらしい』王様はおっしゃりました。私にはこの娘しかいないのでね。それではこうしよう。わがムルツィア王国の領土のせめて半分をあなた様にさし上げましょう。面積にして七万四百五十九平方キロメートルになる。鉄道の総延長距離が七千百五キロ、幹線道路は一万二千キロ、人口は二千二百七十五万九百十一人だね。これでいかがかな?』

『国王陛下』ヴォコウンは答えました。『ことはそう簡単にはまいりません。私どもは職務上の当然の義務として、あの竜を退治したのです。竜が私の命令にさからって、警察署への同行を拒否したからです。それに、私どもは職務規定にしたがって、報酬をいただくわけにはまいりません。一切だめです!　きびしく禁じられているのです』

『なるほど』王様はうなずきました。『それではムルツィア王国の領土の半分をそっくりそのまま、感謝のしるしにプラハ警察に寄付することにしましょう』

『そうですか。それでは』ヴォコウン巡査はうなずきかかりました。『いや、いや。だめです。王様。いろいろと面倒なのです。プラハ警察はプラハ市全体を、それこそお店の一軒一軒にいたるまで管轄しております。警察官はプラハ中をくまなく歩いて、なにか異常がないか見て回らなければならないのです!　ムルツィア王国の領土の半分をいただくとなると、それこそ走るようにして国中をパトロールしなければなりません。あっという間に足が痛くなってしまいます。王様。お申し出は大変ありがたいのですが、われわれはプラハだけで手一杯なのです』

『それではせめて』王様はおっしゃいました。『みなさん。私が娘を探す旅に出るときに持ってきたムルツィア王国産のタバコを一箱さしあげよう。パイプによほどギュウギュウ詰めなければ、ちょうど七人分あると思います。さあ、娘よ。車にお乗りなさい。国に帰ろう』――猛スピードで走る車が砂ぼこりに包まれて見えなくなったので――王様もきっとホコリまみれになってしまったことでしょう――私たち警察官七人、つまり、ラバスとホラス、マタス、クドラス、フリバス、ヴォコウン、それに私は署にもどり、いただいたムルツィア王国のタバコをパイプに詰めてすってみました。

いやあ、みなさん。こんなにすてきなタバコをすったのは初めてでした。そんなに強いタバコではありませんでしたが、香りがとってもいいんですよ。ハチミツとバニラ、お茶にシナモン、それにお香とカーネーションにバナナの香りといっていいのでしょうかね。実にすてきなんですよ。でも、いつもすっている安タバコのにおいがパイプにしみこんでいて、その良い香りを十分楽しめなかったのは残念でしたね。そう、そう。あの退治した竜は博物館に展示してもらおうと思ったんですが、博物館に運びこむ前にすっかりゼリーみたいになってしまいましてね。水をたっぷり浴びせられたので、腐ってしまったのでしょう。さあ、私の知っていることはこれでみんなお話ししましたよ」

クバートさんがジシュコフのジドフスケー・ペツェに住んでいた竜退治の話をし終わると、聞いていたお巡りさんのだれもがしばらく黙ってタバコをくゆらしていました。王様にいただいたあのムルツィア産のタバコのことを思っていたんでしょうね。

するとそこへホデラ巡査が話を始めたのです。「クバートさんがジドフスケー・ペッェの竜の話をしたので、私はヴォイチェシュカー通りの竜の話をしましょうか。ある日、私がヴォイチェシュカー通りをパトロールしていると、教会の角のところに置いてある、なにかとてつもなく大きな卵が不意に目に入ったのです。とっても大きくて、われわれが使っているヘルメットにも入りそうにありませんでしたよ。それに、まるで大理石のように重かったのです。『いったいこれは』私は思わずつぶやきました。『ひょっとするとダチョウの卵かもしれないな。署の遺失

物拾得係まで持っていかなくては。きっとだれか落とし主からもう問い合わせが来ているかもしれないぞ』――たまたま、その時遺失物拾得係にいたのはポウルさんでした。ポウルさんはついさきごろ、ぎっくり腰をわずらったばかりだったのです。ポウルさんは鉄のストーブで腰を温めていました。そのため部屋の中はまるでかまどか炉の中にいるような暑さでした。

『おやおや、ポウルさん』私は思わず言ってしまいました。『ばかに暑いね。魔女でもとなりにいるのかな。それはともかく、ヴォイチェシュカー通りをパトロールしていたら卵を見つけたので、落とし物かと思って持ってきました。それもばかでかい卵なんですよ』『どこかそのあたりにでも置いといてくれ』ポウルさんはそっけなく言いました。『それより、まあ座って聞いてくれよ。腰がいたいのがどんなにつらいかね』こんなふうにしばらく二人で雑談をしていたんだけど、日が暮れてきて部屋の中も暗くなってきた。すると突然、部屋のすみからなにかパリパリ、バリバリ、なにかが壊れるような音が聞こえてきたんだ。部屋の電気をつけて見てみると、竜の赤ちゃんが卵から這い出てくるところだったんだよ。――部屋がばか暑かったんで、卵がかえったんだな。卵からかえった赤ちゃんは、そう、プードルかフォックステリアほどは大きくなかったけど、ぼくたちにはそれが竜の赤ちゃんだとすぐわかった。だって、頭が七つあったからね。そうなりゃ、もう竜にまちがいないってわけさ。

『おやまあ』ポウルさんはおどろいて言ったんだ。『ここではどうにもしようがないな。業者を呼んで始末してもらうか』

ぼくはポウルさんに言ったね。『ポウルさん。竜はそうめったにお目にかかれない動物ですよ。新聞に持ち主を探してもらいましょうよ』

『それはそうだが』ポウルさんがぼくに言いました。『とりあえずこいつになにを食べさせたらいいいんだろう？まずは、ミルクに細かくちぎったパンを入れて食べさせてみようかね。どの赤ちゃんにも牛乳が一番いいはずだからね』

ポウルさんは七つのボールにそれぞれ一リットルのミルクを入れ、それに細かくちぎったパンをひたしたのです。竜の赤ちゃんがどんなにガツガツこの食事を食べたか、みなさんにも見せてあげたかったですね。一つの頭が

別の頭のボールに無理やり首を突っ込むといった調子で、七つの頭がたがいにどなりあい、ぴちゃぴちゃと音を立てて牛乳を飲んで部屋中にミルクをはね散らかしてしまいました。しばらく竜の赤ちゃんはたがいに頭を舐めあっていましたが、そのうちに寝入ってしまいました。

ポウルさんは竜を部屋に閉じ込めましたが、その部屋にはプラハ中の遺失物や拾得物がいっぱい置いてあったのです。それからポウルさんはすべての新聞にこんな広告を載せました。

ヴォイチェシュカー通りで見つかった、
卵から生まれたばかりの竜の赤ちゃん。
頭が七つあり、からだは黄色と黒の縞模様。
　持ち主は警察の遺失物拾得係にご連絡ください。

翌日の朝、ポウルさんが自分の遺失物拾得係の部屋を開けてびっくり。『くそっ、なんてことだ！　ろくでなしめ！　ひでえことをしやがって。もうめちゃめちゃだ！　どうしてくれるんだ！』こんな言葉しか口から出なかったのです。竜の赤ちゃんは一晩かけて、部屋にあるものをみんな食べてしまったのです。部屋にあったのはプラハ市内から集まってきた遺失物と拾得物でした。指輪や時計、財布にバッグ、ノート、ボール、鉛筆、筆箱、ペン立て、教科書、ビー玉、ボタン、製図器具入れ、それに手袋といったものです。でも竜の赤ちゃんはそれだけでなく、警察の書類や公文書、職務規定書、つまり、簡単にいえば、ポウルさんの部屋にあったものをすべて食べてしまったのです。いえいえ、まだありました。ポウルさんのパイプも石炭をすくうシャベル、ポウルさんが書類の必要なところにアンダーラインを引くための定規までたいらげてしまいました。こんな食べ方をしたので竜はすっかり大きくなりましたが、七つの頭のなかで、さすがに食べすぎたために気分の悪くなっている頭もいくつかありました。

『これはいかん』ポウルさんは言いました。『こいつをこのままここに置いておくわけにはいかんな』ポウルさんは動物愛護協会に電話をかけ、迷子の犬やネコを引き取るように協会がこの竜の赤ちゃんを引き取ってくれるようにお願いしたのです。『も

ちろん結構ですよ』こうしてこの竜の赤ちゃんは協会に引き取られたんだ。

竜の赤ちゃんを快く引きとったものの動物愛護協会は困ってしまった。『いったいこの子にを食べさせたらいいのかな、まったく何にもわからないんだからどうしようもない。博物学の本を調べても何にも書いてないしな』やむを得ず協会の職員は竜の赤ちゃんに牛乳、ソーセージ、サラミ、卵、ニンジン、パンがゆ、チョコレート、ガチョウの血液、えんどう豆、干し草、スープ、穀類、特製ソーセージ、トマト、お米、パン、お砂糖、ジャガイモ、ドライフルーツなどを与えて、いろいろと試してみました。竜の子どもは出てくるものはガツガツとみんな平らげただけでなく、本や新聞、さらには絵やドアのノブ、そこらにあるものはなんでも食べてしまい、どんどん大きくなってとうとうバーナード犬よりも大きくなってしまいました。

そうこうしていると、ルーマニアのブカレストから一通の電報が協会に届きました。電文は魔法使いの字でしたがこんな内容でした。

その竜の子の正体は魔法をかけられたお姫さまだ。
委細は会った上で。
三〇〇年以内にはウイルソン駅に着く予定
魔法使いのボスコ

竜の子をあずかっている協会は困りはてて頭をかかえ、言い出したのです。『もしもこの竜の子が魔法をかけられたお姫さまなら、この子は人間の子どもということになるな。だとすると、動物を保護するのが目的のうちの協会で、あずかるのは無理だ。養護施設に引き取ってもらわなくてはね』ところが養護施設の側はこう言うのです。『いや、魔法をかけられて動物になってしまったんだから、もうこの竜の子は人間ではなくて動物ですよね。なぜって、動物に変えられてしまっているんですからね。魔法をかけられて動物に変えられた人間はうちの管轄ではなくて、動物愛護協会の管轄になるはずです』

結局のところ、だれも魔法にかけられた人間が人間なのか動物なのかを決めかねたので、養護施設も動物愛護協会もこの竜の子供を引き受けようとはしませんでした。かわいそうに、竜の子も自分がいったい何なのかわけがわからなくなってしまい、すっかり悲しくなって食事もほとんど口にしなくなってしまいました。特に三番目、五番目と七番目の頭はまったく食事を取らなくなってしまったのです。

ところで、動物愛護協会には一人の小柄でやせた男性の会員がいました。その人は控えめで目立たず、まるで実の入っていないサヤエンドウのような人でした。名前はたしかNで始まる、ノヴァーチェクかネラドかノヘイルだったか、いやいや、ちがいました。トルティナさんという名前でしたよ。トルティナさんは竜の七つの頭がひとつ、また、ひとつと元気をなくしてげっそり痩せ衰えていくのを見て、協会に申し入れをしたのです。『この竜の子が動物だろうと人間だろうとぼくはかまいません。この子をうちに連れて帰ってしっかり面倒を見てやろうと思いますが、いかがでしょうか』

だれもが口をそろえてその申し出に賛成しました。『それは、ありがたいことです。助かります』そこで、トルティナさんは竜の子を自宅に連れ帰ったのです。

でも竜の子ってどうやって世話をすればいいんでしょうかね。そうです――エサをあげたり、毛をすいてやったり、なでてやったりしなくてはいけません。ありがたいことにトルティナさんは大の動物好きでした。毎日仕事がおわるとまっすぐ家に帰り、夕方の散歩に竜の子を連れ出すのです。竜の子は子犬のように飛び跳ね、しっぽを振りました。トルティナさんがこの子につけた「アミナ」という名前もどうやら自分のことだとわかるようなのです。ところがある晩、ばったり役所の保健衛生課ペット係の人と会ってしまったのです。

『もしもし。その連れている動物はいったい何なのです?』係の人はトルティナさんを呼び止めてききました。『万一、それが野獣や猛獣なら、通りを散歩させるなんてとんでもないことです。でももしお飼いになっている犬ならば、鑑札を購入していただいて首につけていただかなくてはなりません』

『これはめったにいない珍しい種類の犬なんです』トルティナさんは言いました。『ドラゴン・テリアとかドラゴン・グレイハウンドといった七つ頭の犬なんですよ。アミナ、そうだよね?でもご心配なく、ちゃんと鑑札を買ってこいつの首につけますから』でも鑑札を購入すると、貧乏なトルティィナさんの手元には、それこそ一コルナも残らなかったのです。

ところが、間の悪いことに、また役所のペット係の人とばったり会ってしまったのです。『トルティィナさん。残念ですけど、これではだめです』ペット係の人は言いました。『首が七つあるんですから、鑑札も七つなければいけません。どの犬の首にもきちんと鑑札をつける決まりなんですからね』

『でも、すみません』トルティィナさんは、今回はなんとか見すごしてもらおうとがんばりました。『アミナは真ん中の首にちゃんと鑑札をつけているんですけど』

『でも、それではだめだ』係の人は言いました。『ほかの六つの頭は鑑札も付けないでかってに動き回っているじゃない

か。それを見のがすわけにはいかないな。鑑札をきちんと七つつけないかぎり、没収だ』『すみません』トルティナさんは頼みました。『三日待ってください。アミナにちゃんと鑑札をつけますから』トルティナさんはションボリ家に帰りました。もう一銭もお金がなかったからです。

家にもどったトルティナさんはとても悲しくなりましたが、不思議に涙は出てきませんでした。「このままだとアミナはあの役人に連れて行かれてどこかのサーカスに売られてしまうか殺されてしまう」こんなことをつぶやいて頭をかかえため息をついていると、竜の子がトルティナさんのそばまで来て、七つの頭をすべてトルティナさんのひざの上にのせて、美しい悲しそうな目でトルティナさんを見つめました。動物が人のことを信頼し大好きだと思うとき、どの動物の目もまるで人の目のように澄んでいてきれいなのです。『アミナ。おまえをどこにもやらないしだれにもあげたりしないからね』トルティナさんは竜の七つの頭を一つひとつなでながら言いました。そしてトルティナさんは父親からもらった時計、一張羅《いっちょうら》の礼服、それに自分の一番いい靴を売り払い、それでも足りない分は借金をして六つの鑑札を買い、竜の残りの六つの首につけてやりました。それから竜を散歩につれだし通りを歩くと、七つの鑑札はチリンチリン、カランカランとまるでそりの鈴のような音を出して鳴るのです。

ところがその晩のこと、トルティナさんのところに大家さんがやってきて言うのです。『トルティナさん、どうもあなたがお飼いになっている犬は気に入りませんね。私は犬のことはあまり知りませんけどね。ただ、だれでもが言っていますよ。あれは竜の子だってね。竜の子なんて飼ってもらっては迷惑です』

『大家さん』トルティィナさんは言いました。『アミナはだれも噛んだりしてけがをさせたりしてませんよ!』

『そんなの関係ありませんね』大家さんは言い張ります。『まともな家の中で竜の子を飼うなんて、とんでもない。絶対に困る』『犬とかいっているこの竜の子をここで飼うのをやめないかぎり、きみとの賃貸契約は解約だ。いいですか、トルティィナさん。あなたはただの借家人にすぎないんですからね』そう言うと大家さんはドアをパタンと閉めて行ってしまいました。

『アミナ。見てたかい？』トルティナさんが泣き声で言いました。『ぼくたちここから引っ越さなくてはならないんだ。でもぼくはきみを手放したりなんかしないからね』すると竜はトルティナさんのところに静かに近づいてきたのです。竜はその美しく輝く目でじっとトルティナさんを見つめたのです。トルティナさんは思わず口に出してしまいました。『ねえ、アミナ。わかっているよね。ぼくがお前を大好きだってことをね』

翌日、トルティナさんはどうしたものかと頭をかかえながら職場に出ました。――トルティナさんはある銀行に勤めていたのです。職場に着くと、トルティナさんはさっそく上司に呼ばれました。『トルティナ君。私はきみのプライバシーにまで首を突っ込む気はないがね、でも、きみが家で竜を飼っているなんていう奇妙なうわさを耳にしたものだからね。いいかい。うちの頭取だって竜なんか飼ってはいないよね。竜が飼えるのは王様かスルタンだけさ。ふつうの人間が竜を飼っていいわけがないだろ。いいかい、トルティナ君。人は身分不相応な暮らしをしてはいけないんだ。竜を手放さないかぎり、きみを解雇せざるをえないから、そのつもりで』『あのー。でも』トルティナさんは静かに言いました。『ぼくは絶対、アミナを手放したりしません』トルティナさんはすっかり悲しくなってしまいました。家に帰っても口をきく元気もなくなってしまったのです。

家でトルティナさんは魂の抜け殻みたいになって、椅子に座っていました。目からは涙がこぼれていました。『おれはもうおしまいだ』トルティナさんは泣きながらつぶやきました。でもそのとき、トルティナさんは竜が自分の膝の上に頭のひとつをそっと置いたのを感じたのです。涙でなにも見えませんでしたが、竜の頭をそっとなでて、小さな声でささやくように竜に言いました。『アミナ。だいじょうぶ、心配しないでいいよ。おまえを手放したりしないからね』トルティナさんが竜の頭をこうやってなでていると、なにか頭が柔らかくなったように感じ、毛もなにかやわらかいカールされた女性の髪のように感じたのです。涙をぬぐって見てみると――竜はいなくなって、そこには美しい娘がひざまずいていたのです。娘は顔をトルティナさんのひざにうずめ、じっとトルティナさんのことをいとおしそうに見つめているではありませんか。『いったいこれは』トルティナさんは叫びました。『アミナはどこへ行ってしまったんだ?』『私がアミナです。そう、アミナ姫なのです』娘が答えました。『今の今まで魔法で竜に変えられていたのです。私があまりにも高慢で、何にでもすぐ腹を立てたものですから。でも、トルティナさん。これからは私、子羊のようにやさしい娘になりますわ』

『アミナ姫。おまえの言うとおりだよ』ドアの向こうで声がしました。そこには魔法使いのボスコが立っていたのです。『トルティナさん。あなたがこの娘をすくったのです。愛さえあれば、人もどの生き物も魔法ののろいから解放されるのです。でも、よかった、よかった!　トルティナさん。私はこちらのお姫さまのお父様、つまり、国王陛下からあなたにこうお伝えするように言われてこちらに参りました。国王陛下はあなたさまに、すぐ陛下のお治めになっている国におもむき、王位を継ぐようにおおせです。さあ、急ぎましょう。汽車に乗り遅れてはいけませんからね』

さあ、これでヴォイチェシュカー通りの竜の話はおしまいです」ホデラさんが言いました。「どうしても私の話が信じられないのなら、ポウル巡査に聞いてみてください」

クラールという名のホームレスのお話

昔、むかし、貧しい男がいました。フランティシェク・クラール（クラールはチェコ語で王様という意味）というりっぱな名前でしたが、この名前で呼ばれるのは、浮浪罪でお巡りさんに捕まって警察署に連れて行かれ、ぶ厚い取り調べ台帳に名前を書きとめられるときだけだったのです。一晩、留置所の粗末な木のベッドで寝かされて、朝になると釈放されました。たしかに警察ではフランティシェク・クラールと呼ばれましたが、それ以外ではだれもそんなふうには呼んでくれませんでした。浮浪者とか、宿無しとか、浮浪人、ルンペン、怠け者、あほんだら、くず集め、一文無し、のらくら者、ぐうたら、ものもらい、無法者、さまざまに呼ばれたのです。せめて、こんな名前で呼びすてにするかわりに一コルナめぐんでくれれば、黄色い靴や帽子だって買えたでしょう。でもだれもめぐんでくれませんでした。ですからクラールは人からのわずかなほどこし物で何とか夜露をしのいでいたのです。

こんなわけで、このフランティシェク・クラールを見る世間の目はそれはもうひどいものでした。「あいつはろくでもないルンペンで、神様の大切な時間を盗むしか能がなくて、できるのは腹の虫をグーグー鳴かすことぐらいだ」とまで言われていたのです。もっとも、神様は永劫のなかでありあまるほどの時間をお持ちになっていますから、クラールが盗む時間なんてものの数ではないんですがね。でも、腹の虫を鳴かすって、どういうことなんでしょう？　いいですか。腹の虫は、朝から晩まで飲まず食わずで口になにも入れず、仕方がないからマッチ棒を楊枝がわりにして歯のあいだをほじっていると、グーグー鳴き出すのです。「あいつ、すきっ腹をかかえて、腹の虫を鳴かしているぞ」というわけです。クラールは腹の虫を鳴かすのがとても上手で、コンサートを開けるほどでした。でもこの男は骨の髄までお人よしでした。なにしろやせこけていて、骨以外ほとんどなにも身についていませんでしたからね！　パンを一切れ恵んでもらったら、パンくずまで残さず食べ、どんなにひどいことを言われても、それをごくんと飲み込んでしまうのです。なにしろ腹ペコでしたからね。口にするものがないと、どこかの垣根のそばに横になり、夜の帳《とばり》に包まれて、寝ているあいだに帽子をだれかに取られてしまわないように見張っていてね、とお星さまにお

願いするのです。

クラールのようなホームレスは、世の中のことは何でも知っています。どこに行ったら食べ物にありつけるか、どこではどなられるか、どこの家には、お巡りさんよりも先に飛びかかってくる、ろくでもない要注意の犬がいるかよく知っています。

ちょっと話がそれますが、昔、たしかフォクスルとか言う名前の犬がいました。ちょっとフォクスルのお話をしましょうかね。フォクスルはヒージにあるお城で飼われていたのですが、かわいそうにもう神様のもとに召されてしまいました。このフォクスルには奇妙なくせがあったのです。ホームレスを見つけると、うれしそうにキャンキャン鳴きながらまとわりつき、踊るように飛び跳ねるのです。そして、ホームレスをお城の台所へいそいそと案内しました。でもお城にえらい人、そうですね、男爵とか、伯爵とか、王族の人とか、プラハ大司教とかが訪ねてきたときには、けたたましく吠えたてて、御者が急いで馬小屋に閉じ込めなければ、このえらい人たちを八つ裂きにでもしかねない勢いだったのです。犬にも、フォクスルのような変わったのがいるんですね。でも、人ではどうなんでしょうかね。

犬の話をしたついでに、犬がなぜしっぽを振るか知っていますか？　これにはこんなわけがあるのです。神様がこの世のありとあらゆるものをおつくりになったとき、できあがった生き物に、わけへだてなく「どうだ、満足しているか？　なにか不足はないか？」やさしくおたずねになったのです。こうして、神様は世界で最初の犬のところにも来られて、「なにか足りないものはないか？」とおききになりました。犬は「神様、ありがとうございます。なにも不足はございません」とお伝えしたくて、いそいで首を振ろうとしました。でも、ちょうどそのとき、なにかすてきなにおいにすっかり気をとられて、まちがえてしっぽを勢いよく振ってしまったのです。すてきなにおいはきっと、創造主のお手から離れたばかりで、まだ熱々の世界で最初の骨かソーセージの皮だったのではないでしょうか。そのとき以来、犬はしっぽを振るようになったのです。でも、馬や牛はしっぽを振らずに、人間のように首を振ることができます。ところがブタは首をたてにも横にも振れないのです。なぜって、創造主であられる神さまがブタに、この神のつくられた世界に不満はないか、たずねられたときのこと、ブタは鼻を使ってドングリを探り出して食べるのに夢中で、せわしく短いしっぽを振るだけでした。どうも、「すみません。ちょっとお待ちください。いま忙しいもんで」とでも伝えたかったようです。ブタはそのときから一生、短いしっぽを振り続けるはめになったのです。そして、罰としてブタのしっぽはそのときからずっと料理に使われるようになりました。わさびかマスタードを添えられたブタのしっぽを食べた人ののどを死ぬほどひりひりさせ続けているというわけです。いや、神様が天地を創造されたときのほんのちょっとした話なんですけどね。

でも、今日、お話したいのは、天地創造のことではなくて、フランティシェク・クラールという名前のホームレスの話です。この男は特にあてもないのにそれこそ世界中を歩きまわりました。ドイツ人がいっぱい住んでいるトゥルトゥノフからフラデツ・クラーロヴェーやスカリツェ、さらにはヴォドロフやマルショフ、さらにははるか遠くにある世界中のさまざまな街まで巡り歩いたのです。あるときは、ジェルノフの私のおじいさんのところで働いていたこともありました。でもホームレスはやはりホームレスで、その仕事も不意にやめ荷物を背負って出て行ったのです。こんどはスタルコチュに行き、さらには世界の果《は》てまで出かけていったようです。それっきりクラールを見た人もいませんし、うわさも聞こえてこなくなりました。どうにも一ケ所にじっとしておれないたちのようです。

もうお話したように、この男はホームレスとか一文無しとかぐうたらとかいろいろな名前で呼ばれていました。でも、こそ泥だとか、盗人野郎《ぬすっと》、ならず者、さらには追いはぎなんてひどい呼ばれ方をするときもありました。これにはフランティシェク・クラールも傷つきました。だってこれまで人から物を取ったり、盗んだり、くすねたことは一度もなかったからです。ほんとうに、人のものは爪《つめ》の垢すら盗んだりしたことはなかったんですよ。そうです。クラールはとても正直だったので、おしまいにはたいへんな名誉をいただくことになったのです。これからお話ししようと思うのは、ほかでもないその話なんです。

ある日、ホームレスのクラールはポドゥムニェステチュコの街角《まちかど》に立って、さて、ヴルチェックさんのところに食パンの一切れをもらいに行くか、プロウザじいさんのところにコッペパンの残りをもらいに行くか、どちらにしようかと思案の最中でした。そのクラールのわきを、革製のかばんを手に持った、身なりの立派な紳士が通り過ぎたのです。この紳士は、どうやら外国の工場主か商用で旅行中の商人のようでした。そこへ突然、ビューと風が吹いて紳士の頭から帽子を吹き飛ばしてしまいました。帽子はあっという間に通りを転がっていってしまったのです。「おい、ちょっと、これを頼む」その紳士はとっさにホームレスのクラールにそう大声で叫ぶと、手に持っていたかばんを投げてよこしたのです。そして、たちまち、ほこりの舞い立つ中を、どこかシフロフのほうへと帽子を追いかけて、いなくなってしまいました。

クラールは仕方なく、そのかばんを手に持って、その紳士がもどってくるのを待っていました。ところが三十分たっても、一時間たっても紳士はもどってこなかったのです。クラールはパンをもらいに飛んで行きたいのをぐっとがまんして、紳士がもどってくるのを待ちました。紳士と行き違いになるとまずいと思ったからです。でも、二時間たっても三時間たっても紳士は現れませんでした。やむを得ずクラールは退屈しのぎにおなかの虫を鳴かしていました。それでも紳士はもどってこず、とうとう夜になってしまいました。夜空には星が輝き、ポドゥムニェステチュコの人はみな、ストーブのわきの子ネコのように丸くなって寝入っていました。お布団に包まっていい気持ちでみなさん眠りこけていたので、なぜゴロゴロとネコのように鳴かないのか不思議なくらいでした。でも、ホームレスのクラールだけは夜空の星を眺め、からだをびくびく震わせながら、まだじっと立って、あの紳士がもどってくるのを待っていました。

街の時計が夜中の十二時を告げた、ちょうどそのとき、うしろからなにかおそろしそうな声がきこえました。「ここでなにをしている?」

「見知らぬ紳士を待っているのです」クラールは答えました。

「なにを手に持っているんだ?」そのおそろしい声が問いただしました。

「その紳士からあずかったかばんです」ホームレスは説明しました。「もどってきたら、お返ししなければなりません」

「その紳士はどこにいるんだ?」おそろしい声の追求は続きます。

「あのう、帽子を追っかけてどこかへ行ってしまいました」クラールは答えました。

「あやしいぞ」ますますその声はおそろしそうでした。「不審者として連行する」

「それは困ります」ホームレスはがんばりました。「ここで紳士がもどってくるのを待たなければなりませんから」

「法律の名の下に逮捕する」雷のようなどなり声が響きました。このどなり声でクラールさんは声の主が警察官のボウラさんだとわかったのです。こうなったら、したがうしかないな、クラールさんは思いました。そこで、頭を一かきすると、ほっと一息はいて、ボウラさんに同行して警察に行きました。名前から始まっていろいろと尋問を受け、それをぶ厚い取調べ台帳に書き込まれました。取調べが終わると留置場に放り込まれ、がちゃんと鍵をかけられたのです。あのかばんにも、明日の朝、予審判事がやって来るまで、鍵がかけられました。

　朝になってクラールさんは予審判事の前に連れて行かれました。おどろいたことに、そこにいたのはおなじみの判事、シュルツさんだったのです。シュルツさんはやっと頭痛が取れたところでした。

「このろくでなし。なまけもの。役立たず」判事は大声で言いました。「おまえ、また来たのか？このあいだ浮浪罪でここに連れてこられて、まだ一月《ひとつき》もたっていないぞ。くそっ。まったくのやっかい者だな、おまえは！　また、そこいらをうろうろしていて捕まったのか？」

「いえ、判事さん。それはちがいます」クラールは答えます。「ただじっと立っていただけなのに、ボウラさんに捕まったのです」

「こまったやつだ。それで」判事さんはクラールに聞きました。「何で立っていたんだ？　立ってなけりゃ、捕まることもなかったはずだ。かばんを持っていたというじゃないか、そうだろう？」

「いえ、その。そのかばんはある、知らない人からあずかっただけです」

「ふん。その手の話はもうあきあきするほどきいてるよ。いいか。盗んだやつは必ず言うんだよ。このかばんは見知らぬ人からあずかっただけです、とな。いい加減なことを言うな。かばんにはなにが入っていた？」

「知りません。ほんとうに知らないんです」クラールは答えました。

「ふざけるんじゃない。それじゃあ、こちらで中身を調べる」

そう言うと、判事さんはかばんを開けましたが、中身を見たとたん、びっくりして飛び上がってしまいました。中にはお札《さつ》がぎっしりつまっていたのです。それに歯ブラシが一本。お札は数えてみると、百三十六万七千八百十五コルナもの大金でほかに九十二ハリーシュ分の硬貨も入っていました。

「これはおどろいた」判事さんはクラールをどなりつけました。「おい、どこでこのかばんを盗んだんだ？」

「判事さん」クラールさんは言い訳をしました。「ある見知らぬ紳士からあずかっただけです。その紳士は風で飛ばされた帽子を追っかけて行ってしまったのです」

「こいつ。盗人たけだけしいぞ。だれがそんな言い訳を信じるもんか。いいか、おまえのようなルンペンに百三十六万七千八百十五コルナ九十二ハリーシュもの大金と歯ブラシ一本をあずける人がいたら見てみたいもんだ！　留置所へもどるんだ！　だれからこのかばんを盗んだかぐらい、すぐ目星をつけてやる」

こんなわけで、かわいそうにクラールはもうそれは長いあいだ留置所から出してもらえませんでした。冬がすぎ、春もすぎましたが、こんな大金を盗まれたと警察に申し立てる人はだれも現れなかったのです。これは、あのろくでなしが金ほしさに見知らぬ紳士を殺して死体をどこかに埋めて、あの大金の入ったかばんを持ち去ったにちがいない。判事のシュルツさんや警察官のボウラさんだけでなく裁判所や警察のだれもがそう思いました。なにしろ、クラールさんは住まいもないし定職にもついていない上に、これまで何度も警察のお世話になっているとんでもないやつだと思われていたからです。一年と一日もあっという間にすぎ、クラールさんは、見知らぬ紳士を殺害し、百三十六万七千八百十五コルナ九十二ハリーシュと歯ブラシ一本を盗んだ罪でシュルツ判事の前に連れてこられました。こんなとんでもないことをしでかしていたとしたら、それはもう、絞首刑になるにきまっています。

「この人殺しの欲ばり盗人め」判事さんが被告に言いました。「どこで殺してどこに死体を埋めたのか、せめて白状するんだな。そうすれば、おまえも少しは楽に死ねるはずだ」

「でも判事さん。私は殺してなんかいませんでした」クラールはあくまで殺人など認めませんでした。「その人は私の手にかばんをあずけると、風に飛ばされた帽子を追っかけてあっという間に姿を消してしまった

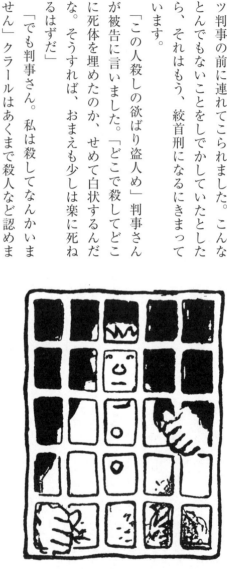

んです」

「うーむ」判事さんはため息をつきながら言いました。「まだ殺したことを認めないでそんなことを言っているようでは、絞首刑もやむをえないな。ボウラ君。このろくでもない人殺しを絞首刑にする手続きをとるんだ。ああ、神のご加護を！」

判事さんの言葉が終るか終わらないうちに、部屋のドアが突然、バタンと開いたのです。ドアの前には埃《ほこり》まみれの見知らぬ男が一人、はーはーと苦しそうに息をしながら、立っていました。

「見つけたぞ」男は叫びました。

「なにを見つけたんだ？」判事さんがとがめるようにききました。

「この帽子ですよ。いやはや大変な目にあいましたよ」その見知らぬ男は答えました。「もう一年も前のことなんですがね。ポドゥムニェステチュコの町をちょうど通りかかった時に、突然、強い風が吹いてきて私のかぶっていた帽子を吹き飛ばしてしまったんです。やむなく、たまたまそこにいた男に持っていたかばんをポンと投げ渡して、必死に帽子を追いかけました。ところがこの帽子のやつ、一筋縄《ひとすじなわ》ではいかないなかなかの曲者《くせもの》で、コロコロ転がって橋を渡りシフロフ、さらにそれからザーレシー、ルティンまで行ってしまい、そこからさらにコステレッツを通ってズベチュニーク、フロノフ中を転がってナーホドまで、そしてとうとうプロイセンとの国境を越えてしまったのです。やつから一時も目を離さなかったおかげで、とうとう捕まえたぞとおもったところで、私は入国審査に引っかかってしまいました。係官に入国理由を聞かれて、

『帽子を追っかけてるんです』と説明している間に、やつはまんまとにげてしまいました。悶々と一夜を過ごし、翌朝、プロイセンに入国し、帽子を追ってレヴィーンからフドバまで行きました。フドバは町中汚い水であふれていましたよ――」

「おい、おい」判事さんが口をはさみました。「ここは裁判所だぞ。何のつもりで地理の講義なんかしてるんだ」

「それでは、できるだけ手短かにお話します」見知らぬ男の人は言いました。

「フドバまで来てみると、帽子のやつ、コップ一杯の水を飲みおわるとステッキを買って汽車に乗り込み、スヴィードニツェに向かうところでした。しめた、と私も同じ汽車に乗ってやつのあとを追いかけたんです。ところが、スヴィードニツェで、やつめ、ホテルに泊まると宿代も払わずにどこかに消え失せてしまったのです。さんざん探し回ったあげく、帽子がクラコフにいることが分かりました。やつはそこである未亡人と結婚しようとしていたのです。私はクラコフに駆けつけました」

「どうして、そこまでして帽子を追いかけるのかな?」判事さんは思わず聞いてしまいました。

「それはですね」男は答えました。「帽子は買ったばかりでしたし、実は、帽子のリボンにスヴァトニョヴィツェからスタルコチェまでの帰りの切符をはさんでおいたんです。判事さん、この切符は大事ですからね」

「なるほど」判事はうなずきました。「確かに、理屈は通っているな」

「だって」男は言いました。「切符を買いなおすなんてばかばかしいですからね。ええっと、どこまでお話ししましたっけ？　ああ、クラコフまででしたね。私がクラコフに着いたら、帽子のやつ、外交官になりすまして一等席に乗ってワルシャワに向けて出発したあとだったのです」

「それはりっぱな犯罪だ！」判事さんがいかめしく言いました。

「そうですよね」男は言いました。「そこで、クラコフの警察からワルシャワの警察に帽子のやつを逮捕するように電話してもらったんです。ところが、帽子のやつ、冬が来たもんだから、ちゃっかり毛皮を手に入れてひげを伸ばし、モスクワに逃げおおせていたのです」

「それで、帽子のやつ、モスクワでなにをしていたのかね？」判事がききました。

「それが、よりによって帽子のやつ、政治になんぞ興味をもって政治記者になり、どうしたら政府を転覆させることができるか、すっかり手口を身に着けてしまったんですよ。まったく！　でも、ロシアの警察はさすがですね。やつをさっさと逮捕して、銃殺刑を言い渡したのです。ところが、やつめ、よっぽど悪運にめぐまれているのか、銃殺されるその瞬間に、突然、風が吹いて、帽子のやつ、風に吹かれてコロコロ転がり、銃を構えていた兵隊の足のあいだをくぐり抜けて、母なるロシアの広大な平原を、とうとうノヴォチェルカッスクまで転がっていったのです。やつはそこで毛皮の帽子をかぶり、ドンコサックのアタマン（訳注　コサックの頭領の称号）になっていました。それでも必死にやつを追跡して、とうとう捕まえたのです。ところが、くそっ。捕まったとたん、やつは口笛を吹いて、私を射殺するよう命じたのです」

「それでどうなったんだね？」判事さんは思わず身を乗り出しました。

「それでですね」男は答えました。「私は言ってやりましたよ。『コサックなんてちっともこわくないぞ。細かくちぎってスープにしてやる』でも判事さん、あのあたりじゃ、コサックなんてキノコを育てているんですかね――」（訳注　チェコ語ではコサックはキノコの一種の名前を意味する）

「それが、けっこう育てているらしいんだ」判事さんは答えました。「もっとも、チェコのリブニャトフにはかなわないさ。なにしろ、リブニャトフにはシラカバやポプラがいっぱい生えているからね」

「コサックは最高にうまいキノコですからね」男は言いました。「もっとも柄《え》の方はちょっと固いのが欠点ですね。やつらに言ってやりましたよ。『やいやい、コサックなんていつもスープにして食ってるし、小さくちぎって天日干しにしてるんだぞ』これを聞いたコサックたちは震えあがり、私を自由の身にしてくれたんですよ。ところが肝心の帽子のやつは、このどさくさに紛《まぎ》れて馬に飛び乗るとさらに東の方角に一目散に逃げだしてしまったんです。もちろん、やつのあとを追いかけました。やつはオレンブルグで汽車に乗ってオムスクに行き、そこからさらにシベリアを横断したのですが、イルクーツクで見失ってしまったのです。うわさでは、どこかでたっぷり金を手に入れたそうですが、あっさり盗賊に捕まって身ぐるみ一切を持っていかれたそうです。でも命だけは助かったんですね。ところが、ブラゴヴェシュンスクの通りでばったりまたやつに出会うことができたんです。ところが、やつは、また、尻に帆かけてコロコロと転がって私の手から逃げおおせ、マンシュウを横切って東シナ海の海岸にまでたどり着いたんです。でも、やつは水が苦手だったんですね。浜で水をこわがってぐずぐずしているところでやっと追いつきました」

「それでやっと帽子を捕まえたってわけだね?」判事さんがききました。

「ところがですね」男は言ったのです。「捕まえようとしたそのとたん、急に風向きが変わって帽子のやつ、今度は西に転がって逃げ出したんです。やつを追いかけて中国からさらにトルキスタンを横断しました。自分の足で歩いたり、かごに乗ったり、馬やラクダの背にまたがったりしてやっとの

ことでタシュケントにもどりました。すると、帽子はすでに汽車でオレンブルクまで行ってしまったあとでした。やつはそこからさらにハルコフ、オデッサ、さらにウヘル、そこで向きを変えてオロモウツ、チェスカー・トゥジェボヴァ、ティーニシュチェ、そしてとうとうここにもどって来たというわけです。ええ、やっとのことで五分前にこの街の広場でやつを捕まえました。パブに入ってグラーシュを食べようとしていたところだったのです。これがその帽子です」男はそう言ってみんなに帽子を見せました。帽子はボロボロになっていて、ついいままであちこちを抜け目なく逃げ回っていた帽子とはとても見えませんでした。

「さあ、帽子のリボンにはさんでおいたスヴァトニョヴィツェからの帰りの切符は無事あるかな」男は帽子のリボンをさぐり、切符を見つけ出したのです。「あった、あった」男はうれしそうに叫んだのです。「これで切符を買いなおさなくてもスタルコチェまで帰れるぞ」

「でも、いいですか」判事さんが口をはさみました。「その切符はもう期限切れじゃないですかね！」

「ええっ？　どうしてです？」男はびっくりして聞き返しました。

「だって、その切符の有効期間はたったの三日ですからね。それなのに、もう一年と一日たっちゃってますよ。ですから、その切符はもう無効なんです」

「くそっ。そうか。頭に来るな」男はいまいましそうに言いました。「そこまで考えなかったな。切符を買いなおさなくてはならないってわけか。でも、もう一銭もないぞ」男は頭を掻きむしっていましたが、ふと思い出したのです。「待てよ。帽子を追いかけるとき、持っていたかばんをだれか見知らぬ男にあずけたな。あのかばんには金が入っていたはずだ」

「いくらお金が入っていたんですか？」判事さんはすぐ聞きました。

「記憶にまちがいがなければ、たしか百三十六万七千八百十五コルナとほかに九十二ハリーシュ分の硬貨と歯ブラシが一本入っていたはずですが」

「うーん。ピッタリだ。一ハリーシュもちがわないぞ。そのかばんはここにあります。おっしゃる通りのお金と歯ブラシが一本入ってますよ。あなたが自分のかばんをあずけた男は、ほら、ここにいます。クラール・フランティシェクという名前ですが、たったいま、あなたのかばんを強奪してあなたを殺害した罪で私が死刑の判決を下したばかりなんです」

「えっ。そんなばかな」男はびっくりしました。「この男を一年と一日も留置していたんですか？気の毒に。だってこの男はかばんのお金にびた一文も手を付けていないじゃないですか」

ここで判事は立ち上がり、もったいぶった調子でこう述べたのです。

「本官はここに被告クラール・フランティシェクが、口にできる一切れのパンはおろか、その材料になる小麦粉すら持っていないのにもかかわらず、あずかったかばんから一ハリーシュたりとも盗んだり、くすねたり、奪ったり、かっぱらったりしていないことを認めざるをえない。かかる理由によって本官は、大金の入ったかばんの持ち主を殺害した上で死体を土中に埋め、かばんを強奪したとして被告クラール・フランティシェクにかけられていた強盗殺人の嫌疑が晴れたことをここに宣言する。

被告クラール・フランティシェクはあずかったかばんに入っていた百三十六万七千八百十五コルナ九十二ハリーシュもの大金と歯ブラシ一本から一切金をくすねるどころか、かばんの持ち主が現われるのを二四時間、一歩も動かずにじっと辛抱強く待ち続けた正直者なのである。クラール・フランティシェク、きみは無罪なのだ。アーメン。おっとっと。いかん、いかん。ちょっとしゃべりすぎたかな、どう思いますか?」

「もう十分でしょう」かばんの持ち主の男が言いました。「さっさと話すのをやめて、この正直なホームレスの方にしゃべってもらったほうがいいですよ」

「話せって言われても」フランティシェ

ク・クラールがもじもじしながら答えました。「生まれたときから、だれからも物をとったことはないんですよ。そこいらに落ちているものさえ取ったりしたことはありません。それが私のたちなんです」

「いやはや」その男の人がおどろいて言いました。「ホームレスどころかどんな人間だって、きみのような人はめったにいないよ。白いカラスのようなもんだ」

「私もまったく同感です」そのとき、それまで、黙っていたお巡りさんのボウラさんが口をはじめてきいたのです。

こうして、フランティシェク・クラールはやっとふたたび自由の身になりました。正直にかばんをあずかってくれていたお礼として、男の人はフランティシェクにいっぱいお金を渡しました。どれぐらいのお金ですかって? そう。お家が一軒買えて、そのお家にテーブルを置いて、そのテーブルに一枚のお皿をのせ、そのお皿に一本、ソーセージをのせることのできるほどの大金だったのです。ところが、フランティシェクの着ていた服のポケットには穴が開いていたのです。せっかくいただいたお金はその穴からつぎつぎに落ちてしまいました。あっという間にもとの一文無しにもどってしまったフランティシェクは、腹の虫を鳴かせながら足の向くまとぼとぼと道を歩いていたのです。でも、白いカラスのことは忘れないでいました。

夜になったのでフランティシェクは番人小屋にもぐりこみぐっすり眠ったのです。朝になって小屋の外をのぞいてみると、お日様がさんさんと照り、あたり一面に朝露《あさつゆ》がきらきらと輝いていました。そこへ、一羽の白いカラスが小屋の前の垣根に止まったのです。フランティシェクは白いカラスを見るのはこれが初めてでしたので、すっかりびっくりして息をするのも忘れてこの白いカラスに見入っていました。そのカラスはくちばしで毛づくろいをしていましたが、そのからだはまるで降ったばかりの雪のように白く、眼はルビーのように赤く、足はバラ色でした。カラスはフランティシェクに気づくと羽ばたいて飛びたとうとしましたが、なぜか飛びたつのをやめて、ぼさぼさ頭のフランティシェクをうさんくさそうに片方のルビーのように赤い目で見ていました。

「おまえさん」カラスが突然、口をきいたのです。「私に石を投げたりしないだろうね?」

「投げたりしないさ」カラスが口をきいたものですから、フランティシェクはすっかりおどろいてききました。「おまえ、どうして口がきけるんだい?」

「そんなの簡単だわ」カラスが答えたのです。「白いカラスはみんな口がきけるのよ。黒いカラスはただカーカー鳴くだけだけど、白いカラスは何でも話せるわ」

「なるほど」ホームレスのフランティシェクはうなずきました。

「それなら、盆まめって言ってみろよ」

「ぼんまめ」カラスは答えました。

「なるほど。じゃあ次は盆ごめだ」

「ぼんごめ」カラスが答えました。「あたしが話せるのがわかったわよね。あたしたち白いカラスはそんじょそこらのカラスとはちがうのよ。ふつうの黒いカラスは五までしか数えられないけど、白いカラスは七まで数えられるの。ほら、いい。一、二、三、四、五、六、七。おまえさんはいくつまで数えられるのかしら?」

「うーん。そうだね。なんとか十までなら数えられるかな」

「それじゃあ、数えてみて」

「わかったよ。いいかい。仕事は九つ。貧乏は十番目」

「たまげたわね」白いカラスがびっくりして言いました。「おまえさんて、なんて賢い鳥なの。でも知ってる? 白いカラスより頭のいい鳥はいないのよ。知ってるかしら? 人間の教会には白いガチョウの羽を持ち、まるで人のような顔をした大きな

鳥を描いた絵が飾ってあるのよ」

「ああ」フランティシェクが言いました。「それは天使の絵だよ」

「なるほど、そうなの」カラスが言いました。「じゃあ天使はほんとうは白いカラスなのね。でもほとんどだれも白いカラスを見たことがないと思うの。だって、白いカラスってわずかしかいませんからね」

「なるほどね」フランティシェクがうなずきました。「でも、ぼくはその白いカラスって言われてるんだけど」

「なにを言ってるの」白いカラスはうたがわしそうでした。「おまえさん。ぜんぜん白くなんかないじゃない。白いカラスだなんてだれに言われたの？」

「きのう、判事のシュルツさんやお巡りさんのボウラさん、それに見知らぬ男の人にも言われたのさ」

「まさか」カラスはすっかりたまげてしまいました。「あんたっていったい何者なの？」

「ぼくはただのクラール・フランティシェクさ」このホームレスの男は恥ずかしそうに答えたのです。

「クラール（王様）？　おまえさんが王様だって？」カラスが大声をあげました。「そんな見え透いたうそをつかないでよ。あんたみたいなぼろぼろの服を着た王様なんているわけないでしょ」

「でもおれはクラール（王様）なんだ」ホームレスは答えたのです。「ぼろ服のクラール（王様）ってわけだ」

「じゃあ聞くけど、どこの国の王様なの？」カラスがききました。「そうだね、おれはどこでもクラール（王様）さ。ここでもクラールだし、スカリツェでもクラールなんだ。トゥルトゥノフでもやっぱりクラールなんだよ――」

「イギリスでも王様なの？」

「そうだね。イギリスでもやっぱりクラール（王様）だと思うよ」

「フランスではどうなの？」

「フランスでもそうさ。どこに行ってもクラール・フランティシェクなんだよ」

「そんなのありえないわ、無理よ」カラスが言いました。「うそをついちゃだめよ」

「うそなんかついちゃいないよ。誓ってもいいよ」フランティシェクが言いました。

「神様に誓っても？」白いカラスがしつこく言いました。

「神様に誓っても、ほんとうさ」フランティシェクが言いました。「うそだったらこの場で殺されてもいいし、舌を抜かれても文句を言わないよ」

「わかったわ」カラスが口をはさみました。「じゃあ、白いカラスのなかでもクラール（王様）でおれるわよね？」

「もちろん、白いカラスの中でも」フランティシェクは答えました。「クラール・フランティシェクでしかおれないよ」

「私たち、今日。クラーコルカで次の王様を選ぶ会議を開くのよ。カラスの王様は白いカラスのなかから選ばれる決まりなの。あなたは白いカラスだけど、実際、もうクラール（王様）なのよね。だから、あなたが王様に選ばれても全然おかしくないわ。わかった？　だったら、お昼の十二時までここで待っててちょうだい。あなたが王様に選ばれたかどうか、いそいで飛んできて知らせますからね」

「じゃあ、ここで待っているよ」クラール・フランティシェクは答えました。白いカラスは白い輝く羽を広げて、クラーコルカに向けて飛び立ちました。

クラール・フランティシェクは暑いひなたでじっと待ち続けました。でも、いいですか。選挙ってのは議論ばかりが続いてなかなか実際、選ぶところまでいかないものですよね。クラーコルカでの白いカラスの王様を選ぶ集会でも議論がさんざんもめ、一向に話がまとまりませんでした。シフロヴァの工場の十二時を知らせるサイレンが鳴ってもまだ選挙が実施されていなかったのです。さすがに、カラスたちも投票をはじめました。そして、フランティシェク・クラールがすべてのカラスの王として選ばれたのです。

フランティシェク・クラールはじっと待っていましたが、さすがにお腹がすいてきました。十二時をすぎると、フロノフにある私のおじいさんの水車小屋に焼き立てのいい匂いのするパンを一切れもらいに行ってしまったのです。

フランティシェクが王様に選ばれたことを知らせようと白いカラスは全速力で飛んで、フランティシェクが待っているはずのところにもどってきました。でもそのときにはフランティシェクはもう丘を越え谷を越えて遠くまで行ってしまったあとだったのです。

カラスたちは自分たちが選んだ王様がいなくなってしまったことを嘆き悲しみました。白いカラスは黒いカラスたちに、自分たちが選んだ王様（クラール）を世界中くまなく飛んで行って探し出し、クラーコルカの森の中にある宮殿の王座にまでお連れするように命じたのです。

このときから、世界中の空を飛んでいるどのカラスも、いつも「クラール、クラール！」、つまり、「王様、王様！」と鳴いているのです。とりわけ、冬にカラスが群がって空を飛ぶときには、どのカラスも突然王様のことを思い出して、野原や森の上を飛びながら、「クラール、クラール、クラール！　王様！　お─王様！　クラール、クラール！　お──王様！！　お───王様！！！」と鳴き叫んでいるのです。

KRÁL
KRÁL
KRÁL
KRÁL

大盗賊ロトランドの息子のお話

それはそれは昔、大昔のことです。亡くなって神のご加護のもとで永遠の眠りについている、あのゼリンカ爺《じい》さんは私の太っちょのひいお爺《じい》さんのことは覚えていましたけどね。そのゼリンカ爺《じい》さんでさえも、忘れてしまっていた、ずっと昔にあったことです。そんな昔、大昔、あの悪名高い大盗賊、ロトランドがブレンダ山を根城にしてあたりを完全に支配下において、すっかりわが物顔をしていたのです。ロトランドは平気で人殺しがいくらでもできる男でした。そのロトランドには直属の手下が二十一人いましたが、そのほかにも泥棒《どろぼう》が五十人、こそ泥が三十人、それに密輸にかかわったり、盗品をさばいたりしていろいろと盗賊稼業の手助けをしてくれる連中が二百人もいたのです。

このロトランドはポジーチーやコステレッツ、フロノフにつながる街道で運送業者や商人、ユダヤ人、さらには馬に乗った騎士が通るのを待ち構えていました。そして、彼らが通りかかると大声をあげながら現れて、持ち物だけでなく身ぐるみもすべてはいでしまったのです。それでも、ロトランドによって刺し殺されたり、撃ち殺されたり、木にぶら下げられなかっただけでもよかったと、襲われただれもがほっとよろこぶ始末でした。こんな極悪非道《ごくあくひどう》の人殺し、それがロトランドだったのです。

馬車に乗った商人たちが馬に「ハイヨー」、「ドウドウ」と声をかけながら、街道を通って行きます。トルトノフの市場で自分の持ってきた商品がいくらで売れるか、期待に胸をふくらませているのです。でも、森の中を通るときは盗賊が出ないかちょっぴり心配でした。商人たちが一見、楽しそうに口笛を吹いていたのは、そんな心配を吹き飛ばすためだったのです。すると突然、森の中から山のような大男が現れました。あの巨人のシュメイカルやヤヘルカよりも大きくて、背も頭二つ分も高いのです。それにひげを生やしていて、ひげのせいで口がどこにあるのかわかりませんでした。そんな大男に馬車の前に立ちはだかられて、わめかれてご覧なさい。「命がお惜しければ、金を出すんだ！」おまけに、まるで大砲みたいな大きなピストルを突きつけられれば、やむを得ませんよね。商人はお金を差し出しました。

するとと、ロトランドは商人から、馬車や馬、商品、着ている上着、はいているズボン、ブーツまでも取り上げて、そのうえ、かわいそうに、さっさと飛んで家に帰れるように、さらにムチを二、三発くらわせたのです。こんなわけですから、ロトランドは絞首刑になっても、だれもおどろかないとんでもない極悪人だったのです。

ロトランドが縄張りにしていたところにはほかに盗賊はいませんでした。もっとも、マルシヨバまで行けば、一人の盗賊がいることにはいたんですが、そいつはロトランドにくらべて、いつもヘマをし、しくじってばかりいる盗賊だったのです。そんなわけで、ロトランドの盗賊稼業はとても順調でした。ですから、あっという間にたいていの騎士や工場主よりもお金持ちになってしまったのです。

このロトランドには小さな息子がいました。ロトランドはいろいろ考えました。「息子にはしっかり勉強してもらわなければな。そのためなら、数千コルナかかろうといっこうにかまわん。

ドイツ語でもフランス語でも身につけて、ビッテシェーン（ドイツ語で「どうぞ」の意味）とかジェヴゼーム（フランス語で「好きです」の意味）とか上手に話せるようになり、ピアノも弾けてダンスもいろいろと踊れて、食事はきちんとお皿から、鼻をかむのはハンカチで、そんなふうになってもらわなければ困る。おれはただの盗人、盗賊だが、息子には伯爵のようになってもらいたいんだ。もう迷いはない。決めたぞ！」

そう言い終えた時には、もう大盗賊のロトランドは息子を馬に乗せてブロウモフに向かって全速力で走りだしていました。ブロウモフに着くとある修道院の前で息子を馬から下ろし、拍車の音をガチャガチャと響かせながら、まっすぐに修道院長のお部屋へ向かったのです。

「院長様」ロトランドが太い声で言いました。「わしの息子をおあずけしますから、しっかり教育を授けてやってください。きちんと食事をし、鼻をかめ、ダン

スもしっかり踊れて、ドイツ語でビッテシェーン、フランス語でジェヴゼームとちゃんと言えて、つまり、騎士としてふさわしいようなすべてをお教えいただきたいのです」ロトランドはさらに続けて言いました。「いいですか、ここに袋があります。袋の中にはダカット金貨、ルイ金貨、フロリン銀貨、ピアストル銀貨、ルピーノ金貨、デュプレ銀貨、ルーブル銀貨、ターレル銀貨、ナポレオン金貨、ギニー金貨、タラント銀貨、オランダのグルデン金貨、ピストレ金貨、ソブリン金貨がいっぱいつまっています。どうかこれで、この子を王子様のような立派な子に育ててください」

これだけ言うと、ロトランドは踵《きびす》を返してあっという間もなく森に消えてしまったのです。

こうしてロトランドの息子は修道院の神父様のもとで育てられることになりました。

息子の名前もロトランドと言いましたが、この息子のロトランドがあずけられた修道院は、王子様や貴族の子供、お金持ちの子供ばかりでした。太っちょのスピリディオン神父はロトランドに「ビッテシェーン」とか「ゴルサマディール（手にキスを）」といったドイツ語を教え込み、ドミニク神父は「トレシャルメ（すてき）」、「シルヴプレ（どうぞ）」などといったいろいろなフランス語を息子のロトランドの頭に叩き込み、アマデウス神父はあいさつの仕方や褒め言葉の使い方といったマナーやメヌエットの踊り方を教えてくれ、聖歌隊長のクラウプネルさんはフルートのようにか細げに、そしてオーボエのように上品にそっと鼻をかむにはどうすればよいか教えてくれました。

大盗賊のお父さんのように、コントラファゴットやトロンボーン、古代エリコのトランペットのように音を響き渡らせたり、ピストンや自動車の騒音のような音を立てて鼻をかんではけっしていけないのです。つまりは、礼儀正しい騎士のようにとてつもなく上品で細かいところまで気配りのできるりっぱな人物になるようにしっかりとした教育、しつけを受けたのです。

こうしてロトランド・ジュニアはレースのえりのついた黒いビロードの服を着た、とてもりっぱな青年に育ちました。もうすっかり、自分が幼いころ荒々しいブレンダ山にある盗賊の洞窟で育ち、人殺しや盗みで名をはせた大盗賊、父親のロトランドが牛の毛皮を身にまとって馬の匂いをまき散らしながらあたりを徘徊《はいかい》し、どの盗賊もやるように、素手で生肉を食べていたのを忘れてしまっていたのです。

こうして、若いロトランドは、まるで花が咲くように、あらゆる知識を身につけた礼儀正しい青年となりました。また、飛び抜けてできの良い生徒でもあったのです。ところがそんなときに、修道院の前で馬のひずめが鳴り響いたかと思うと、毛むくじゃらの男が荒々しく馬から飛び降り、修道院の門の扉をドンドンとたたきました。門番の若い修道士が門の扉を開けてやると、男はだれもがびっくりするような大声で言いました。「おれは、若いロトランド様をお連れするために来たのだ。おかしらの老ロトランド様は臨終の際《きわ》にあって、稼業を一人息子に継がせたいとお望みなのだ」

こんなわけで、息子のロトランドは目に涙を浮かべて、修道院で世話になった神父様や若い修道士たち、共に学んだ友人たちとお別れして、使いの手下の男とブレンダ山に向かいました。その道すがら、息子は、「父が自分に継がせたい稼業っていったい何なんだろう?」とあれこれと考えたのです。そして、いずれにしても家業を継ぐ以上は、神様のお気に召す、だれからも認められる、模範的な礼儀正しいものにしようと心に誓ったのです。

ブレンダ山に到着すると、手下の男は息子のロトランドを臨終の床に臥せている父親のもとに案内しました。父親は大きな洞窟の中で、剥がしたばかりの牛の皮を何枚も積み重ねたマットの上で馬の皮を毛布代わりにかけて寝ていました。

「おい、ヴィンツェック。遅いじゃないか。このグズ野郎」大盗賊の父親は苦しそうでした。「それで、おれのせがれは連れてきたんだろうな?」これだけ言うのが精一杯だったのです。

「お父様」息子のロトランドがひざまずいて、父親に話しかけました。「神様が長年のあいだ、あなたさまがまわりの人たちに喜びを分かち与えるのをおそれ多くもお許しになっておられたとしたら、それはあなたの子孫にとってもう、とても言葉では言いあらわせないほどの誇りです」

「まわりくどいことをぐちゃぐちゃ言うんじゃない」父親は息子をしかりました。「おれはもうすぐ地獄に落ちるんだ。おまえの甘ったるいセリフを聞いているひまなんかない。おまえには、おれが死んでも働かないでも生きていけるだけの財産を残してやろうと思っていたんだが、くそっ、このところずっとおれの稼業もさっぱりでな」

「それはいけませんね。お父様」息子はほっとため息をついて言いました。「お仕事がうまく行かず、つらい思いをされているなんて思いもしませんでした」

「そうかい」老ロトランドがぶつぶつとぼやいたのです。「なにしろおれは痛風病みでな。遠くまで出かけるのは無理なんだ。するると、商人のやつら、このあたりの道を避けて通らなくなったんだ。こすっからくてずるい連中だ。若いやつにおれの稼業を継いでもらうのはいましかない」

「そんな、お父様」息子は力強く父親に誓いました。「稼業を継がせていただく以上は、必ずしっかりとやらせていただき、できるかぎり親切を尽くしてだれからも喜んでもらえるようにいたします」

「親切にして、喜んでもらう?」大盗賊の父親はうなりました。「そんなことをして、稼業がうまくいくのかね。いいか。おれは抵抗したやつしか殺さなかった。だがな、頭を下げてお願いするなんてことは、いいか、おれはだれにもしたことはないぞ。そんなこと、おれの稼業じゃ、ありえないことだ」

「あのう、お父様。お父様がなさっているのはどんな稼業かお教えいただけますか?」

「盗人《ぬすっと》さ」そう一言言い残すと、この大盗賊は息を引きとってしまったのです。

こうして、この世に若いロトランドだけが一人残されてしまったのです。もうすっかり心がうちひしがれてしまいました。ひとつには、父親が死んでしまったためですが、もうひとつは、父親の盗人稼業を継ぐことを父親に約束してしまったためです。

父親が死んで三日たったある日、父親の手下のあの毛むくじゃらのヴィンツェックが若いロトランドのもとにやって来て、もう食べ物がなにも残っていないし、そろそろ今までやってきた稼業をまた始めなければならないことを告げたのです。

「わかった。ヴィンツェック」ロトランドは悲しそうに言いました。「でも、どうしてもやらなくてはだめなのかな？」

「もちろんですよ」ヴィンツェックは無愛想に答えました。「まともに働かなくて、あのこんがり焼いた鳩が転がりこんでくるわけはありませんからね。働かないで食えるわけがありませんよ」

こんなわけで、ロトランドはピストルを手に取ると馬に飛び乗り街道まで、そう、バトニョヴィツェのあたりの街道まで出かけて、じっとだれかが通りかかるのを待ちぶせしていました。何時間か辛抱強く待っていると、そこへトルトノフへ織物を運ぶ織物屋が通りかかったのです。

ロトランドは、待ち伏せしていたところから街道へ出て行って、織物屋に帽子をとって深々と頭を下げたのです。織物屋は、突然、りっぱなかっこうをした若いすてきな青年からていねいなあいさつを受けたので、すっかりおどろいてしまいました。それでも、あいさつを返して、青年に向かって言いました。「お若いの、ごていねいにどうも」

ロトランドは織物屋のすぐそばまで近寄って、もう一度帽子をとって頭を下げ、やさしそうに言ったのです。「おじゃまだてをして、まことに恐縮です」

「いや、だいじょうぶですよ」織物屋は言いました。「それで、なにかあっしにご用でも？」

「ええ、すみません。とても急ぎの用なのです。いいですか、こわがらないでくださいね。実は、私は盗賊、それもブレンダ山のロトランドなのです」

ところがこの織物屋はなかなか抜け目の無い知恵者だったのです。ロトランドという名前を聞いてもびくともしませんでした。「なんだ、そうなのか」陽気な声を出して言ったのです。「おれたち、仲間じゃないか。実はおれも盗賊なんだよ。コステレッツのブラッディ・チェペルカとはおれのことさ。おれを知らないわけはないよな？」

「申し訳ありません。存じ上げませんが」あわてたロトランドは弁解するように答えたのです。「実は、あの。今日がこの稼業の初日なんですよ。父親から家業を継いだもんですから」

「つまり、ブレンダ山のあの古強者のロトランドだ

な」織物屋のチェペルカが言いました。「あいつは名の通った盗賊の頭《かしら》だ。仕事がすごく堅くてな。そうか、おまえがあいつのせがれか。じつは、おれは、その死んだロトランドとはとても親しい仲だったんだ。あいつとちょうどこの場所で会ったとき、あいつはおれにこう言ったんだよ。『いいか、ブラッディ・チェペルカ。おれたちは同じ盗賊仲間で、おまけにおまえとおれは大の親友だ。どうだ、仲良く縄張りを分けないか。コステレツからトルトノフまでの街道はおまえの縄張りでいい。そこではおまえだけが盗みを働けるんだ』こんなふうにおれとあいつは手を打ったんだがな。聞いてないのかい？」

「すみません。なんとお詫びしたらよいのか」若いロトランドは行儀正しく頭を下げて言いました。「ここがあなた様の縄張りだなんて、なにも存じませんでした。あなたさまの縄張りに入り込むなんて、なんとお詫びすればよいのか」

「いや、それはまあいいだろう」男は悪知恵を働かせて言いました。「おまえのおやじはこうも言っていたぞ。『おい、ブラッディ・チェペルカ。もし、おれなりおれの手下どもがおまえの縄張りに足を踏み込んだら、いいか。ピストルでも帽子でも、上着だってとりあげていいからな。ここがおまえの縄張りだと教えこむにはそれぐらいは必要なんだよ』おまえのおやじはそう言って、おれに約束したんだぜ。見上げたやつだった」

「そうでしたか」ロトランドは答えました。「それでは、この象眼《ぞうがん》を施したピストルに本物のダチョウの羽のついた帽子、イギリス仕立てのビロードの上着を何とかぜひ受け取っていただかなくてはなりませんね。私のあなた様への深い尊敬の念と、とても不愉快な目に合わせた後悔のしるしとしてお受取りいただきたいのです」

「そうか、まあ、いいだろう」チェペルカは言いました。「それじゃあ、こっちへ寄こしてくれ。そうしたら、今日のことは目をつぶってやるよ。だがな、いいか、もう二度とここでおれの前に顔を見せるんじゃないぞ。よし、どうどう、はいどう。じゃあ、若いの、あばよ」馬にムチして行ってしまいました。

「まことにありがとうございます。助かりました」去りゆく馬車にそう声をかけてから、若いロトランドはブレンダ山に帰りました。なにも奪い取ることもできず、おまけに自分の着ていた上着もなくなっていました。こんなロトランドを見て手下のヴィンツェックはきびしくしかりました。明日こそ、だれでも最初に出会った人を必ず刺し殺して身ぐるみをはがなくてはいけないと、こんこんとさとしたのです。

こんな次第で、若いロトランドは翌日、短剣を持ってズベチュニークの街道のわきに潜んで待ち伏せしたのです。しばらくすると そこへ、荷物をいっぱいのせた荷馬車屋がやってきました。

ロトランドは街道に飛び出して叫びました「もしもし。すみません。でも、私はあなたを刺し殺さなくてはいけないのです。急いでこちらに来て、覚悟をなさってお祈りを唱えてくださいな」

荷馬車屋はひざまづいてお祈りを唱えながら、どうしたらこの窮地を脱することができるか必死になって知恵を絞っていました。一度、二度と主の祈りを捧げましたが、どうにも良い知恵が浮かびません。十回、二十回祈ってもだめでした。

「さあ、もういいだろう」ロトランドがきびしく問いただしたのです。「死ぬ覚悟はできたんだろうな?」

「とんでもございません」荷馬車屋は歯をガチガチ震わせながら答えました。「じつは、あっしはとんでもない不信心な罪人で、三十年ものあいだ教会にも行かず、異教徒のように呪いの言葉ばかりを口にし、賭けトランプにうつつを抜かし、言ってみれば、一歩歩くごとに罪を犯してきたんです。ですからせめて、ポリツェまで行って懺悔《ざんげ》をしてから、あなたさまに殺されたいのです。懺悔さえすれば、神様は私の罪をお許しになって、きっと私の魂を地獄に落とすようなことはなさらないと思うのですが、いかがでしょうか? 急いでポリツェまで行って懺悔をすませば、すぐここまで戻ってきます。そうしたら、どうぞ、私を刺し殺してください」

「いいでしょう」ロトランドは荷馬車屋の言うことを承知してしまいました。「では、あなたがもどるまでこの荷馬車の前で待ちましょう」

「ありがたい」馬車屋はそう言うと、さらに「恐縮ですが、できればあなたさまの馬をお借りできないでしょうか? そうすれば、あっという間にもどってこれます」

気のいいロトランドはそんな申し出も承知して馬を差し出したので、馬車屋は馬に乗ってポリツェに向かいました。ロトランドはというと、馬車屋の馬の鞍をはずしてやり、草地の草を自由に食べさせていたのです。

ところがこの馬車屋はとんだ食わせ者でした。ポリツェに懺悔に行くなどというのは真っ赤なうそで、一番近くにあるパブに飛び込んだのです。パブで馬車屋は、街道で盗賊が自分を待ち伏せしていると触れ込みました。馬車屋は景気づけに一杯お酒を引っかけると、その場にいた三人の男に加勢を頼み、ロトランドのもとに取って返して、ロトランドをこてんぱんにたたきのめしたのです。かわいそうにロトランドはほうほうの体《てい》で山に逃げ帰りました。人のよい盗賊のロトランドは、なにも取って持ち帰ることができず、それどころか自分の馬を取られてしまったのです。

ところがこれにも懲りずにロトランドは、こんどこそなんとか獲物がうまく手に入らないものかと、ナーホトに通じる街道で待ち伏せをしていたのです。そこへ、幌をかけた馬車が通りかかりました。ハート型をしたお菓子、ペルニークをナーホトで開かれている市で売るために運んでいたのです。ロトランドは街道に出て、馬車に向かって叫びました。「おい、降参しろ。おれは盗賊だぞ」ロトランドはあの毛むくじゃらのヴィンツェクに教わったとおりに大声で叫んだのです。商人は馬車を止め帽子をとって頭を掻き、馬車の幌をちょっとあげて、中に向かって声をかけたのです。「ばあさん。なにか変な盗賊が出たよ」

中から年配のでっぷりと太った女性が顔を出したかと思うと、腰に手をあててロトランドに向かってまくし立てたのです。「この罰当たりの悪党め。ろくでなし。盗人野郎。裏切り者。どうせおまえなんか異教徒の兵隊なんだろ。悪魔。この悪ガキ。ならず者。ぐうたらのごろつき。おまえはゴリアテやヘロデ王以上の悪者だ。クソ野郎。悪党。まったく手におえないね！！」

「ごめんなさい」ロトランドはしょんぼりして、蚊の鳴くような小さな声で謝りました。「馬車にご婦人が乗っているなんて思いもしませんでしたので」

「こんなご婦人が乗っていて悪かったわね」女はそれでもロトランドをののしるのをやめませんでした。「こんちくしょう。おまえはユダかカインのようなとんでもないやつさ。おそろしい犯罪者ってわけよね。ろくに働きもしない畜生以下、血に飢えて人さえ殺して食いかねないんだから。おまえは悪魔じゃないのかい？　それともムハンマドかい？　このこんこんちきの木《で》偶《く》の坊めが」

「ほんとにごめんなさい。こんなにご婦人を驚かしてしまうなんて、誠に申し訳ない」女性がすさまじい勢いでまくしたてたので、ロトランドはすっかりあわてふためいて何度もわびを入れました。「シルヴプレ、どうか。なんとか、せめてしてさしあげようと……」

「にぶい男だね。さっさと消え失せるんだ！」婦人はロトランドを怒鳴りつけました。「消え失せなければ、言ってやるさ。おまえは野蛮な不信心者、化け物、ろくでなし、私をだまそうって言うのかい？　この山賊野郎が！　悪党。異教徒め。人をおどろかせて！　ごろつきめ。乱暴者。こんなことしてろくでもないね。おまえはごろつきの追い剥ぎなんだ。ろくでもない盗人さ。悪魔め。人から物をがつがつ取ろうとしやがってさ。おまえなんて縛り首だ。このうざったいインチキ野郎が。ぞっとするよ。イカサマ野郎め。恥を知れ！　おまえはタタール人か、トルコ人か。狼藉者が。残酷なことをさんざんしやがって」

もうその先は、ロトランドの耳には届きませんでした。その場から一目散にブレンダにある隠れ家まで、一度も立ち止まらずに逃げ帰ったからです。それでもこのご婦人ののしり声は風にのってどこまでもロトランドのあとを追いかけてきました。

「人がそんなに殺したいか。できそこないの狼男めが。おまえなんて人間の屑《くず》だ。無法者の根性悪め。この大泥棒の悪党が。

火付けまでするんだろ――」

いつもこんなありさまだったのです。ロトランドはラティボジッェで金の馬車を襲ったのですが、なんと馬車にはラティボジッェの王女様が乗っていたのです。とてもすてきなお姫さまで、ロトランドはたちまち、このお姫様が好きになってしまいましたが、たった一枚のスカーフをお姫様からいただくことができただけでした。それに、スカーフからどんなにいい香りがしたとしても、あたりまえのことですがブレンダの隠れ家にいる手下の連中の腹の足しにはまったくならなかったのです。

また、スフォヴルシッェでは肉屋を襲ったこともありました。肉屋は屠殺場まで牛を一頭連れて行くところでした。ロトランドはその場でこの肉屋を殺そうとしました。ところが肉屋は自分が殺されればみなし子になってしまう十二人の子どもたちへのことづてをあれこれとロトランドにたのんだのです。肉屋はすっかり覚悟を決めたように見えました。肉屋の言葉はロトランドにはとてもりっぱで、感動的に思えたのです。ロトランドは思わずもらい泣きしてしまい、肉屋を牛ごと解放してやりました。おまけに十二枚の金貨まで肉屋に無理やりもたせました。あのおそろしいロトランドからのプレゼントとして一人ひとりの子どもに一枚づつ金貨をあげてほしいとたのんだのです。

ところがこの肉屋もやはりとんでもない食わせ者で、ほんとうは独り身の年寄りだったのです。ですから、十二人の子供がいるなどというのは真っ赤なうそで、ネコの一匹も飼ってはいなかったのです。

そうなのです。どうも、ロトランドがだれかを襲って殺してものを奪おうとすると、ロトランドの心の底にあるデリケートでやさしい心をめざめさせるなにかがいつも起きてしまうのです。そのためにロトランドはだれからもびた一文すら取ることができず、かえってあれやこれやと自分の持っているものを分け与える始末でした。

こんなありさまでしたから、ロトランドの強盗稼業がうまくいくはずはありませんでした。手下はみな、あの毛むくじゃらのヴィンツェックまでもが、いなくなってしまいました。こんなことならまともな仕事についたほうがまだましだと思ったからです。ヴィンツェックはフルノフにある水車で粉をひく製粉場の職人になりました。この教会のそばの製粉場はいまでもあります。ブレンダの洞窟に一人残されたロトランドはすっかりお腹をすかせて、もうどうしてよいかわからなくなっていました。

思いあまったロトランドはふと、あれほどまでも自分をかわいがってくれたブロウモフの修道院長のことを思いだしたのです。さっそく、これからどうしたらよいか、知恵を借りに修道院長のもとに出かけました。

修道院に着くと、ロトランドは修道院長の前でひざまづき、泣きながら訴えました。「父の前で盗賊になると誓って約束したものの、自分は修道院で礼儀正しく、愛を持って人に接するように教えられて育てられました。ですから、どうしても人を殺したり、無理やりものを奪い取ったりすることができないのです。いったい私はどうすればよいのでしょうか？」

院長様は十二回も嗅ぎたばこを嗅ぎ、十二回も考えこんだすえにロトランドに言いました。「愛する息子よ。おまえがだれにもやさしく、礼儀正しく接したのはりっぱなことだ。だが、もう盗賊なんか続けるわけにはいかない。おまえには盗賊なんてできないし、盗賊なんてそもそも死罪にも値する犯罪だからね。だが、亡くなった父親との約束も大切だな。だったら、これからも街道を通る人からものを取る仕事は続けないわけにはいくまい。ただし、礼儀正しくりっぱな態度でおこなうのだ」

「いいかい。詰め所を設けてもらって、街道を通る人たちから通行税としてクロイツァ銅貨二枚を徴収するんだ。これで万事うまく収まる。おまえだってすきなだけ礼儀正しくできるしな」

そして、修道院長はトゥルトゥノフ郡の一番えらい人へ手紙を書いてくれたのです。手紙には、ロトランドに通行税を取る詰め所をトゥルトゥノフ郡の街道で開かせたいのでよろしく頼むと書いてありました。ロトランドはこの手紙を持ってトゥルトゥノフ郡の一番えらい人のところへ出向き、実際にザーレシーで通行税を取る詰め所をつくるのを認められたのです。こうして、妙に礼儀正しい盗賊だったロトランドは街道で通行税を取りたてる仕事にありつくことができました。人や荷物を乗せた馬車が通るたびに、礼儀正しく通行税としてクロイツァ銅貨二枚を徴収したのです。

そうして何年もたちました。ブロウモフの修道院長は馬車に乗ってウーピツェにいる神父を訪問する事になりました。修道院長は前々から、ザーレシーの通行税を取る詰め所で礼儀正しく働いているロトランドに会って、仕事の具合はどうかたずねるのをたのしみにしていたのです。馬車が詰め所にさしかかると、そこには口ひげを生やした男がいて、手を前に差し出しながら、なにか小声で言ったのです。あのロトランドでした。

修道院長はお金を出そうとポケットに手を入れようとしましたが、なかなかポケットに手が入りませんでした。なにしろけっこうお太りでしたので、ポケットに手を入れるにはもう一方の手でお腹をおさえなければならなかったからです。そのため、ポケットからお金を出すのにちょっと時間がかかりました。

するとロトランドは声を荒らげて修道院長をどなりつけたのです。「なにをぐずぐずしているんだ。たったクロイツァ銅貨二枚を出すのにこんなにもたもたしやがって」

修道院長はやっと小銭入れを取り出して、おっしゃいました。「あいにくクロイツァ銅貨を持ち合わせていなくてね。すまんが、この十クロイツァ銀貨でおつりをくれないか」

「めんどうなことを言いやがって」ロトランドは院長様をどやしつけました。「クロイツァ銅貨を二枚きちんと用意もしないで、どんな面《つら》してここを通る気だ？　さっさとクロイツァ銅貨を二枚出すか、とっとと引き返すかしろ」

「ロトランド、ロトランド」院長様は悲しそうにおっしゃいました。「私がわからないのかい？　礼儀正しくてやさしい、あのロトランドはどこへ行ってしまったのだ？」

ロトランドはぎょっとしました。目の前にいるのが修道院の院長先生だとやっとわかったからです。ロトランドはぶつぶつとなにかとんでもないことをつぶやいていましたが、それでもぐっとがまんして言いました。「お坊さま。おどろかないでください。私はもう昔のようなやさしい、礼儀正しい男ではありませんからね。街道や橋で通行税を取ったり、借金を取り立てたり、さらに借金のカタを取り立てるのを稼業にしていれば、なにか文句の一つや二つ、言いたくもなりますよ」

「それはそうだ」修道院長はうなずきました。「文句も言いたくなるんだろうな」

「わかったか」ロトランドは言い放ったのです。「それなら、さっさと消え失せろ」

心やさしくて礼儀正しい盗賊の話はこれでおしまいです。多分、ロトランドはもうこの世にはいないと思います。でも、まるでロトランドの血を引き継いだような人間なら、今でもそれこそどこでもいたるところでお目にかかれます。ですから、いいですか。だれかに、わけもわからずそれこそボロくそにののしられるなんてことはいつでもありえるのです。そんなことけっしてあってはいけないことなんですけどね。

長い長いお医者さんのお話

昔むかし、ヘイショヴィナという山に魔法使いのマギアーシュが住んでいました。マギアーシュはあたりまえのことですが、魔法を生業《なりわい》としていました。つまり魔法を使うのが仕事だったわけです。でも魔法使いもいろいろです。奇跡を起こしてくれたり、病気を治してくれるありがたい魔法使いもいれば、ブラック・ウイザードと呼ばれ、ろくでもないことをする悪い魔法使いもいるのです。マギアーシュはどちらの魔法使いですかって？　マギアーシュは気まぐれでした。魔法を使わずにおとなしくしていたかと思うと、めちゃメチャに雷をとどろかして稲妻を光らせたり、急に思い立って石を雨のように降らせたり、その次には石のかわりにカエルを降らせたりしたのです。まあ、魔法使いを何と呼ぼうとその人の勝手ですが、でもマギアーシュのような魔法使いがおとなりさんだったとしたら、それはだれでもうれしくないはずです。だって、魔法使いなんているもんか、なんて強がりを言っている人でさえ、ヘイショヴィナ山には近づきたがりませんからね。表向き、あの山は登るにはけわしすぎるなんて言い訳をしていますが、本当はただただマギアーシュがこわいんですよ！

そんなマギアーシュですが、あるとき自分の住んでいる洞窟の前でベンチに座って、すっかり青黒くなるまで熟した大きなプラムをむしゃむしゃ食べていました。洞窟の中では弟子のそばかすヴィンツェックが火にかけたなべをゆっくりとかきまぜていました。ヴィンツェックはズリチュカ生まれで、本当の名前はヴィンツェンク・ニクリーチェクと言いました。なべのなかにはあやしげな魔法使いのお薬がしこまれていたのです。タールや硫黄、カノコソウ、マンダラゲ、スネークルート、センブリ、オノニス、オオウイキョウ、グリース、ヘルストーン、ヤギのふん、スズメバチの毒針、ドブネズミのひげ、蛾の脚、ザンジバル島で取れた種、つまりはですね、魔法使いの使うさまざまなスパイスに、いろいろと混ぜ物を加え、あやしげなお酒をそそいで煮込んだものに最後にヨモギで匂いづけをするというわけです。

マギアーシュはといえば、弟子のそばかすヴィンツェックがなべをゆっくりかき混ぜているのをぼんやりと眺めながら、あいかわらずプラムを食べ続けていました。ところが、ヴィンツェックはうっかりほかのことに気を取られて、少しのあいだなべをかき回すのを忘れてしまったのです。さあ大変。なべに仕込んだ魔法使いのあやしげなお薬は焼けこげてなべの底に黒く焦げついてしまい、あたりにはとんでもないこげくさい臭いがたれこめてしまいました。

「ばか者！　なべをかき回すのを忘れるなんて！」マギアーシュはかわいそうなヴィンツェックをこうどなりつけようとしたにちがいありません。でも声を出そうとした瞬間に、あんまりあわててマギアーシュが呑み込み方をまちがえたのか、プラムの種が口から先、行く道をまちがえたのかははっきりとはわかりませんが、いずれにしてもプラムの種はのどの先で引っかかってびくとも動けなくなってしまいました。先にも進めず、かといってもどって口から出ることもできなくなってしまったのです。そのため、マギアーシュはどなりつけようにも、「ばか……」とだけしか声が出せなくなってしまいました。ただむせ返るだけで、おなべのふたからシューシューと蒸気が音を出して吹きあがってくるときのような音しか出せず、顔を真赤にし

て両手を振り回すことしかできなかったのです。それでも、プラムの種はのどにぴったりとはまり込んでピクリとも動きませんでした。

マギアーシュのこのありさまを見たヴィンツェックはたまげてしまいました。てっきりマギアーシュが息をつまらせて死んでしまうのではないかと思ったのです。とっさに「いいですか。ひとっ走り、フロノフまで行ってお医者さんを連れてきます。それまで、なんとかがんばってください」ただそれだけ言うと、ヘイショヴィナ山を飛ぶようにして駆け降りたのです。そのスピードは長距離走の世界新記録まちがいなしだったのですが、実際に時間を計る人がいなかったのは残念でした。

走りに走ってフロノフまでやっとのことでたどり着いたときには、ヴィンツェックはもう息も絶《た》え絶《だ》えでした。それでもなんとかやっとのことで医者を見つけ出し、しぼりだすような声で頼みこみました。「先生。お願いです。急いで魔法使いのマギアーシュのところに行ってください。さもないと、マギアーシュは息がつまって死んでしまいます。はあ、ふう。くそっ。もうだめだ。へとへとだ!」

「マギアーシュって、ヘイショヴィナ山に住んでいるあの魔法使いのことかい?」医者はおもわずヴィンツェックに聞き返しました。「そんなやつのところにいくのなんか、ぜんぜん気がすすまないね。だけど、急病ならば、行かないわけにはいかないな」

いいですか。お医者さんというのは、診療を依頼されれば、それを断ることはできないのです。

たとえ見てほしいと頼んできたのが、大盗賊のロトランドだろうとおそろしい大魔王だろうと断ってはいけないのです。医者の仕事はそういうものなのです。

こうしてヴィンツェックに案内されて先生は魔法使いのマギアーシュの住んでいるヘイショヴィナ山に向かいました。先生は往診カバンを手に持っていましたが、この往診カバンの中にはメス、抜歯用のペンチ、粉のお薬、軟膏、それに包帯、骨折用の添え木、そのほかありとあらゆる道具が入れてあるのです。

「間に合えばいいが、なんとか間に合ってほしい」ヴィンツェックは心配しどうしでした。二人は野越え山越え、森や沼も越えて歩き続けました。そして、やっとヴィンツェックが告げました。「先生。とうとう着きましたよ」

「はじめまして。マギアーシュさん」先生はききました。「痛むのはどこですか?」

魔法使いのマギアーシュは声を出して返事もできず、ぜいぜい、ヒューヒュー、ヒーヒーとかろうじて息をしながら、手の指でプラムの種が引っかかっているのどを指さすばかりでした。

「なるほど。のどが痛いのですね」医者は言いました。「痛いところをよく見てみましょう。それではマギアーシュさん。しっかり口を開けて。はい。アーと言ってみてください」

魔法使いのマギアーシュは黒いひげをかきわけて、けんめいに大きく口を開けましたが、声を出すことができないので、アーともヒーとも言えませんでした。

「おやまあ。はいっ。アー」フロノフから来た医者はもう一度同じことを言いました。「おやおや。

ほんとうにアーも言えないんですか?」

マギアーシュは頭を振ってアーすら声を出せないんだと必死に訴えたのです。

「はてさて。これはいけませんね」ところがこの先生はトンチや機転の効く、どうにもいたずら好きで、頭のひらめきの鋭い人だったのです。それでいて抜け目もありませんでした。それで魔法使いをからかってやろうなんて、とんでもないことを思いついたのです。

「マギアーシュさん。こりゃあ大変だ。アーすら声を出せないなんて、これは重症です。こまったものだ。どうしたものか。やっかいだな、これは」そう言って先生はマギアーシュの診察をはじめました。まず、胸を打診してから脈を測り、舌を調べ、まぶたの裏側を見て貧血がないかチェックし、耳と鼻の中を照らして見て、なにかぶつぶつとラテン語らしい言葉をつぶやいたのです。そして全身の診察が終わると、もっともらしく深刻な顔をしてマギアーシュに告げたのです。

「マギアーシュさん、これは重病です。できるかぎり急いで緊急手術をしないかぎり助かりませんね。でも手術は私一人だけでできるわけがありません。手術にはどうしても助手が必要です。手術をご希望なら、ウービツェとコステレルツ、それにホジチュキにいる、私と懇意な医師たちにここに来てもらうしかないんですがね。彼らがここに来れば、あなたの症例検討会を開いて全員でどのような治療方針をとり、どのような手術術式を選択するのがベストか、徹底して検討することが可能になります。マギアーシュさん。私の見解に同意していただけるのなら、学識があって尊敬すべき、さっき申した医師たちにここに駆けつけてくれるように、急いで使いを出すべきです」

マギアーシュにしてみれば、もうどうしようもありませんでした。そばかすヴィンツェックに手振りで合図をしたのです。ヴィンツェックはしっかり走れるようにその場で三回足踏みをしてから、全速力でヘイショヴィナ山を駆け降りてまずはホジチュキ、つぎにウービツェ、さらにはコステレルツへと向かいました。もうここはヴィンツェックにすっかりまかせるしかありませんものね。

ソリマン王国のお姫さま

そばかすヴィンツェックが山を駆け降りてから必死になってホジチュキ、ウービツェ、さらにはコステレルツで、フロノフから来た先生と懇意な医者たちを探しているあいだ、このフロノフから来た先生は魔法使いのマギアーシュのそばに座ってマギアーシュが完全に息が詰まってしまわないように気をつけて見張っていました。ほかにすることが無いので、先生は退屈しのぎに葉巻に火をつけてただ黙々とくゆらせていたのです。

あまりにヴィンツェックの帰りが遅いので、先生はしびれを切らし、おほんと咳をしてフーとタバコの煙を吐き出しました。それから退屈しのぎに三回あくびをして、何度もまばたきをしました。それでも足らずに「あーあ、まったく」と言ったかと思うと、三〇分後には「ウーン」と伸びをしました。それから小一時間もたつととうとうがまんしきれなくなってマギアーシュに言ったのです。「トランプ遊びでもしていれば少しは気が紛れるかもしれないな。トランプの札《ふだ》を持っていませんかね?」

魔法使いのマギアーシュは声を出すことができませんでしたので、首を横に振って、トランプを持っていないことを知らせました。

「持っていないって?」先生はぶつぶつと言いました。「残念だな。トランプを持っていないなんて、たいした魔法使いだな! そうそう。どっかのパブで魔法使いが、えーっと、たしかナブラーティル、いやドン・ボスコ、いやいやマゴレロとかいう名前だったと思うがね。その魔法使いがちょっとしたトランプ・マジックをパブで実際ご披露していたって話だ。おどろいたかい? でも魔法使いはああじゃなくちゃね」

先生はまた葉巻に火をつけて話を続けました。「トランプがないのなら仕方がない。待っているあいだ、少しは気がまぎれるようにソリマン王国のお姫さまの話をしてあげようか。でも、いいかい。前に聞いたことのある話ならそう言ってください。すぐ話すのをやめますからね。パンパカパーン。それではお話を始めますよ。

カヴチー山を越えると海に出ますが、そのサルガソ海のはるか向こうにダラマーン諸島があるのは、だれでも知っています。でも、さらにその向こうには陸があって、シャリバリ砂漠が広がっています。その砂漠も越えるとうっそうと木の茂ったジャングルがあるのです。そのジャングルをさらに越えると荒野があって、密生した森が広がり、そこにジプシー国の首都、エルドラードがあります。そこからまだまだ、どんどん先に進んでやっと川にかかっている小さな橋を渡りおえたら、小道を左へ行きますと、ヤナギの林とゴボウ畑の向こうに、偉大な大国、ソリマン王国をやっとのことで目にすることができるのです。もうこれで、ソリマン王国がどこにあるか、ばっちりとわかりましたよね、そうでしょう?

ソリマン王国は、その名前通りにソリマンという名の王様が統治していますが、王にはズベイダという名前の娘が一人いました。ところがこのズベイダ姫は、なにかだんだんとおからだの具合がすぐれなくなり、ベッドで横になっていることが多くなってしまったのです。絶えず咳が止まらず、おやせになって、青白い顔をしてつらく悲しそうにフーとため息をつかれるのを拝見しているだけで、こちらもすっかりつらくなってしまいました。

王様はもちろんすぐさま、お抱えの魔法使いや祈祷師、魔術師、巫女《みこ》、女まじない師、占星術師、やぶ医者、床屋さん、それににせ医者までお召になりました。でも、だれ一人としてお姫さまの健康をとりもどすことができませんでした。もしこれが私たちの国でしたら、お姫さまは気管支カタルに肋膜炎をお患いになり、それに貧血まで併発していると、ちゃんと見たてがついたのでしょうが、ソリマン王国はまだ文明がそこまで進んでおらず、医学もまだまだ未発達だったので、だれもしっかりと診断することができなかったのです。なにしろ、ソリマン王国ではまだ病気にきちんとした病名をつけることができませんでしたからね。いずれにしても、年老いた王様はすっかり気落ちしてしまいました。

「ああ、なんてことだ」王様はぶつぶつと悲しそうにつぶやいたのです。「この栄えあるソリマン王国の王位を娘に引き継ぐのをあれほどに楽しみにしていたのに、それもかなわなくなってしまった。かわいそうに、娘は私の目の前でどんどんやせおとろえて弱っていく！　ああ、それなのにわしはなにもしてやることができないのだ！」　ソリマン王国の宮廷も国全体もすっかり大きな悲しみに包まれてしまったのです。

ちょうどそのとき、ヤブロネッツから、ルスティクとかいう旅商人がソリマン王国にやって来ました。男はこの国のお姫さまが病気だという話を聞いて、こう言ったのです。

「王様はヨーロッパから医者を呼ぶべきだよ。なぜって、ヨーロッパはこの国より医学がずっと進んでいるからね。この国には祈祷師や魔法使い、それに薬草売りしかいないけど、ヨーロッパにはほんとうの、深い医学知識を持った先生たちがたくさんいるんだよ」

ソリマン王国の王様はこのルスティクさんの話を聞きおよぶと、ルスティクさんをお召になりました。王様は真珠に似せたガラスのネックレスをズベイダ姫のためにルスティクさんからまずお買い求めになって、それからお尋ねになりました。

「ルスティクさん。あなたの国では、どの医者が深い医学知識を持った名医の先生かどうか、どうやって見分けてるんですかね？」

「そんなこと簡単です」ルスティクさんは答えました。「いいですか。名前の前にドクトルってついていれば、それは名医の先生です。たとえばですね、ドクトル・マン、ドクトル・ペルナーシュなんて具合です。反対にドクトルとついていなければ、その先生はまともな医者じゃありません。お分かりいただけましたか？」

「なるほどいいことを教えてもらった」王様はそう言うとルスティクさんにご褒美としてサルタナ・レーズンをどっさり贈りました。サルタナ・レーズンはソリマン王国特産の、それはおいしい干しぶどうのことなのです。そして、深い医学知識を持った名医を探す使者をヨーロッパへ派遣することにしたのです。

「いいか。忘れるなよ」出発の際に、王様は使者の者たちにあらためてきびしく言い渡しました。「ほんとうの、深い医学知識を持った名医の先生の名前の前には、必ずドクトルってついているのだ。まちがってろくでもない医者を連れてきたら、耳をそいで首を切り落とす。そのつもりで、よし、行くのだ！」

使者たちがヨーロッパへの長い長い旅の途中でどんな苦労を重ねたか、そのすべてをお話ししようとすれば、マギアーシュさん、話がとてつもなく長くなってしまいます。とにかく、使者たちは大変な難儀の末にヨーロッパにたどり着くと、すぐさまズベイダ姫の病気を治すことのできる、名医の先生を探し始めました。

このソリマン王国の使者の一行は、ヨーロッパの人たちから見ればなにかあやしげないでたちをしていました。なにしろ、だれの頭にもターバンが巻かれていて、鼻の下には馬のしっぽのように太くて長いひげをはやしていたからです。それでも一行は出発すると元気よくどんどんと歩き、木のうっそうと茂った森の中を進み、さらに森の奥へ奥へと入っていきました。すると、オノとノコギリを肩に背負った一人の男に出会ったのです。

「おや、おや、こんにちは。これはまた」男は一行にあいさつしました。

「これは、これは。こんにちは」使者たちも挨拶を返しました。「それはそれとして、あなたさまはどなた様ですか?」

「いや」男は答えました。「どなた様って言われてもね。おれはただのドルボシュチェプ、つまり木こりだよ」

一行は耳をぴんとそばだてて、それから言いました。「いえいえ。ただのドルボシュチェプだなんて、ご冗談を。あなた様のお名前がドクトルボシュチェプ様なら、いますぐに、ただちに、たったいま、ソリマン王国までぜひともおいでいただかなくてはなりません。王はあなた様にぜひともソリマン王国に来ていただきたいと望んでおります。来られたらぜひともお城にお招きしたいとおっしゃっているのです。ですが行かれるのをぐずぐずためらわれたり、万一、お断りなされれば、私どもは無理やり力づくででもあなた様をお連れしなければなりません。そんなことをしたくはありませんし、あなた様としてもお望みにならないとは存じますが……」

「いったいどうなってるのかね？」木こりは不思議そうに聞きました。「それで、お前さん方の王様はおれになにをしてほしいというんだ」

「王様はあなた様にある仕事をしていただきたいと願っておられるのです」使者たちは答えました。

「それじゃあ、行ってもいいが……」木こりは承知しました。「実は、おれはちょうど仕事を探しているところだったんだよ。おれは仕事となれば、どんなに骨が折れてもしっかりやるたちでね」

使者たちは、たがいにうなず

きあいながら言いました。「それはありがたい。ぜひ、しっかりやっていただきたいですね」「だけどだ」木こりは言いました。「王様はおれの仕事の賃金をいくら支払ってくれるかね？　それをまずきいておかなくてはね。おれはなにもごうつくばりじゃないが、王様はケチじゃあないだろうね？」

ソリマン王国から来た使者たちは、丁重にお返事をしました。「ええ、ええ。あなた様がごうつくばりでなくてももちろん何の不都合もございません。あなた様がドクトル・ボシュチェプならばいいのです。大歓迎です。王様はですね、信じてください。けっしてケチンボ王ではありません。ふつうの君主ですが、絶大なお力をお持ちです」

「そんならいいね」木こりは言いました。「でもいいかい。おれは仕事のときは飢えた獣《けもの》みたいにがつがつ食うし、ヒトコブラクダみたいに水をがぶがぶ飲みまくるんだが。それでいいのかな？」

「ご心配なく」ソリマン王国の使者たちは申しました。「だいじょうぶです。必ずご満足いただけるようにいたしますから」

こうして、この木こりの男をうやうやしく船までお連れして、船でソリマン王国までもどりました。船が港に着いたという知らせをおききになった王様はいそいで玉座にお座りになって、ただちにその男をお城に連れてくるように命じたのです。使者たちは全員、低く頭を下げ、いちばん年のいった、いちばんひげがふさふさしている使者が王様に報告をはじめました。「かぎりなく慈悲深いわれらの君主、われらの信仰を司る王でもあられるソリマン王国国王陛下！陛下のありがたいご命令にしたがいまして、われわれはヨーロッパと呼ばれている、海の向こうの島までおもむき、とてつもなく深い医学知識を持ち、きわだってすぐれた腕をお持ちの高名な先生をズベイダ王女様のためにお連れいたしました。こちらのお方でございます。世界中にお名前の知れ渡ったドクトル・ボシュチェプ先生です。先生は精力的に働く仕事博士ですが、しっかり治療代を請求されるゴウック博士でもあられます。先生はまた、食事をたらふくお食べになるガツガツ博士、水をおなか一杯お飲みになるガブガブ博士でもあられます。

陛下。名の通った、りっぱな先生はいくらでもおられますが、そのなかでも本当の名医を見つけることができたと、私どもは確信しております。以上、ご報告申し上げました」

「ドクトル・ボシュチェプ。よくぞおいでになりました」国王が話しかけられました。「さっそくだが、私の娘のズベイダ姫を見ていただきたいのだが」

「すぐにでも見させてもらうよ」木こりは言いました。王様は自ら木こりを王女の寝室へと連れて行きました。部屋のじゅうたんといい、枕といい、クッションといい、どれもとてもすてきな美しいものばかりでした。ベッドの上には王女のズベイダ姫が休んでいました。でも部屋はうす暗く陰気な感じでしたし、うとうととまどろんでいる王女はまるで、蝋のように青白い顔をしていました。

「これはまずいな、かわいそうに」木こりはつぶやきました。「王様。お姫様はどこかからだのぐあいが悪いんですかね、ばかに顔色が悪いようですが」

「いや、どうもそのようなのだ」王様はため息をもらしました。

「なにかの病気だな、これは」木こりは言いました。「それもそうとう進んでいるようですが？」

「そ、そうなんだ」王様は暗い顔をしてうなずきました。「なにも食べたがらないし」

「がりがりにやせてしまって、」木こりは言いました。「まるで細い藁束《わらたば》みたいだな。王様、それに顔に血の気ってのがまったくありませんね。娘さんは、こりゃきっと、そうとうの重病ですよ」

「とても具合がわるいんだ」王様は沈んだ声で言いました。「だから、あなたに娘の病を治してもらおうとお呼びしたのです。なにしろ、あなた様は名医の木こり先生ですからね」

「おれが？　名医だって？」木こりはたまげてしまいました。「いったい、おれにどうやって治せっていうんだ？」

「病気を治すのがあなたの仕事じゃないんですか？」ソリマン王国の王様が暗い顔をして言いました。「そのために、無理を承知でここまでお連れしたのですからね。いいですか。もし娘の病気を治せなかったら、あなたの首をはねさせます。この世とおさらばってわけです」

「そんなばかな」木こりはびっくりして、王様に必死で言い返そうとしましたが、すぐに王様に口をはさまれてしまいました。

「余計なおしゃべりはもうたくさんです」王様はきびしく言い渡したのです。「おしゃべりを聞いている暇なぞありませんからね。私は国を治めるのに忙しいのです。さっさと仕事を始めて、娘を治してください。」そう言って王様は部屋を出られて王座のある部屋にもどり、国を治めるお仕事を始めました。

「まいったな」一人残された木こりはつぶやきました。「これはやばいぞ。お姫様の病気を治すなんて、おれにできっこないし！ まったく、とんでもないことに巻き込まれてしまったもんだ。なにかいい知恵はないかな？ 木を切り倒すために、五回斧を振るうとき、おれはいつもなにを考えているんだ？ 知恵をしぼれ！ おれがあの娘の病気を治せなかったら、おれの首をはねるなんて。

これがおとぎ話でなけりゃ、人の首をちょん切るなんて決して許されないことなんだがな！ 悪魔のやつが借金のかたに、おれをおとぎ話の世界へ送り込んだにちがいない！ ふつうの暮らしをしていて、こんなことがおれにおこるはずがないもんな。何としてでも、絶対ここから抜け出してやるぞ！」

すっかり追い詰められて途方に暮れた気の毒なきこりは、お城の玄関の階段にへたりこみ、ほっとため息をつきました。「くそっ。いったいだれがここでおれに医者をやらせるなんて考えを思いついたんだ？ いいかい。あっちの木でもこっちの木でも、切り倒せと言われりゃ、みごとに切り倒す腕を見せてやれるんだがな！ おれがオノを振るうたびに、木っ端がみごとにまわりに飛び散るんだぜ！ それにしても、おやおや。お城の周りは木がうっそうと茂っていてまるでこれでは原生林だな。これではとてもじゃないが、お姫様の部屋までお日様が届きようがないぜ。お部屋は湿気がひどくて、キノコやカビまではえちゃうし、ムカデやゴキブリがわがもの顔をしている始末だな、きっと！　いいか、おれの仕事っぷりをたっぷり見せてやるからな！」

そう言うと木こりは、上着を脱ぎ捨てて、ぺっと両手につばきをはいてオノとノコギリをつかみ、王様の城のまわりに生い茂っていた木をつぎつぎに切り倒し始めたのです。でも、私たちの国にあるナシやリンゴ、ハシバミの木はなくて、ヤシやオレアンダーや、ココナッツ、ドラセナ、ラタン、ゴム、マホガニーの木が天まで伸びていました。どれも私たちの国にはない、緑豊かな南の国の木だったのです。

木こりの働きぶりはそれはみごとなものでした。マギアーシュさん、ぜひ、あなたにも見てほしかったですよ！

正午を告げる鐘が鳴ったときには、もうお城のまわりにはかなりの広さの空き地ができあがっていたのです。木こりは袖《そで》で額《ひたい》の汗をぬぐうと、国を出るときにポケットに入れてきた、チーズをはさんだ黒パンを取り出して食べ始めました。

そのときまでズベイダ姫は、薄暗い寝室で眠っていました。お城のまわりでは木こりがオノとノコギリで木を切る騒がしい音がしていましたが、これまでになかったほどぐっすりとお眠りになっていたのです。木こりが木を切るのをやめて、あたりがシーンと静かになったものですから、お姫様はかえって目が覚めてしまいました。木こりは切り倒した木の山の上に気持ち良さそうに腰をおろして、チーズをはさんだパンにかじりついていたのです。

目を開けたお姫様は、どうしたのだろうと不思議に思いました。なぜって、お部屋にこれまで見たこともない光が差し込んでいたからです。お日さまの光が暗い部屋をさんさんと照らすなんて、生まれてからこれまで経験したことがありませんでした。お姫様は降りそそぐ光に目がくらみそうになりました。それに、窓からは光だけではなく、いま切ったばかりのすてきな木の香りも、どんどんお部屋に入ってきたのです。お姫様は気持ちよさそうに深呼吸をしました。ところがそこへ、木の香りのほかになにかほかの、お姫様が知らない香りがお部屋の中にただよってきました。「いったいなんの香りなのかしら？」お姫様は起きあがって、窓から部屋の外を見ました。

すると、これまであった日のささないじめじめした森はすっかりなくなっていて、できた空き地を昼の日の光がさんさんと照らしていたのです。空き地にはいかついからだつきの木こりがすわっていて、なにかをとてもおいしそうにむしゃむしゃと食べていました。どうやら、チーズをはさんだ黒パンのようでした。これこそが、これまでお姫様が知らなかったすてきな香りの正体だったのです。

みなさんもご存知ですよね。だれかほかの人が食べているものって、いつもなにかとてつもなくおいしそうで、すてきな匂いがしてくるものなのです。ズベイダ姫は、もうがまんができませんでした。匂いにひかれて、階段を駆け下りてお城の外に出てしまったのです。どんなおいしいものを食べているのか見たくて、木こりの方へどんどん、どんどん近づいていったのです。「王女様」口の中に食べたものがいっぱい入ったまま、木こりは言いました。「チーズをはさんだパンを一切れいかがですか？」

王女はまっ赤になって、からだをもじもじと動かしました。「ぜひぜひ、食べてみたいわ」、そう思ったのですが、言うのが恥ずかしかったのです。

木こりは口をもぐもぐさせながら、ナイフでパンを一切れ切りチーズをはさんで、「はい、どうぞ」と言って、彼女にさしだしました

王女はだれかに見られていないか心配であたりを見回しましたがもうとてもがまんができず、ぶっきらぼうに「ありがとう」とだけ言うと、パンにがぶりとくらいつき、おもわず、「まあ、なんておいしいの！」とつい声に出してしまいました。

それはそうでしょう！　なにしろ王女様は生まれてからこれまでチーズをはさんだパンなんて食べるどころかご覧になったこともなかったんですからね。

このありさまを国王陛下ご自身が二階の窓からご覧になっていたのです。国王は目を疑いました。日がささずにいつもじめじめしていた森はなくなっていて、そこにできた空き地にはお昼の日の光がさんさんと降り注いでいました。王女様が切り倒された木を積んであるところにお座りになって、口いっぱいにチーズをほおばっているのが見えました。顔中べたべたとチー

ズがついていてまるでひげが生えたようでしたが、王女様はそんなことはまったく気にもかけず、むしゃむしゃと食べるのに夢中でした。

「いや、ありがたいことだ」国王はほっと安堵《あんど》の息を吐いて、おっしゃいました。「こんなに学問のあるすぐれた名医を娘のところにお連れできたんだからな！」

いいですか、マギアーシュさん。それからはお姫様はすっかり元気になられたんですよ。青白かったお顔にも赤みがさして、まるで子どものオオカミのように旺盛《おうせい》な食欲をお示しになるようになったのです。マギアーシュさん、これも日の光と気持ちの良い空気とお日様のおかげですよね。こんなことを言うのも、あなたが日もささない、空気のよどんだ洞窟の中で暮らしているからです。そんな洞窟ぐらしがからだにいいわけがありません。マギアーシュさん、ほんとうはこのことをあなたに言いたかったんですよ」

フロノフのお医者さんが、ソリマン王国の王女様のお話を話し終えたとき、そばかすヴィンツェックがホジチュキのお医者さん、ウーピッツェのお医者さん、それにコステレッツのお医者さんをせかしせかししながら連れてもどってきました。

「お連れしましたよ！」まだ遠くだというのに大声で叫んだのです。「でももうへとへとだ！」

「これは、これは！　お待ちしていましたよ、先生方！」フロノフのお医者さんが言いました。

「患者はここにいる魔法使いのマギアーシュさんです。一目見ただけでも、重症なのは明らかですよね。患者はどうやらプラムの種を呑みまちがえたようです。だとしたら、これはもう急性プラム病にまちがいないと思います」

「なるほど」ホジチュキのお医者さんが言いました。「でも私なら窒息性プラム病と診断しますがね」

「いや、その。先生のご診断に異議を唱えたくはありませんが、」コステレッツのお医者さんが言いました。「でも、私なら、喉頭タネひっかかり病と診断しますね」

「なるほど」ウーピツェのお医者さんが三人の先生がたの診断をとりなすように言いました。「みなさんのご診断を考慮して、マギアーシュさんの病名を急性喉頭プラムタネ引っかかり病としたいのですが、よろしいでしょうか?」

「賛成。マギアーシュさん。おめでとう」ホジチュキのお医者さんが言いました。「いいかい。これはとってもめずらしい病気で、めったなことではお目にかかれないんだよ」

「いや、実に興味深い症例ですね」ウーピツェのお医者さんも言いました。

ところがコステレッツのお医者さんがこんなことを言い出したのです。

「でも、みなさん。私はもっとすごい、もっと興味深い症例を知っているんですよ。クラコルカの森に住んでいて、ときどき奇妙な声をたてるあのいたずらお化けヘイカルの病気を私がどうやって治したか、みなさんにもうお話ししましたっけ? もしまだでしたら、いい機会です。ここでそのお話をしましょうかね」

森のいたずらお化け　ヘイカル

「あのいたずらお化けヘイカルがクラーコルカの森に住みついて、もう何年にもなります。でも、みなさんもご存知の通り、あのいたずらお化けほどきらわれいやがられているお化けは、そうめったにいるものではありません。

だれかが夜、森を歩いていると、やつめ、突然後ろで奇声をあげたり、馴《な》れ馴《な》れしく声をかけたり、ぎゃあぎゃあ騒ぎ立てたり泣き叫んだり、ぞっとするようなかん高い声で笑い声をあげたりしておどかすのです。こんなことをされたらだれでもびっくり仰天、すっかりこわくなって必死に走って逃げます。恐怖のあまり魂がばらばらに砕け散らないのが不思議なくらいでした。

こうしてヘイカルは何年もこんなふうにクラーコルカの森でいたずらを続け、人をおどかしていたのです。そのため、日が暮れるともうだれもこわい思いをしてまで森を通らなくなってしまいました。

あるとき、私のクリニックに奇妙な男がやってきたのです。口は耳から耳まで大きく裂けていて、首にはなにか布切れが巻かれていました。その男はぜいぜいとつらそうに息をしていました。ごほんごほんとせきをして、やっと痰を出したかと思うと、キーキー、ブーブー、ヒーヒー、ガーガーと声を出すのですが、なにを言っているのか私にはさっぱりわかりませんでした。

「どうしましたか?」私はききました。

「先生」男はぜいぜいしながら、答えたのです。「す、すみません。あの。声がかれてしまったのです」

「なるほど、たしかにかれてますね。でもあなたはいったい……」

患者はちょっとのあいだもじもじしていましたが、意を決したように白状しました。

「実は私は……あのう、クラーコルカの森からやって来たいたずらお化けのヘイカルなんです」

「なるほど、森で人々をこわがらせたり、おどかしている、あのろくでもないいたずらおばけはきみなのか。いいかい。声がすっかりかれてしまったのは、いままでさんざん奇妙な声を出しては人をおどかしてきたむくいさ！　おまえの咽頭炎だか喉頭カタルだか知らないが、治したら治したで、また森で奇声をあげて人々を震え上がらせるのが関の山だね！　いいかい。それより、いまのようにせいぜいかすれた声でゼイゼイいっている方が、世のためだ。なにしろだれもが安心していられるからね！」

するといたずらお化けのやつ、ばかにおとなしくなってこの私にすがるように頼み込んだのです。「先生、お願いです。なんとかこのかすれたしゃがれ声を治してください。治していただければ、もう決して人をこわがらせるような悪いまねはしませんから――」

「いいか。私がこれから話すことをよくきくんだ」私は言ってやりました。「あんなに大声で奇声を上げて人をこわがらせたせいで、おまえはそんな声になってしまったんだ、わかってる

かい？　そうだよね？　いいかい。森で人をこわがらせても、おまえのためには何にもならないよ。それに、森は寒くてじめじめしている。おまけに、おまえの気管支はけっこうデリケートで、きずつきやすいしね。そう、保証はできないが、おまえの喉頭カタルだか気管支カタルはとりあえずは治るかもしれない。でも、もうきっぱりと人をこわがらせるのをやめて、森を出てどこか遠くへ引っ越さなければ、だれもおまえの声をすっかりもとどおりに治してあげることはできないね」

これをきいたヘイカルはすっ

かりしょげてしまいました。それでも、頭をかきながら、言いました。「先生、でもそれは無理です。人をおどかすのをやめて、いったいなにをして生きていけとおっしゃるのですか？　おいらは、ぎゃあぎゃあ騒ぎ立てたり、泣き叫んだりする以外、何にもできないんです。もっとも声がもどればの話ですけどね…」

「いいかい、ヘイカル」私は彼に言ってやりました。「おまえのようなすてきな声が出せれば、私だったらオペラ歌手になるか、市場で大声を出してものを売るか、サーカスの呼び込みをやるね。そんなすばらしい大きな声が出せるのに、こんな田舎にしけ込んでいるなんてもったいない、おまえはそうは思わないのかい？　町で暮らすほうが、きっとずっとうまくいくよ」

「えー、その。自分でもそう思うときもあるんですけどね」ヘイカルも隠さずに打ち明けてくれました。「よし。声がもとにもどったら、ひとつ、どこかに出かけて運試しでもしてみますか」

それならということで、私はヘイカルののどにヨードを塗って消毒してやりました。それからのどに湿布を貼ってやり、うがい薬も処方してやりました。

それからというもの、クラーコルカではヘイカルのうわさがぱったりきこえなくなったのです。ヘイカルは本当にクラーコルカからよそへ引っ越をして、人々をこわがらせるのをやめてしまいました。ところがそれから何年かすると、フルディブルディという大きな街からまたヘイカルのうわさがきこえてきたのです。そのうわさによるとあのいたずらお化けのヘイカルは政治家へうまく転身して、いまではあちこちの集会で持ち前の大きな声で演説をぶっているというのです。そしてとうとう国会議員にまでなって今でも活躍しているそうです。

こんな話をしたのも、転地して空気を変えればどんな病気でも奇跡がおこって治る可能性があるということを、マギアーシュさんにわかってもらいたかったからなんですよ」

ハブロヴィッェのカッパ

「私もこんなおもしろい患者を診察したことがありますよ」ウーピッェの先生も話し始めました。

「ウーパ川にかかっているハヴロヴィッェ橋のたもとにヤナギとハンノキがうわっていますが、そこにはヨウダルと言う名前の年とったカッパが住んでいました。ヨウダルは陰気で気むずかしい顔をして文句ばかり言っていましたが、ときには洪水を起こしたり、川で遊んでいる子どもを溺れさせたりしていました。つまりヨウダルは土地の人たちからこわがられ、きらわれていたのです。

秋のある日、診察を受けに、一人のおじいさんがやって来ました。緑のコートを着て、首には赤いスカーフを巻いていましたが、こんこん咳こんだかと思うとくしゃみがでるありさまで、とても苦しそうでした。このおじいさんはため息をつきながら鼻声でぶつぶつと訴えたのです。

「先生、どうもカゼを引いたようです。インフルエンザかもしれません。なにしろからだ中がつらくて。腰痛はひどいし節々がなにかに刺されたように痛むんです。なにしろ痛くてつらいのです。ひどい咳も出ます。からだがばらばらにならないのが不思議なくらいです。鼻水が次から次に出てとまりません。なにかお薬だけでもいただけないでしょうか」

私は一通りこのおじいさんを診察してから告げました。「おじいさん、これはリューマチだね。薬を処方しましょう。いいかい、塗り薬だよ。でも塗り薬だけじゃリューマチは治らないんだよ。からだを濡らさずにいつも十分暖かくしていなくちゃいけない、わかるかな?」

「わかります」おじいさんは小声で答えました。「でも先生。からだを濡らさずにいつも暖かくしていろといわれても、それは無理な相談です」

「なぜ無理なのかな?」私はたずねました。

「実は先生。わしはハブロヴィッェのカッパなんですよ。水の中でどうやってからだを濡らさずに暖かくしておれますか? 鼻をかむのも水の上だし、寝るのも水の中で水ぶとんをかけて寝てますからね。年を取ったんで、ウオーターベッドの水は硬水から軟水に替えましたけどね。軟水のほうが軟らかくて、安眠できるんですよ。でもからだを濡らさずに暖かくしていろって言われても、そりゃ無理だ」

「それはそうさ」私はカッパに言いました。「そんな冷たい水の中にいてリューマチが良くなるわけがありませんよ。それこそ、冷たい水の中ではお年寄りには骨身にしみるはずです。ところで、カッパさん。お年はいくつにおなりですか?」

「私の年?」カッパはぶつぶつとつぶやきました。「先生。わしはここに、ずっと昔、そう、まだ異教徒が住んでいた、もうそのころからここに住んでいるんですよ。———もう一〇〇〇年、ひょっとしたら一〇〇〇年以上になるかな。長い年月ずっと生きてきたんです!」

「なるほど。でもそれなら」私はカッパに言いました。「もう、ストーブにしがみついているしかありませんね。だが待てよ、いいアイデアがある! 温泉って知ってるかい?」

「ああ、知ってる」年老いたカッパはぼそりと言いました。「でもこの近くには温泉なんてものはないな」

「たしかに、この近くにはありませんね」私は言いました。「でもテプリツェや、ピーシュチャニ、そのほかにもいっぱいありますよ。地下深くで温泉が沸いているんです。こういった温泉はリューマチ持ちの年寄りカッパのためにつくられたようなものですね。その温泉にただ湯守りガッパとして住みつくだけでいいのです。それだけでリューマチも治ります」

「ふんふん。なるほどね」カッパはまだ半信半疑でした。「だけど、温泉の湯守りガッパって、いったいなにをしてればいいのかな?」

「たいしたしごとじゃありません」私は老人の注意を引き付けながら言いました。「絶えずっと、温泉のお湯が冷めないように下から汲みあげていればいいんですよ。あまったお湯はただ掛け流しにしておけばいいのです。ただそれだけです」

「やってみるか」ハブロビツェのカッパはつぶやきました。「それじゃさっそくそんな温泉を探しにでかけますかね。いや、先生。たすかりました」

カッパは足を引きずりながら診察室を出て行きました。――ただ床の上には、小さな水たまりが残っていました。

さて、みなさん。ハブロビツェのカッパはなかなかの利口者で、私の言うことを理解して私のアドバイスを聞き入れてくれました。スロバキアの温泉に住みついて湯守りになって、熱い熱いお湯を地下の深いところからくみ上げているのです。ですから、そこの温泉は今もお湯がこんこんと湧いていて、これからもずっと湧き続けると思いますよ。その温泉につかるとリューマチにとても良く効くので、リューマチの治療のために世界中から多くの人たちがその温泉を訪れるようになったそうです。

いいですか。マギアーシュさん。あなたもカッパさんに見習って、私たち医者のアドバイスにはしっかり耳を傾けたほうがいいと思いますがね」

けがをした妖精

「私もとても不思議な患者の診察をしたことがありましたね」ホジチュキの先生が言い出しました。

ある夜のこと、私はぐっすり眠っていましたが、だれかが窓をドンドンとたたく音で目を覚ましました。「先生、先生！　起きてください！」

窓を開けて思わず問いただしてしまいました。「おいおい。こんな夜中にいったい何の騒ぎだ？急病人でもでたのか？」

「はい、そうなのです」暗闇の中から、やさしげな声が聞こえましたが、その声はなにかとても不安そうでした。「先生、早く早く！　急いでください！　お助けください！」

「だれですか？　そこにいるのは」私はたずねました。「私を呼んでいるのはいったいどなたですか?」

暗闇から声が聞こえました。「私は夜の声なの」、「そう、月夜の声よ。お願い、急いで!」「わかった、すぐに行くよ」私はわけがわからないまま夢中で服に着がえました。でも、家の外に出てもだれもいませんでした。なにか、とても不安になってしまいましたね。「あのう、」私は小さな声で呼んでみました。「だれかいるのですか? 私はいったいどこへ行けばいいんですかね?」

「私についてきて。声の聞こえる方に進んでください」聞こえるか聞こえないかの、まるですすり泣くような声でした。もちろん、だれも見えませんでした。私はその声が聞こえる方へと導かれて、露で濡れた草地を通り、真っ暗な森を抜けて歩いて行きました。月が輝やき、まるで世界がすべて凍てついたようでなんとも言えない美しい光景でした。私は、そりゃあもうこのあたりのことはまるで自分の手のひらのようになんでもよく知っているんです。でも、あの月夜の夜はまるで夢心地で、いつも見慣れた景色とはまるでちがうように感じました。ときには、なにもかも知り尽くしているところでも、まるでまったくちがう世界のように見える、そういったことはだれでもときどきは経験するものです。声をたよりにずいぶん歩いてふと見ると、そこに見えたのはラチボジツェの谷じゃありませんか。いや、びっくりしましたね。

「先生、こちらへ来てください。こちらです」声が私を呼びます――その声は、まるで川が輝き波がさざめいているように私の耳に届きました。そのとき、私はウーパ川の岸辺の、月の光に照らされて銀色に輝く小さな草地に立っているのに気がつきました。草地のまん中あたりでなにかが光り輝いていました。だれかがいるのかもしれませんが、ただ霧がかかっているだけかもしれません。すすり泣く声が聞こえたようにも感じましたが、それも、もしかしたら川のせせらぎだったのかもしれません。

「わかった、わかった。いま行くからね」私はなだめるように言いました。「一体あなたはだれなんです？　それに、なにか痛いところでもあるのですか？」

「先生」草地のまん中で光り輝いている、そちらのほうから震える声が聞こえてきました。「私はラチボジッェの谷間に住んでいる妖精です。姉や妹たちとダンスをしていたら、月の光につまずいたのか、露のしずくの上でざわめいている光の輝きに足をすべらせたのでしょうか、突然、倒れたまま立ち上がれなくなってしまいました。わけがわからなかったのですが、とにかく足が痛くて、痛くて、もうとてもがまんができません――」

「うーん。なるほど」私は言いました。「これは多分、骨が折れているね。でもだいじょうぶ。ちゃんと、もと通りになるさ。するとおまえはこの谷で踊っている妖精の一人ってわけか？　おまえたちはジェルノフやスラティナからやって来た若者がこの谷を通ると、ダンスに誘って死ぬまで踊らせてるってうわさだが、本当かね？　でも、いいかい。そんなことをしてはいけないんだよ。そんなことをしてたから、バチが当たってこんな目にあったんだよね。あんなろくでもない踊りをしていたせいさ！」

妖精は草地のなかで光り輝いていましたが、泣き叫ぶように言いました。「先生は私の足がどんなに痛いか、わかってるのかしら！」

「もちろん。わかっていますよ」私は言ってやりましたよ。「骨折は痛いに決まってますからね」

私は骨折の治療のためにその妖精の横にひざまづきました。

先生方。私は骨折の患者をこれまでに何百人も治してきましたが、妖精となると、これがもうとてつもなくむずかしいですよ。妖精のからだは光だけでできているのですが、なかでも妖精の骨はいってみれば硬い光線でできているのです。ですから手に取るのも不可能です。なにしろ骨といっても、まるでそよ風や光や霧のようで、手応えといったものを少しも感じることができないのです。そんな骨を引っ張ってもとどおりにもどし、添え木をあてて包帯でしばるなんて！　厄介で手間のかかる仕事でした。クモの糸を包帯の代わりに使ってみようとしましたが、妖精はつらそうな声を出すのです。

「痛いっ！　なわで乱暴に縛られてるみたいだわ！」

折れた足を添え木がわりのリンゴの花びらで固定しようとしたときも、妖精は泣き出す始末でした。石をのせられているようだと言うのです。でも、どうすればいいのでしょうか？　いろいろと知恵を絞ったすえに、トンボの羽のキラキラ光っているところをいただいて添え木を二本つくりました。それから、露のしずくを使って月の光を七色の虹の光に分けて、そのうち一番細い青い色を取り出し包帯をつくったのです。妖精の折れた足にこの添え木をあてて、月

の青い光でつくった包帯でしっかりと固定しました。

とてもむずかしく手のかかる仕事でした。おかげで私はすっかり汗だくになってしまいました。満月の月の光が、まるでじりじりと照りつける八月の日の光のように感じられたのです。それでもやっとのことで妖精の折れた足をしっかりと固定することができました。

私は妖精の横にすわって妖精に言ってやったのです。「いいかい。折れた方の足はしっかりくっつくまで、動かしたりしないで安静にしてなくてはいけない。それにしても、不思議だね。お前さんたちのようにすてきな妖精がこんなところでまだウロウロしているなんて、どうにも理解に苦しむよ。だってここにいた妖精たちはみんな、もうずうっと前に、ここよりもっといいところへ行ってしまったからね――」

「いったいどこに行ったの?」妖精が私にききました。

「わかってないね。アメリカさ。アメリカのハリウッドだよ」私は言いました。「いいかい。ハリウッドで映画に女優として出演しているんだよ。ダンスをすることもあるらしいけどね。ギャラなんていう出演料をもらえて、その上世界中の人たちにその映画を見てもらえるんだ――すごいと思わないかい? もうずっと前から女の妖精も男の妖精もみんな映画に出てるのさ。女の妖精たちはふんだんに宝石で飾られた、それはそれはすばらしい衣装を身に着けてるんだそうだ。おまえさんがいま着ている、そんな粗末な衣装なんて着ていないのさ!

「粗末だなんて」妖精は気を悪くしたようでした。「いい? このドレスはホタルの光を織ってつくられているのよ！」

「それはそうかもしれないけれど。でもそんなの、もう時代遅れさ。だれも着たいとは思わないさ」」私は言いました。

「すそに飾りがついてないとだめなのかしら？」」妖精はもっと詳しく知りたがりました。

「さあ。どうだかね。私にはわからない。自分でハリウッドに行ってたしかめてみたらいいよ。ハンブルクかル・アーヴル経由で行けるはずだ。さあ、もうまもなく夜が明ける。もう行かなくては。たしか、君たち妖精は日が出るまえに姿を消さなくてはならないんだろう？　それでは、失礼するよ。いいかい。映画についてはよくよく考えてみるんだね」

その後、私がその妖精に出会うことはもうありませんでした。折れた足の骨はきっとしっかりくっついて治ってくれたのでしょうよ。そのころからラチボジツェの谷で妖精を見なくなったとだれもが言っています。おそらく、妖精はみなハリウッドに出かけて、そこで映画に出演しているんでしょうよ。でもね、よく注意して見てみると、たしかに映画館のスクリーンでは俳優たちが動き回っていますが、あれはほんとうは人間のからだではないのです。その証拠に、触ることもできません。あれは光線でできているのですから触れないのも無理はありません。わかるでしょう？　あれは妖精たちなんです。映画館では上映中は電気を消しますよね。それは妖精とかオバケたちはみな明かるいところをいやがるからなんですよ。あいつらは暗いところでしか元気に動けないんです。

いいですか、つまり童話に出てくる妖精やお化けはこれまでのままでは今の時代をうまく乗り切るのはとても無理だということです。なにか自分たちに合ったまっとうな仕事を見つけなければやっていけないのです。でも、その気になれば妖精やお化けにだってすてきな仕事を見つけるチャンスはいくらでもありますからね」

おやおや。私たち、おたがいとんだおしゃべりをしてしまいましたね。すっかり魔法つかいのマギアーシュのことを忘れてしまうところでした！　マギアーシュはといえばただむせ返るだけで、うんともすんとも声に出して言うことができませんでした。あいかわらずプラムはマギアーシュののどの奥にどっしりといすわり、びくとも動かなかったからです。マギアーシュは目を白黒させ、冷や汗をかきかき、いつになったら四人の先生たちが自分を助けてくれるのか、そのことばかり考えていました！　ごめんごめん、マギアーシュ！

「さてと」コステレッツの先生がマギアーシュに向かってようやく言ってくれました。「これからいよいよ手術に取りかかります。いいですか。でもまずは手を洗わないといけないんですよ。外科では清潔がなにより大切ですからね」

四人の先生たちは手洗いを始めました。まずあたたかいお湯、それからアルコールで汚れをおとし、つぎにベンジンで手を拭き、最後に石炭酸の入った消毒液に手をつけました。それからいよいよ清潔な白い手術着《ぎ》を着て——さあ手術の始まりです！　手術を見るのなんてごめんだという人は、目をつぶっていた方がいいですよ。「いいか」ホジチュキの先生がヴィンツェックに命じました。「少しでも動かないようにしっかりマギアーシュの手をつかんでいるんだ。いいな」

「さあ、マギアーシュさん。始めますよ！」ウーピッツェの先生が真剣な顔をして言いました。

マギアーシュはただうなづくしかありませんでしたが、すっかりおじけづいてしまいました。実はマギアーシュの心臓はノミの心臓ほどしかなかったのです。

「よし、いまだ！」フロノフの先生が大声で言いました。

コステレッツの先生が手を振り上げたかと思うと、魔法使いのマギアーシュの背中をドンと叩きました、いや、バンッだったかもしれません——すると、雷が鳴るようなものすごい音があたりにとどろきました。あまりにもすごい音だったのでナーホトやスタルコチ、さらに遠くのスミジツェの住人までもが、これはきっとすごい雷雨になるなと空を見上げたほどだったのです。

——大地は激しくゆさぶられ、スヴァトニョヴィッツェでは廃坑の坑道が崩落、ナーホトでは教会の塔が震えるほどでした。——トゥルトノフやポリツェ、さらにもっとずっと遠くまで、いたるところでハトがびっくりして飛び立ち、どの犬も恐怖のあまり犬小屋にもぐり込み、暖炉の上でまどろんでいたどのネコも飛び上がりました。

——肝心のプラムはマギアーシュののどからとてつもないスピードで飛び出しました。そのエネルギーはすさまじく、プラムはパルドゥビツェを飛び越えてプシェロウチの畑まで飛んでいき、畑にいた数頭の牛を殺してしまいました。プラムは勢いあまってさらに六メートル四三・八センチも深く土の中に潜り込んだのです。

マギアーシュののどから真っ先に飛び出したプラムを追って、こんな言葉も飛び出してきました。「……者！　なべをかき回すのを忘れるなんて！」それはマギアーシュがそばかすヴィンツェックをどなりつけようとして、出せずにのどに残っていた残りの言葉だったのです。マギアーシュはつまり、「ばか者！　なべをかき回すのを忘れるなんて！」とどなりつけたかったのです。

ただこのどなり声はそう遠くまでは飛ぶことができず近くのヨゼフォフで地面に落ちましたが、そのときに古いナシの木を一本なぎ倒してしまいました。

マギアーシュはひげを整えてから言いました。「先生方、おかげさまで助かりました！　どうもありがとうございます」

「いやー、よかった、よかった」四人の先生が答えました。「手術は大成功です」

「ただ、」ウーピッツェの先生はこう言うのも忘れませんでした。

「マギアーシュさん。すっかり元気になるには、まだあと何一〇〇年もかかりますよ。急いで気候の良い、空気のきれいなところへ転地すべきです。空気を変えるだけでもちがうのです。ハヴロヴィッツェのカッパも転地してすっかり元気になりましたからね」

「私もウーピッェの先生のお考えに賛成ですね」と、フロノフの先生が言いました。「健康にすごすには、もっと太陽の光を浴びて、良い空気を吸わなくてはだめです。ソリマン王国のお姫様のようにね。ですから、マギアーシュさん。私はぜひぜひあなたにはサハラ砂漠に転居してほしいのです」

「私もそう思いますね」とコステレッツの先生も言いました。

「マギアーシュさん、いいですか。サハラ砂漠はあなたの健康にとって最高にいいところです。なにしろあそこには、今回のようなとんでもないことを引き起こすプラムなんて一本も生えていませんからね」

「私にもちょっと言わせてください」と、ホジチキの先生も話に加わりました。「マギアーシュさん、あなたは魔法使いなんでしょう？　だったら、魔法使いらしく、作物が収穫できるように魔法で水を呼び寄せるにはどうすればよいか、知恵をしぼって考えだしてくださいよ。うまく成功すれば砂漠で人が暮らせ、働けるようになります。これはすごいことですよ。それに、もしかしたらすてきなおとぎ話が生まれるかもしれませんしね」

さーて。マギアーシュはどうしたと思いますか？

マギアーシュは四人の先生たちに礼儀正しく礼を言って、魔法に使う道具一式を取りまとめて、ヘイショビナからサハラ砂漠へと引っ越して行きました。それ以来、この国には魔法使いが一人もいなくなったのです。ありがたいことです。

でもみなさん。実はマギアーシュはいまでも生きているのです。マギアーシュはいまも魔法をどう使えば砂漠に野原や森、それに町や村をつくりだすことができるか、知恵をしぼっているのです。

みなさん、もうちょっと辛抱強く待ってみませんか?

ヴォジーシェクという名の犬のお話

粉屋をやっていたぼくのおじいさんの馬車が村中にパンを売って回り、選りすぐりの小麦を水車小屋に運んでいたあのころ、ヴォジーシェクを知らない人はだれもいませんでした。

えっ、ヴォジーシェクを知らないですって？　ほら、あの犬ですよ。あのころ、だれもが話題にした、そう、馬車で御者のシュリトカさんのとなりにいつも座って、まるで自分が馬車をあやつって走らせてでもいるような顔をして前を見ていた、あの犬のことです。

馬車が坂道にさしかかって走るスピードが落ちると、ヴォジーシェクのやつ、わんわん吠え出すんです。すると馬車の車輪がグルングルンと回転を速めます。シュリトカさんがむちをパチっと鳴らし、馬車を引いているフェルダとジャンカがスピードをあげたためなんですけどね。こうして馬車が堂々と村の中へ駆け込んでいくと、馬車に積んであるパンのなんとも言えない良い匂いが村中にまき散らされます。

ヴォジーシェクはもうこの世にはいません。でも、元気だったころはこうして馬車に乗って村中を駆け回っていたのです。

あのころには、おそろしいスピードで走る自動車はまだありませんでした。走っているのは馬車くらいで、それもゆっくり、しっかりと走ってくるので、だれの耳にもいま馬車が来るんだということがわかったものです。亡くなったシュリトカさんはたくみにムチをさばき、舌をチョッ、チョッと鳴らして馬に合図を送り、馬車を上手に進めます。それはもう、実にすばらしいムチさばきで、こんなことを自動車の運転手ができるはずもないのです。それに、やたらに吠えたり人をこわがらせたりしないで、あのヴォジーシェクみたいにおとなしく坐っている利口な犬を運転席の横に乗せている運転手さんなんていませんしね。自動車なんて空を飛ぶような猛スピードで走ったり、いやな匂いをまき散らしたりするだけで、それに、ほら、あんなに砂ぼこりを巻き上げて、車がどこにいるのかもわからないんですからね。

ヴォジーシェクを乗せた馬車はぴったり決まった時間にやって来ました。ですから、だれもが馬車が来る三〇分も前から耳をピクピクさせ、鼻をくんくんさせて匂いをかいで、言います。

「さあ、来るぞ!」

パンを乗せた馬車がすぐ近くまで来ているのがわかるのです。村人たちは家の前に立って、やってきた馬車に「おはよう!」と声をかけるのです。馬車が村に走りこんできて、シュリトカ爺《じい》さんが舌を鳴らし、ヴォジーシェクは御者台の上でワンワン吠えていたかと思うと、ピョンとジャンカの背中に飛び乗ってその上で踊り出し、尻尾から首、首から尻尾とジャンカの背中を走り回り、もううれしくて、うれしくて、声を震わせて吠え立てるのです。ありがたいことにジャンカの背中は、それはもう広くて、四人の大人が食事をするテーブルほどもありましたからね!

「わんわん、おーい。みんな。子どもたち! 着いたぞ。ぼくと、ジャンカとフェルダだよ。おーい!」子どもたちはみんな目をまん丸にしています。パンをのせた馬車は毎日やってくるのですが、そのたびにまるで皇帝陛下をお迎えするような大変な騒ぎになりました! ――でもう長いこと、そう、ヴォジーシェクがいなくなってから、あのときのように時間ピッタリにパンをのせた馬車が村にやってくることはなくなってしまいましたね。

ヴォジーシェクはピストルを撃ったときの音みたいに吠えることができました。

「ワンッ！」

馬車の右にいたガチョウの群れはすっかりおびえて走り出し、走って走ってとうとうポリツェの市場まで走ってしまい、やっとそこで止まったのです。ガチョウたちもよくこんなところまで走って来たもんだと自分たちでおどろきあきれているしまつです。

「ワンッ！」

今度は左側にいた村中のハトが空へと舞い上がり、大空で輪をつくったと思うと、はるばるジャルトマンのあたりまで飛んでいってやっと舞い降りました。さすがにプロイセン側には入り込みませんでしたけどね。

ヴォジーシェクは元気よく大きな声で吠えることができました。そしてしっぽを得意げに、いかにもうれしそうにビュンビュンと振るのです。あんなに強く振ってもしっぽが飛んでいってしまわないのが不思議なくらいです。ヴォジーシェクのような大きな声は将軍でも国会議員でも出せませんね。

ところがこんなヴォジーシェクにも、吠えることができなかった時期があったのです。ご主人のおじいさんが日曜日にだけはくブーツにガブっと噛みつける立派な歯が生えそろった若者になっても吠え方がわかりませんでした。なぜですかって?

それには、おじいさんがどのようにヴォジーシェクと初めて出会ったか、というよりもヴォジーシェクがどのようにしておじいさんと初めて出会ったか、そのことをお話ししとかなければなりませんね。

ある日、おじいさんはパブに出かけて、家へ帰るのが遅くなってしまったのです。すっかり暗くなってしまいましたが、おじいさんは上機嫌で歩きながら歌を歌っていました。たちの悪いお化けが出てこないように、そんなつもりで歌を歌っていたのかもしれません。ところが、突然、歌のすてきな肝心のところが頭から抜け落ちてしまったのです。暗がりの中、おじいさんは立ち止まりました。すると足元の地面からなにかクンクン、ピーピー、クークーと鳴く声が聞こえてきたのです。おじいさんは十字を切ると、いったいなにがいるのかと地面を手探りして探しました。すると、なんだか温かくて毛がもじゃもじゃした、毛糸玉のようなものが手に触ったのです。その毛糸玉はなんとかおじいさんの手の中に上がって来ましたが、まるでビロードのようにやわらかいのです。手の中に収まってしまうと鳴くのをやめ、まるではちみつを吸うようにおじいさんの指をちゅーちゅーと吸い始めました。

「なにを拾ったんだか、よく見てみなくては」おじいさんはそう思って、その毛玉のような生き物を水車小屋のある家へ連れて帰ったのです。家ではおばあさんがおじいさんに「おやすみなさい」を言おうと思って寝ないで待っていました。でも、おばあさんが「おやすみなさい」

と言う前に、ほろ酔い機嫌のおじいさんが言いました。「ヘレナ、ほら見てごらん。こんなものを拾ってきちゃった」おばあさんがろうそくのあかりで照らして見てみると、「おまえさん。大変。なにをぼやぼやしているの。生まれたばかりの子犬じゃない」

そこにいたのは、まだ目も見えない、殻をむいたばかりのクルミのように黄色い色をした犬の赤ちゃんだったのです。「だけどいったい」おじいさんが言いました。「おまえはどこのだれの子なんだい？」赤ちゃん犬が答えるわけもありませんよね。ただテーブルの上で、悲しくてたまらない様子で震え続け、ネズミのようなしっぽをピクピク動かしながらピーピーと鳴くのです。そして、この子犬は、「あれれ、しまった。やっちゃった」といった感じで、小さな水たまりを自分のからだの下につくってしまいました。その水たまりは子犬の気持ちなど気にもせず、どんどん大きくなっていったのです。

「カレル、ねえ、カレル」おばあさんはコクンとうなずくとおじいさんに言いました。「あんた、わかっているの？　この子、お母さんがいないと死んじゃうわよ」おじいさんはおばあさんに言われてこわくなりました。「ヘレナ、急いでミルクを温めるんだ。パンも持ってきてくれ」おじいさんはおばあさんが持ってきてくれたパンの内側のやわらかいところをミルクにひたして、それからハンカチに包んで、お母さん犬の乳首そっくりのものをつくってやったのです。こうして赤ちゃん犬はお腹が太鼓みたいにぽっこり膨らむまでミルクをたっぷり飲むことができました。

「カレル、ねえ、カレル」おばあさんがまたコクンとうなずいておじいさんに言いました。「あんた、わかっているの？　この子、だれが温めてやるのさ？　だれも温めてやらなければ、とても冬を越せずに死んでしまうよ」おじいさんはそれを聞くと、ぱっと子犬を抱き上げて急いで馬小屋に向かったのです。おばあさんが止める間もありませんでしたね。そうなんです。馬小屋はフェルダとジャンカが吐く息で温かくなっていますからね！　馬は二頭とももう寝入っていましたが、おじいさんが小屋に入って行くと頭をもたげて、おじいさんが抱いている子犬の方を向きました。フェルダとジャンカの両目はとても賢こそうで、やさしげでした。「ジャンカとフェルダ！」おじいさんは二頭の馬に言いました。「いいかい。このヴォジーシエクを踏んではいけないよ。わかっているね？　しっかりお前たちで守ってやってくれ」おじいさんはもうこの子犬にヴォジーシエクという名前をつけていたのです。

おじいさんは子犬のヴォジーシエクをジャンカとフェルダのあいだのわらの上にそっと置きました。ジャンカはこの奇妙なちっぽけな生き物のにおいをクンクン嗅いで、おじいさんの手にも同じにおいを嗅ぎ当てて、フェルダにそっとささやいたのです。「この子はおれたちの仲間だな！」こうしてヴォジーシエクは馬小屋の二頭の馬のあいだで育っていったのです。

ハンカチの乳首からミルクをいっぱい飲んで目も見えるようになり、もうボールからミルクを自分で飲めるようになりました。ママといっしょにいるように毎日気持ちよくすごし、あっという間に小さいのにとんでもないやんちゃで、それでいてオムツがまだまだ外せない赤ちゃんのような生き物、つまり、子犬ができあがったのです。この子犬は座るにもおしりがどこにあるかわからず、おしりのかわりに頭で座ってしまうのです。それでやっと、これはどうも妙にきゅうくつだと感じる始末です。しっぽをどうやって使うのかもわからず、たった一から二までしか数えられず、自分の四本の足ですらからまってしまうのです。つまり、まだ、とてもおりこうとは言えないありさまでした。

とうとうなにがなんだかわけがわからなくなって、一切れのハムのような小さくてバラ色をした舌を出して地面にゴロンと寝転がるのです。まあ、どの子犬も、人間の子どもとほとんど変わりがないということなんですよ。ジャンカとフェルダにきいてみれば、あちこちと勝手に動き回る子犬を踏みつけないようにいつも気を使わなくてはならないことが、どんなに二頭の年寄り馬にとってはたいへんなことだったか教えてくれると思います。

いいですか、わかってますよね。馬のひずめはスリッパじゃありません。ですから脚を動かすときもとてもゆっくりそっと動かさなくてはならないんです。キャンなんてさも痛そうに鳴かれただけでもういけません。ジャンカとフェルダは、とにかく子犬を育てる苦労は並大抵じゃなかったとあなたにきっと話してくれるでしょう。

ヴォジーシェクはこうして一人前の犬になりました。もうほかの犬と同じように歯も生えそろい、陽気で元気な犬になったのです。ところがこのヴォジーシェクには、どうもなにかが欠けていました。だれもヴォジーシェクが吠えたりうなるのをきいたことがなかったのです。クンクン、キャンキャン鳴くのは、とても吠えてるなんていえません。とうとうあるとき、おばあさんは一人つぶやいたのです。「どうしてヴォジーシェクは吠えないのかしら？」おばあさんは考えこんでしまいました。丸三日も、魂の抜けた人のようにふらふらとあたりを歩きまわり、とうとう四日目になっておじいさんにきいたのです。「どうしてヴォジーシェクは吠えないんですかね？」おじいさんも考えこんでしまいました。おじいさんも丸三日、首をひねりながらふらふらとあたりを歩きまわり、とうとう四日目になって御者のシュリトカさんにききました。

「ヴォジーシェクが一度も吠えないのはどうしてなんだろう？」シュリトカさんはおじいさんの言葉を真剣にまじめに受け止めました。パブに出かけてそこで三日三晩考えたのです。四日目になるともう眠くて眠くて、頭のなかもボーとしてしまいわけがわからなくなっていました。それでも店の主人を呼んで、勘定するためにポケットからクロイツァー硬貨を何枚か取り出しました。

ところが何べん数えても、数えても、悪魔が悪さをしているせいか頭がこんがらがってしまい、どうしてもうまく数えられないのです。「おやまあ。シュリトカさん」店の主人に言われてしまいました。「おまえさん。おふくろさんに数え方を教えてもらわなかったのかい？」

その瞬間、シュリトカさんは自分の額《ひたい》をピシャリと叩いて、勘定もしないで店を飛び出し、おじいさんのところへすっ飛んでもどりました。「だんなさま」家のドアの前で大声で叫んだのです。「わかりましたよ！　ヴォジーシェクがなぜ吠えないか。それは、おふくろに教わらなか

ったからです！」

「なるほど」おじいさんはうなずきました。「きっとそうだ。ヴォジーシェクは母さんを生まれた時から知らないんだ。フェルダとジャンカも犬の吠え方なんて教えられなかったしな。このご近所には犬を飼っている家もないし、あいつが吠え方をわかるわけがない」

そこでシュリトカさんが馬小屋に出向き、腰をすえてヴォジーシェクに犬の吠え方を教育したのです。「いいかい。ワンワンだ」シュリトカさんが説明します。「どうやって声を出すか、よく見てるんだぞ。まず、のどのところで、ほら、フー、ブー。それから、口から一気に出すんだ。ハフハフ。バフバフ。ウー。ワンワンだ」

ヴォジーシェクは耳をピクピク動かし

ました。自分ではなぜだかよくわかりませんでしたが、なにかすてきな音楽のようで気にいったのです。なんだかうれしくなって、突然、「ワン」と吠え声が初めて出たのです。でもほんとうは、「ワン」というよりもなんか奇妙な、不思議な声が出てきたのです。まるでナイフでお皿をこすっているような音です。でも、なにごとも最初はむずかしいものです。みなさんだって最初はＡＢＣＤもうまく言えなかったでしょう。フェルダとジャンカはシュリトカさんが犬のように吠えるのを上から見下ろしていましたが、やがて肩をすくめると、それからはシュリトカさんを尊敬しなくなってしまいました。でもどうやらヴォジーシェクにはとてつもない才能があったようで、吠え方の勉強はどんどん進みました。初めて馬車に乗った時も、まるでパンッパンッとピストルを発射するときのように左に右に吠えまくっていました。

それからというもの、ヴォジーシェクは死ぬまでずっと吠えるのにあきるようなことはありませんでした。毎日毎日朝から晩まで吠えまくっていたのです。吠えるととってもうれしかったので、吠え方もどんどんうまくなっていきました。

でも、ヴォジーシェクの仕事はシュリトカさんと馬車に乗ってパンを配って回るだけではありませんでした。毎晩、水車小屋と家の中庭をなにか異常がないか見て回り、市場のおばさんたちのようにペチャペチャおしゃべりをしているメンドリたちには、「いいかげんにしろ」とでも言うようにワンッと一吠えしておしゃべりをやめさせるのです。こうして一回りし終わるとおじいさんの前に立ってしっぽを振りながら、すばやくおじいさんを見上げます。まるで「カレルじいさん。もう寝ていいよ。あとはぼくが抜かりなくちゃんと見張っているからね」とでも言いたいような態度なのです。おじいさんは、「よろしくな」とでも言うようにヴォジーシェクの頭をなでて、神の恵みに感謝しながら眠りにつきます。

昼間、おじいさんはいろいろなものを買いに村や町をめぐります。麦などの穀物や、そのほかいろいろなものを買うのです。たとえば、クローバーの種とかレンズ豆とかケシの実といったものです。ヴォジーシェクもおじいさんといっしょに買い物に走り回るのです。日が暮れて家に帰るときも、ヴォジーシェクは少しもこわがりません。おじいさんが道に迷っても、正しい道をぴったり見つけておじいさんに教えます。

おじいさんは、種をどこかの町で買い求めたことがありました。でもどうやらその町はおじいさんのなじみのズリチュコだったらしくて、買い物をすますとおじいさんはひょいとパブに寄り道をしたのです。ヴォジーシェクはしばらくパブの前でおじいさんを待っていました。

するとなにかすてきな、いい匂いがヴォジーシェクの鼻をくすぐったのです。匂いは近くの家の台所から漂ってくるようです。ヴォジーシェクが家の中をのぞいてみると、家の中ではみんなでソーセージをおいしそうに食べているではありませんか。ほんの一切れでもこのおいしいごちそうがテーブルの下に落ちてきてうまくありつけないかと、ヴォジーシェクはじっとしんぼう強く待っていました。ヴォジーシェクがそうやって待っていると、おじいさんのおとなりさんの、なんという名前でしたっけねえ、すぐには正確には思い出せないのですが、そう、たしかヨーダルさんとかいいましたよ。そのヨーダルさんの馬車がパブの前に止まったのです。ヨーダルさんはカウンターに座っているおじいさんを見つけると、二言、三言、言葉を交わし、二人でヨーダルさんの馬車に乗り込んで、いっしょに帰ってしまったのです。おじいさんはヴォジーシェクを連れてきていたことをきれいさっぱり忘れてしまっていたのです。ヴォジーシェクはソーセージにありつけないかと、ずっとおりこうさんにお坐りをしていたんですけどね。

家の中では食事が終わり、だれかがソーセージの皮を暖炉のそばにいたネコに投げ与えました。ヴォジーシェクは結局なんにもありつけず、かわいそうにただ口をぬぐうしかありませんでした。その時です。ヴォジーシェクは思い出しました。「いけない。おじいさんを置いてきちゃった」あわててパブ中をさがしまわり、おじいさんの匂いをかぎまわりましたが、おじいさんはどこにもいませんでした。「ヴォジーシェク」パブのおやじが指で道をさしながら教えてくれました。「おまえの主人はあっちの方へもう馬車で帰っちゃったぞ」

ヴォジーシェクはなるほどと事情がやっとのみこめたのです。「たがいに置き忘れてしまったってことか」こうなったら自分だけで家にもどるしかありません。しばらく馬車の通れるいつもの広い道を通っていましたが、ふと思ったのです。「こんなのばかげているな。あそこの丘を越えていったほうが、ずっと近道だ」丘を越え森を通って帰ることにしたのです。やがて日もくれて夜になり、あたりは真っ暗になってしまいました。でもヴォジーシェクはすこしもこわくありませんでした。「ぼくから盗めるものなんてなにもないからね」でも困ったことにお腹はもうペコペコだったのです。

やがて夜もふけて満月がのぼってきました。そこだけ森が開けた草地のようなところに出たのですが、月が木々のあいだから顔を出しているのです。あたりは一面月の光で銀色に輝き、あまりの美しさにヴォジージーシェクはうっとりしてしまい、心臓もドキンドキンと強く打ち始めました。森は、まるでハープの音色のようにざわめいていたのです。

ヴォジージーシェクが夢中で真っ暗闇の廊下のような森の中を駆けていると、突然、銀色の光が目の前で光り輝き、ハープの音色のような森のざわめきは一段と大きくなりました。ヴォジージーシェクは全身の毛を逆立たせて、地面にそっとうずくまりました。もうなにがなんだかわからなくなって、あたりを呆然とながめていました。そこは森の中の草地で、あたり一面が銀色に輝いていましたが、草地では犬の妖精たちが踊っていました。美しい、真っ白な犬の妖精たちです。犬の妖精たちはあまりにも白いので、まるで透明に見え、あまりにも軽やかなので草の露も地面にコロコロ落ちないですみました。「犬の妖精たちだな」ヴォジージーシェクはすぐピンときました。本物の犬ならば必ずに匂ってくる、あの独特の匂いがまったくしなかったからです。

ヴォジージーシェクは夜露に濡れた草の上で伏せの姿勢を取ると、踊っている犬の妖精たちをじっと見つめていました。犬の妖精たちは踊ったり、追っかけっこをしたり、ケンカのまねをしたり、自分の尻尾を追いかけてくるくる回ったりしているのです。どの妖精もみな空気のように軽やかだったので、草地の草は一本も折れたり曲がったりしていませんでした。ヴォジージーシェクは注意深く妖精たちを見ていました。足でからだをかいたり、ノミ取りをしないか見ていたのです。そんなことをすれば、それはもう妖精ではなくて、ただの白い犬にすぎませんからね。でも、足でからだをかいたり、ノミ取りをする妖精はいませんでした。

これは、踊っているのは妖精にぜったいにまちがいない、ヴォジーシェクは自信が持てました。満月が高く高く上がったとき、犬の妖精たちは頭を上げて、美しい、繊細な声で歌を歌い始めたのです。それはもうすばらしい歌声で、プラハの国民劇場のオーケストラでもとてもあのような音色を出すことはできないでしょうね。ヴォジーシェクはすっかり感動して、目からは涙がこぼれました。あやうく、いっしょに歌いだしてしまいかけましたが、そんなことをすれば自分がいるのがわかってしまうので、なんとか歌いたいのをがまんしたのです。

妖精たちは歌い終わると、なにか気高そうな、年老いた妖精を取り囲むように横になりました。その妖精はきっと妖精の長か魔法使いの妖精なのでしょう、全身が銀色に光り、もう何年も何年も年を重ねてきたように見えたのです。「お話を聞かせてくださいな」妖精たちは口々にお願いをしていました。

年をとった犬の妖精はしばらく考えていましたが、まもなく口を開きました。「じゃあ、犬たちが神様にどうやってお願いして人間をおつくりいただいたか、その話をしようかね。神様が世界のすべて、あらゆる生き物をおつくりになられたときに、犬には生き物のかしらの地位をお与えになったのだよ。なにしろ犬はだれよりもできがよくて、お利口だったからね。天国の動物たちは、生きては死んでいったが、みなとても幸せで満足していた。ところが、犬だけはそうやって生きては死んでいくことで、ますます悲しく、気分が晴れなくなっていったんだよ。

不思議に思った神様は犬にお尋ねになったのさ。『ほかの動物はあんなに幸せそうなのに、おまえたちだけはどうしてそんなに悲しいのかね?』一番年をとった犬がお答えしました。『神様。ほかの動物はみな、なに不自由なく暮らしていて、何の不満もないのです。でも、わたしども犬は頭で考える力をちょっぴりいただいておりますので、わたしどもよりはるかにすぐれた、偉大な方がおられるのがわかってしまうのです。そのすぐれた、偉大な方こそ、創造主たるあなたさまなのです。

わたしどもはなんでもかぎ分けることができますが、あなた様だけはどうしてもかぎ分けることができません。その能力がまったく欠けているのです。ですから、神様、お願いです。わたしどもがかぎ分けることのできる神様をどうかおつくりください』神様は、にっこり笑っておっしゃいましたよ。『わたしのところに骨を集めてくるのだ。そうしたら、お前たちがかぎ分けることのできる神をつくってあげよう』犬たちはあちこちと走り回って、どの犬もなにかの骨をくわえてきたのさ。ライオンの骨、馬の骨、ラクダの骨、ネコの骨、つまりはあらゆる動物の骨を持ってきたのさ。でも、自分たち犬の骨だけは持って来なかった。犬の肉にも骨にも一切触れなかったんだね。

こうして山のように骨が集まったのさ。そして、神様はこの骨の山から人間をおつくりになりました。犬たちがかぎ分けることのできる、姿、形が神様そっくりの人間ができたのです。人間はこうして、あらゆる動物の骨をもとにできあがったので、人間は動物それぞれの良いところをあわせ持っているのです。ところが、犬の骨だけはその中に含まれていませんでした。ですから、人間はライオンの力、ラクダの勤勉さ、ネコの抜け目なさ、馬の寛大さを兼ね備えて持っていますが、犬の誠実さ、忠実な性格だけは持っていないのです！」

「なにかもっとお話をして」犬の妖精たちはせがみました。

年をとった犬の妖精はしばらく考えていましたが、またお話をしはじめたのです。

「それでは、どうやって犬が天国にまでたどり着けたのか、そのお話をしましょう。いいかい、人が死ぬとその魂は星に向かって飛んでいくのは知っているわよね。ところが犬にはそんな星は一つも残っていなかったものだから、犬の魂は地面の下で眠っているしかなかったのよ。

イエス・キリストの生きておられたころのことですけどね。イエス・キリストがムチ打たれ十字架にかけられたとき、それこそたくさんの血が流れたの。ところが、一匹の腹をすかせた野良犬がその血をすっかりなめてしまったのさ。『まあ、なんてことを』天国の天使たちはおおさわぎ。『イエス・キリストの血をなめてしまうなんて！』でも、神様はおっしゃった。『イエス・キリストの血をからだに受け入れたからには、その犬の魂を天国に連れてこよう』そうして、神様は新しい星をおつくりになったんだけど、その星が犬の魂の星だとわかるように星にしっぽもつけたそうだ。

犬の魂は星に着いたとたんに、もうそれは大喜びして天国の空をまるで草地を駆けるように駆けまくったの。そんなわけで、犬の星はほかの星のようにきちんとした軌道をたどらないのよ。尾を引きながら天をまたいで流れていく犬の星、それこそ彗星と呼ばれている星なの」

「なにかもっとお話をして」犬の妖精たちは、また、しつこくせがみました。

「しょうがないわね。それじゃあ、こんなお話はどうかしらね」年をとった犬の妖精は話しはじめました。「もうずっと前、大昔のことだけど、そのころ犬たちは地上に犬の王国を持っていて、りっぱなお城まであったそうよ。ところが、犬のくせにと人間のねたみを買ってしまったのね。人間たちはずっと犬の王国に魔法をかけ続け、そのために犬の王国はそのお城とともに地中深くに埋められてしまったそうよ。でもうまく地面を掘りあてることができれば、きっと、すごい宝物がおさめられた犬のお城のある洞窟にたどり着けるでしょうよ」

「それってどんなところなの？」妖精たちは熱心に聞きました。

「そうね」年をとった犬の妖精は答えました。「たどり着いたところは、とてつもなく美しいお城の大広間でね。柱という柱はみな、もう、それはすばらしい骨でできているのよ。どの柱にも噛んだり、かじったあとなんかぜんぜんないわ。でも、柱にはガチョウの足みたいにお肉がいっぱいついているのさ。広間の正面には燻製のお肉でできた王座があって、その王座へと登る何段かの階段は、混じり物のない脂身たっぷりのベーコンでできているの。階段にはじゅうたんが敷かれているんだけど、そのじゅうたんというのが、ソーセージを一面に敷きつめてできているのさ。ソーセージ一本一本の太さといったら、それはもう、指ぐらいの太さは十分あるわね――」

ヴォジーシェクはもうがまんができませんでした。妖精たちのいる草地に飛び出すと、叫んだのです。「そのお城はどこにあるの？　犬のお城はどこにあるの？」

でも、ヴォジーシェクが草地に飛び出したその瞬間に、犬の妖精たちも話をしていた年をとった犬の妖精も消えてしまったのです。ヴォジーシェクは目をこすりました。でもそこには銀色にかがやく草地があるだけで、妖精たちが踊っていたはずなのに、草は少しも乱れておらず、露がいっぱいついたままだったのです。月が静かに草地を照らし、森が草地をまるで真っ黒な城壁のように取り囲んでいました。

そのとき、ヴォジーシェクは思い出したのです。「そうだ、家にはせめて水に浸したパン切れがあるじゃないか」そして、一目散に家に向かって駆け出しました。でもその時以来、ヴォジーシェクはおじいさんと森や草地に出かけるたびに、地中に埋もれたお城にある宝物のことをふと思い出すのです。そんなとき、ヴォジーシェクはもうすっかり夢中になってしまい、四本の足で地面を掘りまくり、とうとう深い穴をつくってしまいました。

ヴォジーシェクはきっと、この大切な秘密をおとなりの犬にもらしてしまったのでしょうね。そして、その犬がまた別の犬に……さらにまたほかの犬に……こうして、世界中のどの犬も、どこかの野原か草地には、地面深くに埋もれた犬の王国があるのを思い出すのです。そして穴を掘りまくり、かっての犬の王国の燻製のお肉でできた王座の匂いがしないか、くんくん、くんくん、かぎまくるというわけです。

小鳥のお話

みなさんは鳥たちがどんな話をおたがいにしているか知りませんよね。小鳥たちが人間の言葉で話をするのは朝早いうちだけなのです。つまり、日の上がるころだけです。そのころあなたはまだ目が覚めていませんよね。すっかり日が昇ってあたりがすっかり明るくなると、小鳥たちはもうおしゃべりをしている暇などありません。もう、地べたに落ちている穀物をせっせと拾って食べたり、ミミズをつついてみたり、飛んでいるハエをうまく捕まえるのに大忙しなのです。

お父さん鳥は羽を休めるひまもなく、ひな鳥に与える餌を求めて飛び回らなくてはいけませんし、巣では母鳥がヒナの世話にてんてこ舞。小鳥がおとなりさんやご近所と話をするのは朝のうちだけです。巣の窓を開けておむつを外で干したり朝ごはんをつくる時だけなのです。

「おはよう」松の木に巣をつくっているツグミが、雨ドイに住み着いているおとなりさんのスズメに声をかけます。「もうそろそろだね」

「わかってる。そうさ。わかってる」スズメが答えます。「そろそろ、エサをしっかり、たっぷり、十分ついばめるところへ飛んでいく時期だよね」

「ええ、そうです。おっしゃるとおりです」屋根の上でハトが言いました。「なにしろ心配です。穀物がほんとうに手に入りにくくてね」

「まったくだね」巣の中のベッドから起き出しながらスズメが相槌《あいづち》を打ちました。「みんなあの自動車のせいさ。馬がもっといっぱいいたころには、馬のやつが馬車にのった穀物をあちこちいっぱいまき散らしながら通ってくれたからね。ところがいまじゃ。車なんて猛スピードですっ飛んでいくだけで、何にも残してくれない。あきれるほど、それこそ一粒の穀粒さえ残してくれないんだからね！」

「臭い排気ガスにひどい騒音をまき散らすばっかりだ。たたきつぶしてしまいたいね。まったく」ハトがクークーと声を出してこぼしました。「ひどいもんだよ！　空を飛び回ってクークー鳴いても、ほんのちょっぴりの穀粒がせいぜいなんだから、まいるよ。こんなこともうごめんだね！」

「お聞きしますけど、スズメのほうがまだましだなんて考えてないでしょうね？」スズメはいらっとしたようでした。「家族持ちじゃなければ、ほんとうはどこかへ飛んでいきたい気分なんですけどね――」

「つまり、デイヴィツェから来たあのスズメのまねをしたいってこと？」ヤブの中からミソサザイの声がきこえました。

「デイヴィツェからだって？」スズメが答えました。「デイヴィツェにはひとり、知り合いがいるんだけどね。フィリップって名前なんだ」

「いやちがうね。デイヴィツェから飛んで来たあのスズメは、ペピークって名前だ。そいつは洗濯もしなければ毛づくろいなんてしないんだ。だから、毛がゴワゴワでね。朝から晩まで一日中、文句ばかり言ってるんだ。『デイヴィツェってなんでこんなに退屈でつまらないんだ。

だからほかの鳥はみんなリヴィエラとかエジプトとか、南へと飛んでいってしまうんだ。ムクドリやコウノトリ、ツバメにナイチンゲール、みんないなくなってしまうんだ。それなのにスズメだけが死ぬまでずっとデイヴィツェでさんざん苦労させられながら暮らすんだからね。おれは、そんな暮らしはゴメンだ』ペピークって名前のそのスズメは大声でまくしたてたんだ。『ルージュカにいたツバメだってエジプトまで飛んでいけたんだ。いいかい。このおれにできないわけがないだろう？　必ず飛んでみせるからね。歯ブラシと寝間着だけは持っていかないわけにはいかないな。そうそう。それにラケットとテニスボールもね。あっちでテニスができないと困るからね。なんたって、テニスとくりゃあ、おれは一流プレイヤーのコシュやコジェルフ、ティルデンだって簡単にたたきのめせる自信があるんだ。ああいう連中をやっつけるにはコツがあるのさ。まともにいったって勝てっこないからね。いいかい、球を打ってきたら打ち返すふりをして、

球の代わりにおれ自身がふっ飛んでいくのさ。そして、ラケットでおれを打とうとする瞬間にさっと身をかわすんだ。どうだい？　わかったかい？　こうやってみんなやっつけたら、おれはお金持ちのアメリカ娘と結婚するんだ。当然だろ。そしてプラハにあるヴァルトシュテイン宮殿のようなお屋敷を買って屋根に巣をつくるのさ。巣っていってもただのワラなんかじゃなくて、稲《いな》わらとかサイザルアサやラフィアの繊維、それに海藻や馬の毛、リスのしっぽでできているんだぞ！』――朝からすごい勢いでまくしたてたんだ。そりゃあすごい騒ぎだったね。『もうデイヴィツェなんてうんざりだ。もうすぐリヴィエラまで飛んで行くぞ』えらい鼻息だった」

「それで、ほんとうに飛んでいったの？」松の木に止まっていたツグミがききました。

「いや、ほんとうに飛んでいったんだよ」茂みの中にいるミソサザイが答えました。「独立記念日の十月二八日に軍楽隊が軍歌を奏でるのをきくと、朝早く南へと飛び立ったんだ。――あいつ、軍楽隊が十月二八日に奏でる軍歌が大好きでね。その日まで待っていたんだな。でもあいつ、南になんて一度もこれまで飛んだことがなかったんだよ。それで、たちまち道に迷ってしまったんだ。それに、あいつはほとんどお金を持ち合わせていなかったんだ。それで安宿に泊まることすらできなかった。スズメって、昔からずっと一文無しの貧乏暮らしなんだ。なにしろ、一日中、屋根から屋根へ飛び回っているだけだからね。

けっきょく、スズメのペピークのやつ、やっとのことでカルダショヴァ・ジェチツェまでた

どり着くともうそれ以上遠くへはいけなかったんだ。もうすっからかんだったしね。でもありがたいことに、この街の市長さんがペピークのところまでやって来て親切にも言ってくれたんだよ。『そこのろくでなしのスズメ。あちこちふらついた末にこの街にたどり着いたようだが、おまえ、まさかこの街にはおまえのような宿無しにたっぷり食わせてあげられるだけの馬のクソがあるなんて思って来たんじゃないだろうな？　いいかい、ここにいたいのなら、われわれ住民のまねをして広場や通り、パブの前であれこれと飲み食い、つまり、勝手気ままについばんではならんということだ。ただそれではちと気の毒だから、建物の裏側では特別にあれこれとついばむのを許可する。その上、市長である私の特別の計らいで、住居番号五七番の小さな小屋の藁束を住まいとすることを認めよう。それで異議がなければ、この誓約書に署名するのだ。よし、じゃあ、さっさとそこへ移るんだな。もうわしと会うこともあるまいて』――こうして、デイヴィツェから来たペピークという名前のスズメはリヴィエラに向かって飛び立つのをやめて、カルダショヴァ・ジェチツェにとどまったんだよ」

「そのスズメはいまもそこにいるのかい？」ハトがききました。

「いるさ」ミソサザイが答えました。「あそこにはおばが住んでいてね、そのスズメのことをあれこれと教えてくれたんだよ。なんでも、カルダショヴァ・ジェチツェのスズメのことをすっかりばかにして、あちこちで言い立てているそうだ。『なんてところだ。あんまり退屈すぎていやになるよ。市電も走っていないし、車も少ないしね。スパルタ・プラハやスラヴィア・プラハが本拠地にしているようなサッカー競技場なんててんでないしね。ないないずくしなんだよ、まったく。こんな退屈な街でくたばるなんてまっぴらごめんだね。おれはリヴィエラからの招待状はとうに持ってるんだ。ただ、デイヴィツェからの送金を待っているだけさ』

ペピークのやつがデイヴィツェやリヴィエラのことをあんまりホラを吹きまくったもんで、とうとカルダショヴァ・ジェチツェのスズメたちもどこかほかに行けばもっと楽しい良い暮らしができるもんだと信じこんでしまい、エサを懸命になって探すことさえしなくなって、朝から晩まで『ここはつまらん、退屈だ』とペチャクチャ、チュンチュンとあれこれぶつぶつ不満をもらし、ぐちをこぼすようになってしまったそうだ。どこのスズメも同じだけどね」

「そうよね」ハナミズキの木陰からシジュウガラの声がしました。「変わり者の鳥ってどこにでもいるものよ。あんなに恵まれた環境のコリーンにだって、変わったツバメが一羽住んでいたそうよ。そのツバメは、どうやら新聞で仕入れたらしい知識をもとに、自分の住んでいるコリーンはなにからなにまでろくでもないところだ、それに比べて、アメリカはその気になればだれでも大成功をおさめることのできるすばらしいところだって、だれかれとなく言いふらしていたわね。そのうち、自分も行かなくてどうするって思ったんでしょうね。実際に出かけてしまったの」

「でもどうやって行ったんだろう?」すぐさまミソサザイがきいてきました。

「それはわからないわ」シジュウガラが答えました。「船に乗っていったか、飛行船にでも乗って行ったんでしょうよ。飛行船の土手っ腹に巣をつくって、窓付きの船室みたいにしたかもしれないわね。窓はどうしても必要よ。だって、首を出して下に向かってつばを吐くには窓がなければどうしようもないもの。

とにかく、このツバメは一年後に舞い戻ってきたのよ。あちこちでアメリカの話を吹きまくっていたわね。『アメリカで一年すごしたが、あそこはこちらとはなにもかも大ちがいだ。進歩のスピードもケタちがいなのさ。比べようがないくらいだ。ヒバリなんて一羽もいやしない。建物もおそろしく高いんだ。だから建物のてっぺんに巣をつくったスズメが、誤って卵を下に落とすと卵が地面に届く前に卵からヒヨコがかえり、どんどん育っておヨメさんを見つけて、子どもをいっぱいつくって年を取り、いいかい、とうとうヨボヨボになって幸せに死んでしまうんだよ。だから、建物の下の歩道に落ちてくるのは卵じゃなくて、年取って死んだスズメばっかりなのさ。アメリカじゃ高い建物がいたるところにそびえ立っているんだ』ツバメのやつ、こんなこともあちこちで言いふらしていたわ。『アメリカじゃ建物はどれもコンクリでできているんだぜ。おれはコンクリ製の巣のつくり方をあっちで勉強してきたんだ。いいかい、ツバメはみんな集まってほしいな。おれがみんなにその作り方を教えてやるからさ。だいたい、泥でできた巣なんてみっともないと思わないかい』

これを聞いて、ムニホヴァ・フラディシュツェやチャースラフ、プジェロウチェ、チェスキー・

ブロド、ニムブルク、それにソボトカやチェラーコヴィツェ、いってみれば、それこそチェコ中のツバメが集まってきたんだよね。集まったツバメの数があまりにも多かったので、仕方なく人間のみなさんがツバメが止まれるようにって一万七千三百四十九メートルもの電線を張り巡らしてくれたそうよ。すっかりツバメが集まり終えると、このアメリカ帰りのツバメが言ったそうよ。『さあ、さあ。みなさん。これからコンクリでどうやって家や巣を作るか、実際にみなさんに見ていただきますからね。まず、セメントと砂を用意して混ぜ合わせる。次に、水を加えてよく練り合わせるんだよ。これでモダンなコンクリ製の巣ができるってわけさ。セメントがないときはどうするって？　だいじょうぶ。そのときはしっくいを使うんだ。つまり、石灰と砂を混ぜあわせてね。まず石灰に水を加えて消石灰を作る必要があるんだ。いまそのやり方を見せるからね』こう言うとツバメのやつ、ちょうどレンガ職人が建築中の工事現場へとすごいスピードで飛んでいったんだそうよ。

石灰を口にくわえてすっ飛んでもどってきたまでは良かったんだけど、口の中は濡れているからたまらない、たちまち石灰がジュージューと高い熱を出しながら消石灰に変わる化学変化が起きてしまったってわけなのよ。ツバメはすっかりおどろいて石灰を吐き出したんだけど、もう手遅れだったの。でも、大声で叫んだそうよ。『みなさ～ん。いま私の口の中で……あちち、あ、熱い、すごい熱を出して燃えてます！　いてて、痛い、痛い！　ひー、助けてくれ！　くそっ！　畜生！　苦しい！　もうだめだ！　……石灰が消石灰になったんです！』

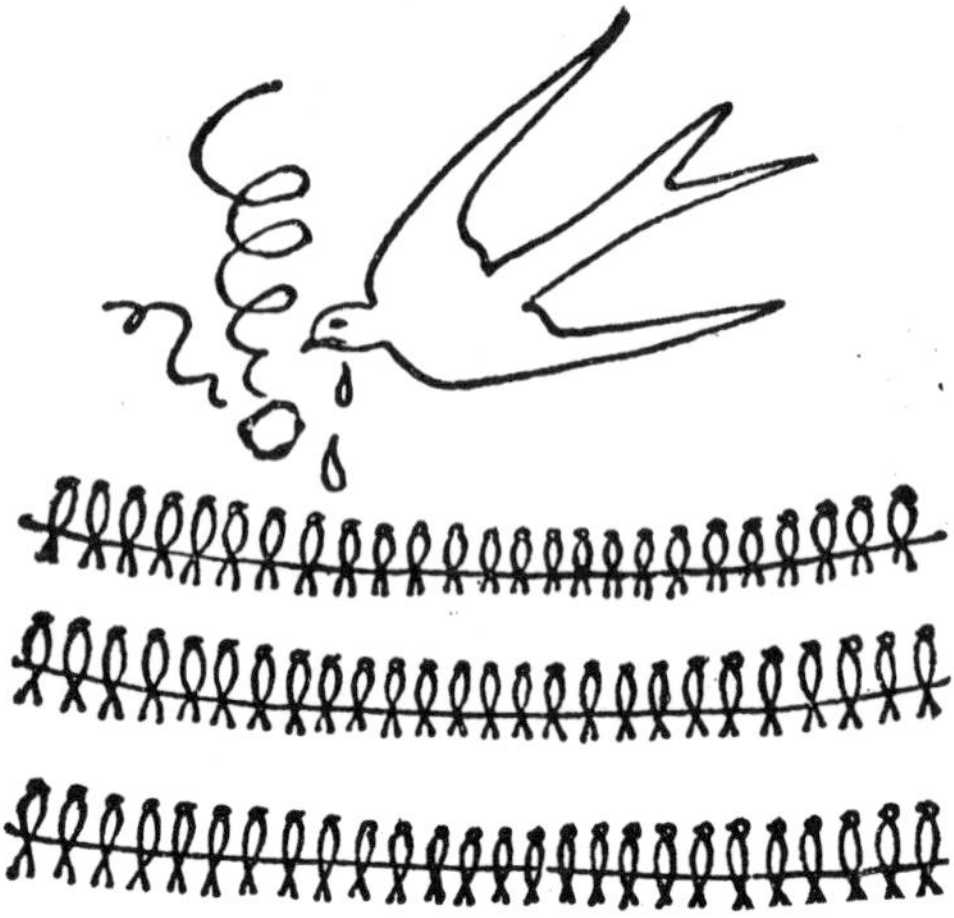

こんなとてつもない悲鳴をきいたほかのツバメたちはもうあきれてしまって、しっぽを一振りするとさっさと家に帰ってしまったんだって。あたりまえよね。ツバメたち、みんな言っていたそうよ。『私たちまで口の中、大やけどをするなんてゴメンだわ！』こんなわけで、ツバメたちはいまもコンクリ製の巣なんてつくらないで、あいかわらず土で巣をつくっているのよ。あのアメリカ帰りのツバメの言ったことなんて無視してね――あーら、困ったわ。私、話に夢中になって買い物のことすっかり忘れていたわ。ひとっ飛び、行ってこなくっちゃ」

「シジュウガラの奥様」ツグミのおかみさんの声が聞こえました。「お買い物に行かれるのなら、市場でミミズを一キロほど買ってきていただけないかしら。長くて生きのいいのをね。買い物に出かける時間がどうしてもないの。うちの子たちに今日はどうしても飛ぶ練習をさせなくてはいけないのでね」

「いいわよ。お引き受けするわ」シジュウガラが答えました。「飛ぶのを教えるのって大変ですものね」

「おまえさんたち」白樺の木に止まっているムクドリが物知り顔をして言いました。「鳥たちに飛び方を最初に教えたのはだれだか知らないだろう。だったら教えてあげるよ。いいかい？

実のところ、あのすごい寒波が襲ってきた時、こちらに避難してきたカルルシュテインのカラスから聞いた話なんだけどね。そのカラスってのが百歳は優に越すじいさんガラスだったんだが、なんでも自分のじいさんから聞いた話だと言っていた。そのじいさんはまたまた、自分のひいじさんから聞いたと言うんだ。そのひいじさんはさらに、その話を母方のおばあさんの大おじから聞いたってんだから、これが作り話のワケがない、そう、おれは思っているのさ。それじゃあ、始めるぞ。ある夜のこと、星が落ちてくるのをだれもが見たんだそうだ。でも落ちてくる星がどれもほんとうの星ってわけじゃないんだよね。いいかい、中には黄金の天使の卵もあるんだよ。この天使の卵はとても高い天から落ちてくるんで、真っ赤に燃えてまるで炉で焼かれているように光るんだそうだ。うそだろうって？　いやいや、ほんとうの話さ。だって、あのカルルシュテインから来たカラスに聞いた話だからね。人間はこの星のことをなにやら別の名前、うーん、たしか、泳ぎ星、いや、移り星、そう、落っこち星とか呼んでいるそうだ」

「流れ星じゃないの」ツグミがききました。

「そうそう、たしか流れ星って言ったな」ムクドリが答えました。「でもそのころ、鳥たちは空を飛べなくて、ニワトリのように地べたを走り回ることしかできなかったんだよ。鳥たちは天から天使の卵が落ちてくるのを見て、その天使の卵からいったいどんなヒヨコが生まれるか、ひとつみんなで温めてみようということになったんだそうだ。いや、ほんとうの話なんだ。なにしろ、あのカラスから聞いた話だからね。ちょうど鳥たちがそんな話をしていた夕ぐれどきに、すぐ近くの森になにかがズシーンという音をたてて落ちてきたそうだ。それが金色の光を放っている卵だったんだ。鳥たちはみんなその現場に向かって走って駆けつけたんだが、一番乗りで着いたのはコウノトリだった。なんったって、コウノトリの足は長いからね。卵を見つけて足でつかんだんだが、卵はまだ地面に落ちたばかりで真っ赤に焼けていた。それで、卵をつかんだコウノトリの足は両方ともやけどをしてしまったんだ。『アチチッチ』まだ熱い卵をほかの鳥たちの方に放り出し、ドブン！　っとやけどをした両方の足を冷やすために水に飛び込んだそうだ。このときからコウノトリはいつも足を冷やすために川の浅瀬をうろついているんだそうだ。こんな話をあのカラスはしてくれたのさ」

「カラスはそれからどんな話をしてくれたの？」ミソサザイがききました。

「それから」ムクドリは話を続けました。「行儀の悪いガチョウがよたよたとやってきて卵を温めにかかったんだが、卵はまだとても熱かった。ガチョウのやつもお腹にやけどをしてしまって、あわててお腹を冷やそうと池に飛び込んだんだ。

いいかい、ほら。ガチョウのやつ今だっていつもお腹を水につけて水の中で泳いでいるだろう。それからは、入れ替わり立ち代り、次々に鳥たちがやって来て交代で卵を温めにかかったんだ」

「ミソサザイも来たかしら？」

「もちろん来たさ」ムクドリが答えました。「卵をかえすためにそれこそ世界中から鳥たちがやってきて、代わりばんこに卵を抱いたんだよ。ただニワトリだけは、卵を温める順番が来ると、ごねて騒ぎ立てたそうだ。『なんで？　どうして？　そんなことしなくちゃ、ならないのよ。そんなひまあるわけないでしょ。地べたをついばむのに大忙しだというのに、まったく！　ばかにしないで！』そして、結局天使の卵を温めるのを断ったそうだ。ほかの鳥たちは総出で代わる代わる天使の卵を温め続けた。すると、卵のからが割れてそこから天使様がお生まれになったんだよ。でも生まれてきた天使様はほかの鳥のように餌をついばんだり、ピーピー鳴くようなことはしないで、ただただまっすぐに天に向かって「アレルヤ・ホサナ（主よ救い給え）」と歌いながら昇っていったそうだ。天使様は鳥たちに向かってこうもおっしゃった。『鳥たちよ。お前たちがやさしく卵をだき続けてくれたおかげで私は生まれてくることができた。そのお礼になにをしてつかわそうか？　そうだ、よいか。今からなんじら鳥たちは天使のように空を飛べるようにしてつかわそう。翼を羽ばたきさえすれば、あっという間に空を飛べるのだ。いいか、それ、一、二の三」天使様が三と言い終わらないうちに鳥たちはいっせいに空に飛び立った。いいまでも空を飛んでいるだろ。でもニワトリだけは空を飛ぶことを許されなかった。なぜって、ニワトリは天使様の卵を抱いてかえすのを断ったからね。いいかい。この話はみんなほんとうだよ。つくり話はなにもない。なにしろあのカルルシュテインから来たカラスが話してくれたんだからね」

「さあ、みんないいかしら。一、二の三、はいっ」鳥たちはみなツグミのかけ声をきくとしっぽを振っていっせいに翼を羽ばたいて空にむかって、天使様の教えてくれた歌を歌いながら、餌を求めて飛び立ったのです。

長い長いいたずら子ネコと王女様のお話

一

昔、むかし、タシュカージュとかいう名前の王国がありましたが、その国を治めていた王様はとても幸せでした。だって、国民のだれひとり王様のおっしゃることにそむく者はいませんでしたし、みな王様が大好きでしたからね。ところがです。おどろいたことに、王様のおっしゃることにときどきまったく耳をかさない、ふとどき者がひとりいたではありませんか。そのふとどき者こそ、まだ幼い王女様だったのです。

王様はけっしてお城の石段でボール遊びをしてはいけないと、娘の王女様にきつくおいいつけになっていました。ところがです！　乳母がほんのわずかな時間うとうととまどろみ始めたすきを見て、石段でボール遊びを始めたのです。でも遊びはじめたとたんに、神様が言いつけを守らなかった王女様を罰するおつもりだったのか、それとも悪魔が足を急に突き出したせいか、それはだれにもわかりませんが、王女様は石段を踏みはずしてひざにけがをされてしまったのです。石段にすわって王女様はしくしく泣き始めました、とでも申しておきたいところですが、でも本当は、この方が王女様でなかったら、あたりかまわず泣き叫んだときっと言ってしまいますね。あわてて侍女たちが水晶でできた水鉢と絹の包帯を持ってすぐさま飛んできました。そればかりか王様付きの十人のお医者様と三人の神父様も王女様のもとへかけつけました。でも王女様の痛みをだれもなおすことができなかったのです。

そこへ一人のおばあさんが通りかかりました。おばあさんは王女様が泣いているのを見て、ひざまずいてやさしく言いました。「王女様。泣くのはもうおやめなさい。いいですか、このばあやが変わった生き物を一匹お持ちしますからね。そうしたら、きっともう泣いてなんておられませんよ。その生き物の目はエメラルドのように輝いていますが、だれも盗もうなんて気をおこしませんね。立派なひげが生えていて、いや、その、でも男の人じゃあないんです。毛皮からはパチパチと火花が出ますが、だれもやけどをしません。足の指は絹のように柔らかいのに決して擦り切れないのです。十六の小さなポケットにはそれぞれひとつずつナイフが入っていますが、そのナイフで肉を切ったりはしないのです。お姫様、さあ、泣くのをやめて考えてご覧なさいませ。いったいなんだと思います?」

王女様はおばあさんのほうを見ました。まだ片方の目からは涙が流れていましたが、もう一方の目では笑っておられたのです。「でも、おばあさん。そんな生き物は世界のどこにもいるはずがないわ」そうおっしゃったのです。

「それが、いるんですよ」おばあさんは言いました。「もし、私のほしいものを王様からいただけるのなら、すぐにでもお持ちしますすよ」そう言うと、おばあさんはゆっくりと足を引きずりながら立ち去りました。

王女様はお城の石段にそのままじっと座っていました。でも、もうすっかり泣き止んでいたのです。そして、いったいその生き物はなんだろうと、いっしょうけんめい考えていました。

でも、どんな生き物か見当もつきませんし、いったい、おばあさんがその生き物を連れてきてくれるのかもわかりません。そう思うと王女様はすっかり悲しくなって、また、しくしく泣き始めてしまったのです。実は、王様はこの有様を窓から一部始終《いちぶしじゅう》ご覧になり、おききになっていたのです。どうして王女様があんなに泣いてしまわれたのか、そのわけがどうしてもお知りになりたかったたったからです。おばあさんの話を聞いた王女様がすぐに泣き止んで笑顔まで見せるのを見た王様は、大臣や宮廷顧問官が居並ぶ中、中央の玉座にあらためてお座りになってお考えになりました。でもいくら考えても、その生き物がなになのかさっぱり頭に浮かんでこなかったのです。

「それにしても、目がエメラルドのようで」王様は何度も繰り返しつぶやきました。「でも、だれも盗もうとしない。立派なひげが生えているが、人間の男ではない。毛皮からはパチパチと火花が出るが、だれもやけどをしない。足指は絹のようだが、擦り切れるようなことはない。十六の小さなポケットにはそれぞれひとつずつナイフが入っているが、そのナイフで肉を切ったりはしない。いったいどんな動物なんだろう?」王様がたえずなにかぶつぶつと独り言をつぶやきながら首を振ったり、まるで鼻の下に長い立派なひげが生えてでもいるように、手で顔をなでまわすのを見ても、大臣たちはいったいなぜ王様がそんなことをするのかまったく見当もつきませんでした。とうとう一番年上の大臣が王様におそるおそる直接お伺いしました。

「いや、必死に知恵をしぼって考えているのだが、」王様は答えられました。「いったいその生き物はなんなんだろう?　つまり、エメラルドのような目をしているが、だれも盗もうとしない。立派なひげが生えているが、人間の男ではない。毛皮からはパチパチと火花が出るが、だれもやけどをしない。足指は絹のようだが擦り切れるようなことはない。十六の小さなポケットにはそれぞれひとつずつナイフが入っているが、そのナイフで肉を切ったりはしない。いったいこれはなんだろう?」

大臣や宮廷顧問官たちも椅子に座り、王様のまねをして首を振り、まるで鼻の下に長い立派なひげが生えてでもいるように手でなでまわしてみました。でもだれ一人、この生き物がなになのか頭に浮かんできませんでした。とうとう、やはり一番年上の大臣が王様に申し上げたのです。「王様。そのような生き物は世界のどこにもいるはずがございません」大臣も王女様がおばあさんにおっしゃったのと同じことを申し上げたのです。

王様はそれに対してなにも答えないで、家来のなかで一番足の速い男をおばあさんのところへさしむけました。男は馬に乗り、飛ぶような勢いでおばあさんのところにむかいました。あまり早く走ったので馬のひずめからは盛んに火花が飛び散るほどでした。そのおばあさんは小さな自分の家の前に座っていました。「おばあさん」男は馬の上から大きな声で言いました。「王様がぜひその生き物を手に入れたいと仰せじゃ」

「ええ、ええ。さしあげますとも」おばあさんは言いました。「もし、王様が皇太后様のお帽子に入るだけの銀貨をくださるのなら、いつでもさしあげます」

家来の男は馬に飛び乗るとお城に猛スピードで引き返しました。あまりのスピードで走ったので、砂ぼこりが空高く舞い上がりました。「王様」家来の男は報告します。「おばあさんは、もし王様が皇太后様のお帽子に入るだけの銀貨をくださるのなら、その生き物を連れてお城に参上いたします、そう申しております」

「それぐらいの銀貨ならどうということはない」王様はお思いになりました。そして、皇太后様のお帽子に入るだけの銀貨をおばあさんにあげると約束したのです。王様はその足で母親である皇太后のところへ出むいたのです。「母上」王様は言いました。「これから一人、お客が来ます。その際、あのすてきな、お持ちの帽子の中で一番小さい帽子をかぶられるときっとお似合いですよ。そうです。結わえたお髪が隠れるだけのあの小さな帽子です」お年を召した皇太后は喜んで息子である王様のすすめを受け入れました。

おばあさんがお城にやってきました。背中にかごを背負《せお》っていましたが、肝心のかごはきっちりショールで包まれていて、かごの中は見えません。大広間ではもう王様と皇太后、それに小さな王女様がお待ちでした。大臣、宮廷顧問官、将軍、長官たちも全員、わくわくしながら息をするのも忘れて待ち構えていたのです。おばあさんはゆっくり、ゆっくりショールの結び目をほどきはじめました。王様ご自身もその生き物を間近《まぢか》で見ようと玉座を下りておばあさんのほうへ近づきました。とうとう、おばあさんがショールをとりました。すると、かごの中から黒い子ネコが飛び出して、一っ跳びして、もう玉座の上にちょこんと座っていたのです。

「なんてことだ」期待をすっかり裏切られた王様はがっかりして、大声で言いました。「ばあさん。よくもだましてくれたね。これはただの子ネコじゃないか！」

おばあさんは両手を腰に当てて、少しもあわてずに言いました。「わたしが王様をだましたですって？　よくご覧ください」そう申し上げると、子ネコのほうを指差したのです。玉座に座った子ネコの緑色の目は、まるですばらしいエメラルドのように輝いていました。「ご覧いただけましたか？　いかがです、目はエメラルドのようではありませんか？　でもだれも盗もうなんて思いません。立派なひげが生えていますが、もちろん、男の人ではありません。」

「いや、しかし」王様が異議を唱えました。「たしかにこの子ネコは黒い毛皮をしているが、火花なんてぜんぜん出ないではないか」

「お言葉ですが。見ていただければお分かりいただけます」そう言うと、ネコの背中の毛をさっと勢いよく逆さまになで上げたのです。するとたちまち、電気の火花が飛ぶ音がぱちぱちとかすかに聞こえてきたのです。「足指は絹のようで、」おばあさんはまだ話すのをやめませんでした。「小さな王女様がはだしで爪先立《つまさき》ちで歩くよりも、もっとずっと静かに音を立てずに走れるのですよ」

「なるほど、たしかにそれはそうじゃ。じゃがな、そこの子ネコのどこに小さなポケットとか十六のナイフがあるのかな」

「小さなポケットは、」おばあさんは答えました。「子ネコの足指の先についておりまして、そこには鋭い切れ味のナイフのような爪が隠されているのでございます。お疑いなら、数えていただければと存じます。ちゃんと十六ありますから」

そこで王様は、宮廷顧問官の一人に、子ネコの爪が何本あるか数えるようにお命じになったのです。その宮廷顧問官はかがみこんで子ネコの足を捕まえ、爪の数を数えようとしました。その瞬間、子ネコはぱっと飛びのくと、宮廷顧問官の顔をひっかいたのです。

目のあたりをひっかかれた宮廷顧問官は飛び上がり、目を手で押さえながら王様に訴えました。「王様、目をひっかかれて、よく見えなくなってしまいました。でも爪はたくさんあるようでございます。四本まではしっかり数えることができましたが」

そこで王様は今度は侍従長に子ネコの爪が何本あるか数えるようにお命じになりました。命を受けた侍従長は、子ネコを捕まえようとしましたが、そのとたんに引っかかれた鼻を押さえて飛び上がったのです。侍従長は顔を真っ赤にして、王様に申しあげたのです。「二本の足で爪が八本、三本で爪が十二本、どうやら足ごとに爪が四本あるようです」王様は今度は一番信頼している長官に、子ネコの爪の数を数えるようにお命じになりました。ところがこの長官もかがんで子ネコをなでようとしたその瞬間、あごをひっかかれて飛び上がりました。それでも王様に申しあげたのです。「王様、たしかに爪は十六本ぴったりあります。最後の足までしっかり数えさせていただきました」

「うーん。まいったな」王様は大きなため息をつきました。「こうなったら、子ネコをもらい受けないわけにはいかないな。それにしても、たいしたばあさんだ。王様のおれをペテンにかけるなんて」

王様としてはもうおばあさんとの約束を守るしかありません。机の上に銀貨を並べさせました。そして皇太后のかぶっている、あの一番小さい帽子を受け取ると銀貨の山の上に置いたのです。帽子はそれこそとても小さかったので、銀貨五枚がやっとおさまりました。

「ばあさん。それじゃあ約束の五コルナを持って帰るがよい。さらばじゃ」そうおっしゃりながら、実はほうびがたった五コルナですんでほっとしていたのです。

ところがおばあさんは首を横に振って、申し上げたのです。「王様、ペテンにかけるなんてとんでもございません。王様は皇太后様のお帽子に入るだけの銀貨を取らせると、お約束なさったじゃありませんか」

「約束どおりではないのか？」王様はおっしゃりました。「帽子に入る銀貨五枚をそちにとらせたではないか」

おばあさんは帽子を手に取ると、帽子をなでてみたり、手の中でくるくる回したりしていましたが、やがて、落ち着いた声で申し上げたのです。王様、皇太后様の銀色のお髪《ぐし》は世界中で一番すてきだと存じますが」

王様はおばあさんのほうをまず見てから、母親の皇太后に目を向けました。そして静かにおっしゃりました。「それはたしかに、そうじゃが」

おばあさんは帽子を皇太后の頭にそっとやさしくのせて、その銀色の髪をなでながら申しました。「王様、皇太后様のお帽子の中に隠れているお髪《ぐし》の数だけ、銀貨をいただきとう存じます」王様はおばあさんの思いがけない申し出におどろき、お顔をしかめましたが、やがてにっこり笑っておっしゃいました。「いやはや、おまえにはみごとに、はかられたな」

でも、約束は約束です。ですから王様はおばあさんに約束どおりの銀貨を取らせるほかありませんでした。そこで王様は皇太后様に椅子に座っていただき、財務大臣に、皇太后のお帽子に隠れている銀髪が何本あるか数えるようにお命じになったのです。財務大臣は根気よく髪の数を一本一本数えていきました。皇太后様はみごとなほど、じっと動かずに椅子に座っておいでましたが、ええ、そうなんです。どのお年よりも眠るのが大好きですよね。皇太后様もやがて、うとうととまどろみ始めて、その――つまり、お眠りはじめたのです。

皇太后様がおやすみになっているあいだも、財務大臣は髪の数を一本一本数えていました。そして、一千本まで数え終え、その一千本目の髪を数えるときにちょっと強くお髪《ぐし》を引っぱってしまったのかもしれません。皇太后様が目を覚まされたのです。

「あれまあ」皇太后様が声を上げられました。「どうして、わたしを起こしてしまったの？ちょうど、夢を見ていた最中だったのに。ちょうど、次の国王になられるお方が国境を越えて、わが国にお入りになるところだったのよ」

それを聞いたおばあさんはぶるぶる震え始めたのです。「なんだか変ですわ」そして、おどおどしながら申しました。「だって、今日の今日、私どもの孫がおとなりの国から私どものところにもどってくることになっておるのですもの」

でも、王様はおばあさんの言うことには耳を貸さず、おっしゃりました。「お母様。次の王様になられる方はどちらから来られるのですか？　どちらの王家の方ですか？」

「それはわかりませんね」皇太后様はお答えになりました。「だって、夢の途中でおまえらに起こされてしまったからね」

そのあいだも財務大臣はまだ髪の数を数え続けていました。そして皇太后様はまた、眠りに入られてしまいました。財務大臣はそれでも数えに数えて、とうとう二千本まで数え終えたのです。その二千本目を数えるときに、また、皇太后様の銀色のお髪《ぐし》をちょっと強く引っぱってしまったのです。

「おやまあ」皇太后様はお声を上げられました。「なぜ、わたしを起こしてしまったの？　ちょうど、そう、ここにいる、そう、この黒い子ネコが次の国王になられるお方をお城にお連れする夢を見ているまっ最中だったのに」

「でも、お母様」王様は不思議そうにおっしゃりました。「子ネコが人を連れてくるなんて、そんな話はこれまで一度も聞いたことがありませんが」

「でも、きっとそうなるわ」皇太后様はおっしゃりました。「でもいまは、とても眠いからもう一度眠りたいわ」

こうして皇太后様はふたたび眠ってしまわれたのです。そのあいだも財務大臣はお髪《ぐし》を数え続けていました。そして、とうとう三千本まで数え終えたのです。その三千本目を数えるときに、ちょっと手が震えて、うっかりまたちょっと強くお髪《ぐし》を引っぱってしまったのです。

「おまえたち、いったい何なの?」皇太后様は大きなお声でおしかりになったのです。「この年寄りを少しも寝かしてくれないなんて。たったいま、せっかく次の国王になられる方が、まるごと自分のお家といっしょに馬車に乗ってやってこられる夢を見ていたのに」

「すみません。お母様」王様がおっしゃりました。「でもそんなことがおきるはずはありません。だれも自分のお城ごとこのお城に来られるなどということができるはずがありません」

「お黙り。でたらめばかり言って」皇太后様が王様をおしかりになりました。「これからさきなにがおこるか、だれにわかると言うの?」

「ええ、そうですとも」おばあさんが首を振りながら言いました。「王様、皇太后様のおっしゃるとおりでございます。神様に天国に召されたわたしめの亡き夫に、あるときジプシー女がこんな予言をしたのでございます。『いまにオンドリがおまえの財産をすべてついばんで、食べつくすであろう』というのです。ところが夫は、かわいそうに、この予言をばかばかしいと笑い飛ばして、先ほどの王様のようにこう言ったのです。『いいか、ジプシー女。そんなことがおきるはずがないんだ』」

「なるほど」王様が勢い込んで聞かれたのです。「それで、実際、起きなかったのだな?」

おばあさんは目の涙をぬぐい始めました。「ところが、あるとき、真っ赤なオンドリが、それは火事のことだったのでございます、飛んできまして、家の財産をすべてついばんで、食べつくしてしまったのです。それからの夫は魂を抜かれてしまったようになって、ただそこらをほっつき歩きながら、いつも『あのジプシー女の予言はまちがってなかった。あいつの予言は正しかった』そんなことばかり言い暮らしていました。気の毒に、神に召されてからもう二十年になります」

そこまで話すと、おばあさんは泣き出しました。でも皇太后様がおばあさんをそっと抱き寄せ、顔をやさしくなでて、おっしゃりました。「泣くのはもうおよしなさい。私まで泣きたくなりますからね」

皇太后のこのお言葉をお聞きになった王様は心配なさって、すぐさま約束の銀貨を持ってくるようにお命じになりました。銀貨を一枚一枚、カチンカチンと音を立てさせながら、テーブルの上にのせていきました。そしてとうとう三千枚にもなったのです。これはちょうど、皇太后様のお帽子に隠れた銀髪の数と同じ枚数でした。

「おばあさん。それではこの銀貨をみんな持っていくがよい。神もおまえを祝福されよう」王様はおっしゃいました。「だがな。その銀貨でだれも金持ちになれる人なぞいないぞ」

王様のお言葉をきいたおばあさんはにっこり笑いました。それを見ただれもがつられてにっこり笑ったのです。——おばあさんは銀貨を自分の大きなポケットに詰め込みこみました。で

もポケットはすぐにいっぱいになってしまいました！　そこで、残りの銀貨は持ってきたかごに入れましたが、その重いこと、とてもおばあさん一人の力では持ち上げることができません。将軍二人と王様ご自身が手を貸して、おばあさんがかごを背中に背負うのを助けてあげました。おばあさんはていねいに大広間に居並ぶ人たちにお辞儀をしてから、皇太后様にお別れの挨拶をしました。そして、最後にもう一度、これまで自分の手元にいた黒い子ネコ――ユーラという名前なのですが――を見ようと、その姿を探しました。でもユーラはどこにもいません。おばあさんはあたりをけんめいに見回して、「ユーラ、チチチ、出ておいで。チチチ」でも、ユーラは見当たりませんでした。ふと、おばあさんが玉座の後ろのほうを見てみますと、なにか小さなかわいい人の足らしいものが見えたのです。おばあさんがつま先歩きでそっと近寄ってみますと、玉座のうしろのすみのところで王女様が眠っていました。驚いたことに王女様のひざの上で、探していたユーラもうとうととまどろんでいたのです。そして、おばあさんの姿を見るとうれしそうにゴロゴロのどを鳴らしました。おばあさんはポケットに手を入れると銀貨を一枚取り出して、王女様の手ににぎらせました。もしかしたら、なにか形見のつもりで置いていこうと思ったのかもしれませんが、それは王女様にはまったく通じませんでした。なぜって、王女様は目を覚ましてひざの上の子ネコを見つけ、自分の手の中に銀貨が一枚あるのを見つけると、子ネコを抱いていっしょに、お城から一番近いお店にお菓子を買いに行ってしまわれましたからね。もっとも、おばあさんは、このことがわかっていて、銀貨を一枚王女様の手の中に置いていったのかもしれません。

　王女様がまだお眠りになっているあいだに、おばあさんはもうお家に着いていました。おばあさんは上機嫌でした。たんまりお金が手に入り、子ネコのユーラはすてきな王女様のもとですごすことになったからです。でも、それにもまして、かわいい、かわいい孫のヴァシェクが馬車に乗って、となりの王国からもうすぐ家に帰ってくるのが、もう、うれしくて、うれしくてたまらなかったのです。

二

　もうみなさん、この子ネコの名前を知っていますよね。そう、ユーラといいます。でも、王女様はユーラのことをそれこそ、いろんな名前で呼びました。ニャンコだとか、チビニャンコだとか、ニャー子、ニャーニャー、ちびニャー、ペロペロちゃん、ミーミー、ミー子、ミーちゃん、もうあげたらきりがないほどです。でも、このことからだけでも王女様がユーラのことを大好きだったことがわかりますよね。朝が明けるか明けないうちに、王女様はお目をさまし、ユーラがお布団の上にいるのを見つけられます。ユーラはまるでなにかをしているようなふりをしていますが、本当は、ただ丸くなってのどを満足そうにゴロゴロ鳴らしているだけなのです。

　王女様とユーラは顔をいっしょに洗います。そう、子ネコのユーラの洗い方のほうがずっとていねいで、顔のすみずみまでしっかり洗います。前足と舌だけで洗うんですけどね。それで、ユーラは夕方になっても、まだきれいな顔をしていますが、女王様ったら、もうそれはからだ中すっかり真っ黒に汚れて、泥だらけのありさまです。こんなことは子どもにしかできませんよね。

でもやはり、ユーラはネコなのです。でもほかのネコとちがって、王様の玉座の上で丸くなってとろとろ居眠りをするのが好きでした。こんなネコはあまりいませんよね。きっとユーラは、夢の中で遠縁のあのライオンおじさんは、百獣の王なんだと思い出しているのでしょう。でも、もしかしたら、そんな風に見えただけかもしれません。ほんとうは、ネズミが巣穴から頭を出しているのを見て、しめた！ ——ユーラは一っ跳びでネズミを捕まえ、得意げに玉座の足もとまで、ネズミをくわえて持ってきたのです。ところが、ちょうどそれは王様の御前でとても大切で重要な会議が開かれているところだったのです。

国王が二人の貴族の争いを裁いていたのです。二人は玉座の前で、自分のほうが正しいと、すさまじい勢いで言い争っておりました。ちょうどその言い争いの真っ最中にユーラがネズミをくわえて自慢そうに入ってきたというわけです。ユーラは捕まえたネズミを二人のあいだの床の上に置くと、どちらがほめてくれるのかな、というようすで待っていました。すると一人はネコになど目もくれませんでしたが、もう一人は、からだをかがめてユーラの頭をやさしくなでたのです。これを見た王様は「なるほど」とすぐさまつぶやきました。「頭をなでたほうがきっと正しいはずだ。ほめるべきときにちゃんとほめることができたからな」そして、たしかに、後でわかったことですが、王様のおっしゃったことが正しかったことがわかりました。

王様はお城で二匹の犬を飼っておりました。一匹はブッフォ、もう一匹はブフィノという名前でした。二匹はユーラがお城の小道でまどろんでいるところをたまたま見かけ、おたがい顔を見合わせました。まるで「おい、あんなのおれたちの仲間じゃないな、そうだろ！」とでも言っているような二匹の雰囲気だったのです。そして、まるであらかじめ相談しあっていたかのように、ユーラを追いかけ始めたのです。かわいそうに、ユーラは壁のところまで追いつめられましたが、そこでフーっと全身の毛を逆立てると、ホウキのようなしっぽをピンと立てたのです。ブッフォとブフィノがもう少しおりこうだったら、毛を逆立てて、しっぽをピンと立てたとき、ネコがこれからなにをしようとしているかわかったんですがね。二匹ともおりこうではなかったので、そんなことはなにも考えず、平気でユーラに近づき、くんくんかぎまわったのです。まずブッフォが鼻の頭をいやというほど引っかかれ、キャンキャン鳴きながらしっぽをまいて逃げ出しました。すっかりおびえてしまったのでしょう、それから一時間も必死で走りどおしでした。こわくて立ちどまることもできなかったのです。それから二日間というもの、またユーラに引っかかれるのではないかと思うと恐ろしくて、震えっぱなしでした。

これを見たブフィノは、ぞっとしてほんとうはこわかったのですが、ここで弱みを見せては犬の名折れだとばかりに吠えました。「おい、そこのちびネコ。やれるもんならやってみろ。こちらから逆に吠えかかってやるからな。おれに吠えられると、お月様だって震えあがるんだぞ」そして、口先だけではないんだぞと、すさまじい吠え声をあげたのです。おかげでお城だけではなく、そのあたりのお家の窓ガラスにもヒビが入ってしまいました。

ところがユーラはまばたきひとつせず、ブフィノが吠え終わるのを待って、平然と言い放ったのです。「ふん。吠え方ぐらい少しは知ってるのね。でも、いいかしら。わたしがフーっとうなるだけで、あのヘビだってぞーっとなって逃げ出すんだから」そして、言い終わらないうちにすさまじい声でフーっとうなり声をあげたのです。これにはさすがのブフィノもこわくなって、毛という毛が逆立ってしまいました。

それでも、なんとか反撃してやろうとブフィノはもう一度吠えました。「そんなうなり声なんておれにはどおってことないぜ。いいかい、ぼくがどんなかけ方をするか見てくれよ！」そして、ユーラが「ふん。ろくなかけ方もできないくせに」とかなんとか言う前に、もうお城のまわりを猛烈なスピードで走りまわったのです。これにはさすがのお城も目を回してしまうほどでした。

これにはユーラもたまげましたが、なに食わぬ顔で言い返しました。「なるほどね。でもそんなものなの。でもあんた、あたしの逃げ足の速さを知らないでしょ。あたしより百倍も強いやつに追いかけられても、あたしならパッと逃げられるわ」そしてぴょん、ぴょんと三歩跳ねると、もう高い木のてっぺんに駆け上っていたのです。――ブフィノは木のてっぺんにいるユーラを見上げただけで、頭がくらくらしてしまいました。

でも、やっとのことでわれに返るとブフィノは負けずに言いました。「ふん。まともな犬は木登りなんてしないさ。いいかい、どんなにすごいことをぼくができるか、いまから教えてあげるから、しっかり見ててくれよ。くん、くん、くん。うん。そうだ。おとなりの国のお城ではお昼ご飯に山鳩のローストが出されているな。くん、くん。なるほど。ぼくたちは明日のお昼ご飯にガチョウのローストにありつけるぞ」

子ネコはこっそり、自分もクン、クンと匂いをかいでみましたが、何の匂いもしませんでした。心の中では「そんな匂いもかぎ分けられるなんて、なんてすごいんでしょう」と思いましたが、おくびにも出しませんでした。「そんなのあたしのお耳にくらべれば、どおってことないじゃない。いいかしら。あたし、お城の中で女王様がたったいま、縫い針を床の上に落とされたのだって聞こえちゃったし、となりの国では、もう十五分もするとお昼の鐘を鳴らすわ」

ブフィノはまたまた、たまげてしまいましたが、素直に感心する気になれずに言いました。「どうってことないね。でも、いいかい。ぼくはもうきみを吠えたてたりしないから、こわがらずに降りておいでよ」

「そうね」ユーラは答えました。「あんたなんかこわいわけないじゃない。どうってことないわよ。あんたこそこわがらずに木の上へ登ってきたらどうなの」

「そうだね」ブフィノも答えました。「登ってもいいけど、でもその前に仲良しになった証拠に、ぼくたち犬がやるようにしっぽを振って見せてくれよ」ブフィノはビュン、ビュン音を立ててしっぽを振りました。

ユーラもけんめいにしっぽを振ろうと何度もやってみました。でもできるわけがありません。だって、神様はネコにはしっぽの振り方を教えませんでしたからね！　でも、臆病だなんて言われたら面目丸つぶれです。そこでユーラは木から下りてブフィノのそばに来たのです。そして言いました。「あたしたちネコはね、なにかいいことがおきるなと思ったら、のどをゴロゴロ鳴らすの。あたしと友だちになりたいんなら、あんたもちょっとやってみてよ」

そこで、ブフィノもちょっとのどをゴロゴロ鳴らしてみようとしました。でも、できるわけがありません！　自分でも恥ずかしくなるような、ウーというなり声しか出せませんでした。「それより、門のところへ行こうよ。そこで人に吠えかかるんだ。みんな、こわがって震え上がるからね。おもしろいよ」

「でもそんなこと」ユーラは小声でいいました。「そんなひどいことするのいやよ」そんなのより、屋根に座って下で起きることをいろいろ見物しましょうよ」

「ごめん」ブフィノは困ってしまいました。「いや、ぼくは高いところは苦手でね。高いところへ登るとめまいがするんだ。それよりいっしょにウサギを追いかけようよ。おもしろいぜ」

「ウサギですって」ユーラは言いました。「ウサギを追いかけるなんてできないわ。私の足はそれ向きにできてないの。でもあたしについてきてくれたら、いっしょに小鳥を捕まえられる木を教えてあげるわ」

ブフィノはちょっとがっかりしましたが、どうしたらよいか、一生懸命考えました。そしてとうとう言い出しました。「ユーラ。いいかい。こんなこと言いあってたんじゃいっしょに遊べないね。そうだろ？　ぼくは森や町の中では犬でなけりゃあいけないし、きみだって、木や屋根の上ではネコでなけりゃあいけない。でもここはお城の中だし、ぼくたちお庭にいるんだよね。だったら、犬だネコだなんて言いあうより、すんなり友だちになろうよ」

こんなわけで、二匹はとても仲良しになりました。おたがいのくせに慣れ、おたがいのくせややり方を身につけました。ユーラはまるで犬のように王女様のあとをおっかけられるようになりました。また、ブフィノはユーラが捕まえたネズミを王様の足元にお持ちするのを見て、自分もゴミ捨て場で拾ってきたのか、街の通りで見つけた骨のきれはしを玉座の前に得意げに持ってきたのです。でも、ネズミを捕まえてきたユーラのようにはおほめにあずかることはできませんでした。

ある夜のことです。あたりは真っ暗でした。ブフィノは犬小屋で眠っていました。なにしろ王様の飼われている犬ですから、犬小屋はスギの木とマホガニーでできた立派なものでした。ブフィノはちょうど夢を見ていたのです。ウサギを見つけ、追いかけている夢です。夢のなかですが、足が震えるほどのスピードで追いかけていました。そこへ、鼻をとんとんと軽くたたかれたのです。「うーん」ブフィノは目が覚めました。「いったいどうしたんだ？」

「しー」聞き覚えのある声が耳元でささやきました。「静かにして」ブフィノには、ユーラであることがわかりましたが、その姿は真っ暗な闇の中に溶け込んでいました。ただ、その青く光る、賢そうな目は興奮してかがやいていました。ユーラがささやきました。「あたし、いつものようにお屋根に座って、あれこれと思いにふけっていたの。それがあたしのいつものくせなのよ。そのとき、なにか聞こえたの。あたしの耳にはどんなに小さい音でも聞こえるの、あんた知ってるでしょ。遠くのほうで、そう、遠くのお庭のほうからなにか足音が聞こえたの」

「何だって?」ブフィノは思わずうなりました。

「しー、静かに」ユーラがささやきます。「ブフィノ、きっとあの足音は泥棒のものよ。いい。いっしょに行って捕まえましょうよ」

「ワン、ワン」ブフィノは興奮してさかんに吠え立てました。「さあ、行くぞ」二匹はいっしょになってお庭に向かって走り出しました。

真っ暗な夜でした。暗闇のなか、ブフィノはけんめいに前に向かって走りますが、一歩ごとにつまずいたり、転んだり。それはもう大混乱でした。「ユーラ」心細そうに小声で言いました。

「ぼく、一歩先も見えないんだ」

「そう。あたしは夜でも昼間と同じに見えるのよ。私が先に行くから、あたしの匂いをたよりにあとからついてきなさいよ」こうして二匹は前へ進んでいきました。

「おやっ」ブフィノが突然、うなりました。「だれかの足あとの匂いがするぞ」鼻を地面につけると、クン、クン、足あとの匂いをかぎながら、追いかけていきます。まるで、なにもかもはっきり見えているようでした。ユーラがいつの間にやらブフィノのあとを追っていました。

「しっ」少ししてユーラがささやきました。「いるのが見えるわ。あんたの目の前にいるわよ」

「わかった」ブフィノが吠えたてました。「わん、わん、わん、わん。うー。泥棒だ！　わん、わん、わん、泥棒だ！　わん、捕まえろ！　し、絞め殺せ！　か、咬みつくんだ！　ぶんなぐるんだ！　袖なんぞ引き裂いちまえ！　わん、わん、わん」もう大変な勢いです。

この吠え声を聞いただけで泥棒は恐怖で震えあがり、逃げ出しました。ブフィノは逃げ出した泥棒を追いかけて、ふくらはぎに咬みつくやら、ズボンを引き裂くやら、飛びついて地面に引き倒すやら、とうとう耳にまで咬みついたのです。それでも泥棒は、やっとのことで近くの木にまでたどり着き、命からがら木をよじ登ったのです。さあ、今度はユーラの番です。泥棒のあとを追ってあっという間に木に登ると、泥棒の首めがけて飛びかかると、ひっかくやら、咬みつくやら、かきむしるやら、もう容赦なく散々な目にあわせて、やっつけたのです。フーとうなったかと思うと「ただではおかないぞ！　ぶっ殺すぞ！　食いちぎってやる！　八つ裂きにしてやる！」こんなこわいことまで言ったのです。

「うー、わん、わん」木の下からはブフィノが吠えかけます。「絞め殺せ！　たたきのめせ！　ぶっ殺せ！　木からおれめがけて突き落とすんだ！　逃がすなよ！」

「降参だ。降参する」本当に殺されるのではないかと怖くなった泥棒は泣き叫び、ドスンとジ

ャガイモを入れた袋のように下に落ちたのです。ひざまずいて両手を高く上げ、哀れっぽい声で助けを乞いました。
「お願いです、命だけはお助けください。もう、抵抗はしませんから。もう、どこへでもお連れください！」
こうしてようやくお城にもどれることになりました。一番前にはユーラがしっぽをサーベルのようにピンと立てて歩きます。次に泥棒が両手を挙げたまま歩いていきます。最後がブフィノです。半分ほどもどったところで、ランタンを持ったお城の番人に出会いました。番人たちはあの大騒動のすさまじい音で目を覚ましたのです。番兵たちも行列に加わりました。こうしてユーラとブフィノは得意そうに泥棒をお城まで連れてきたのです。王様と女王様はもうお目を覚まされていて、窓からこのようすをご覧になっていました。王女様だけがなにも知らずにぐっすり眠っておりました。もし、いつものようにユーラが朝になって、王女様のお布団の上で休むために来なかったら、お昼すぎまでお目を覚まされなかったかもしれません。ユーラは夜のうちになにごともなかったかのように、なに食わぬ顔をしていました。

ユーラはそのほかにもさまざまなことができました。でもそのことを全部お話していたら、このお話を終わらすことができなくなってしまいます。そこで、ここでは、ちょっぴりだけお話しすることにしましょう。川で魚を前足で上手に捕まえることができましたし、キュウリのサラダが好きでした。そんなことをしてはいけないとかたく禁じられているのに、小鳥を捕まえるのも大好きでした。小鳥を捕まえてもなに食わぬ顔をして、そんなことはしていませんよとばかりに、すましていました。いろいろと遊んだりじゃれたりするのがとても上手で、だれもが一日中みていてもあきることはありませんでした。でも、ユーラのことをもっと知りたいと思った方は、どんなネコでもかまいません、かわいいなと思いながら、じっと観察してみてください。どのネコにもユーラに似たところがあるのです。すてきな楽しい遊びや芸当をそれこそたくさん知っていて、いじめたりしないかぎり、喜んでみなさんに披露してくれますよ。

三

ネコがなにができるか、お話しましたが、もう少し続けさせてください。王女様はどこかで、ネコは高いところから落ちても、トンと足でうまく着地でき、けがなどまったくしないのだという話をお聞きになったのです。そこであるとき、ユーラをつかまえると、お城の高い屋根裏部屋まで連れて行き、いったいその話が本当かどうか試そうと、かわいいユーラを小さな窓からはるか下の地面めがけて投げ下ろしたのです。そしてすぐさま、ユーラが足で実際、地面にうまく降りれるか、窓から身を乗り出して下を見下ろしました。ところがユーラは足が地面にとどく前に、どこかの男の人の頭の上に落ちてしまいました。頭に落ちたとたんに、その男の人の頭にユーラが爪をたてたせいか、あるいは、その男の人がなにかほかのことが気に入らなかったのか、――とにかく、王女様の願いもむなしく、頭の上に落ちてきたユーラをさっとコートの下に押し込むと、あっという間に姿を消してしまったのです。

びっくりした王女様は、顔をしわくちゃにしてわんわん大泣きしながら、屋根裏部屋から駆け下りて王様のところへ飛んでいかれたのです。「エーン、エーン」泣きながら王様に訴えました。「下を歩いていた男の人が、ユーラを盗んで逃げちゃったの！」

王様もびっくりされて、大あわてです。「いや、ネコの一匹ぐらい、いなくなってもどうということもない」でも、王様は思い直されたのです。「ユーラはわしのところに次の王様になる男を連れてきてくれることになっておる。これはどうしても、探し出さなくてはいけないな」

王様はすぐさま警視総監をお呼びになりました。「いや、実は」王様が警視総監にかいつまんで話されました。「お城で飼っている黒い子ネコのユーラが何者かに盗まれたのだ。上着の下にユーラを隠して姿を消してしまったそうだ」

長官は眉を寄せたまま、半時間ほど考えにふけっていましたが、ついに口を開き、王様に申し上げました。「陛下。その子ネコは必ず探し出してお目にかけます。全警察、全軍、砲兵隊、全艦隊、消防隊、潜水艦隊、飛行船団、占い師、トランプ占いはもちろんのこと、すべての国民の力を借りてでも見つけ出してご覧にいれます」

警察庁にもどると長官はただちに、一番腕のよい刑事たちに招集をかけました。いいですか、みなさん。刑事というのは、制服を着ないで他の人たちと同じ服装をしている警察官のことなんです。刑事さんはいつも変装をして、相手に正体がわからないようにしています。刑事さんはけっしてなにごとも見逃しませんし、見つけられないものはありません。何でも知っていて、何でもできますし、ビクビクおびえるようなことはないのです。ですから、刑事さんになるのは大変なんですよ。

招集をかけられた一番腕のよい刑事さんたちは七人でした。おせっかいさん、身軽いさん、物知りさんの三兄弟。それに悪知恵にも長《た》けたイタリア人のチエモノさん、陽気で太っちょのオランダ人のコロコロさん、スラヴ人で巨人のような巨体のライオンさん、陰気で無口なスコットランド人のイライラさんです。七人は長官が話し始めたとたんに、なにがおきたかわかりましたし、泥棒を捕まえたものにはごほうびが出ることも知ったのです。

「シー」とチエモノさんは大声で言いました。

「ヤー」と陽気なコロコロさん。

「ムム」とライオンさんがつぶやきました。

「ウェル」とイライラさんがぶっきらぼうに言いました。

おせっかいさん、身軽いさん、物知りさんの三兄弟はだまって、目をぱちぱちさせながら、たがいに顔を見合わせていました。

十五分後にはおせっかいさんはもう、黒いネコを上着の下に隠した男がスパーレナ通りを歩いているのを確認していました。

三十分後には身軽いさんが、黒いネコを上着の下に隠した男が、ヴィノフラディに向かう坂道へと曲がったのを知らせてきました。

一時間後には物知りさんが、黒いネコを上着の下に隠した男がストラシュニツェにあるパブでビールを飲んでいると、すっ飛んできてみんなに教えました。

チエモノさん、コロコロさん、ライオンさん、それにイライラさんは車に飛び乗ると空を飛ぶような猛スピードでストラシュニツェに向かいました。

「おい、みんな」現場に着いたとたんに、チエモノさんが言い出しました。「こういうずるがしこい犯人は、こちらもうまく計略にはめないととても逮捕なんかできないぜ。おれにまかせてくれ」いやはや、賢明なみなさんにはおわかりですよね。チエモノさんはなんとか約束のごほうびを独り占めできないか、そのための策を立てるのに頭がいっぱいだったのです。

チエモノさんはすばやく縄やロープを売る商人に変装して、そのパブに入っていきました。パブには黒い服を着て、黒い髪とひげを生やした、このあたりで見かけたことのない男が座っていました。男は青白い顔をしていて、その憂いを秘めた目はとてもきれいでした。

「やはり、こいつだ」チエモノさんはこの男をてっきり犯人だと思ったのです。

「お客さん」チエモノさんはたどたどしいチェコ語で話しかけたのです。「ロープはいりませんか。しっかりした良質のロープですがね。けっして切れたりいたしませんし、一度結べばめったなことではほどけません。鋼鉄線のように強いロープですぜ」そう言いながらロープを広げたり、まっすぐ伸ばしたり、縮めたり、結んだりほどいたり、手から手へ持ち替えたりして見せました。でもそのあいだもずっと、すきさえあれば、この男の手にロープをわなのように引っかけてぎゅっと引っぱり、しばりあげるチャンスをうかがっていたのです。

「ロープはいりませんね」そう言いながらその男はテーブルの上に指でなにか書いていました。

「いや、ちょっとだけ見てさえいただければ」チエモノさんはつぶやくような小声で言うと、もっとすばやく、すごいいきおいで、ロープを持ち替えたり、引っぱったり、ほどいたりして見せました。「ちょっとだけでも見てください。こんなに長くてしっかりしたロープです。細いのに切れにくいし、こんなに白いすてきなロープですよ。こんなに――いや、こんなに――くそっ」

ここでチエモノさんは突然、不安に駆られて苦しげな声を上げました。「なんだ、これは?」チエモノさんがロープを広げたり、引っぱったり、ほどいたりしていましたが、そのロープが不思議なことに、勝手に手にからみついてきたのです。そしてロープは自分でまるで狂ったように跳ね回り、くるくる回りながらチエモノさんにからみつき、グイっと自分のほうに引っぱると、チエモノさんの手足をがんじがらめにきつくしばり上げてしまいました。

チエモノさんはますます不安になって、冷や汗をいっぱいかいていましたが、それでもまだ、ロープを自分で解けるものだと高をくくっていて、からだをよじり、ゆすぶり、曲げ、ゴロゴロ転がり、跳ね上がって身を投げ出すなどして何とかロープから抜け出そうとしました。でもそのあいだも、なんだか早口でぺらぺらぺらぺらしゃべり通しでした。「さあ、見てください。しっかり見てくださいな。じょうぶなロープです。くそっ。こんなロープにはめったにお目にかかれませんよ。ちくしょう。長くてしなやか、すてきなロープですよ。あー、助けてくれ!」

でも、チエモノさんが床に倒れてのたうちまわり、跳ね上がろうともがいているあいだも、チエモノさんがもがけばもがくほどロープはますますきつく、ぐいぐいと、がんじがらめにチエモノさんをしばりあげ、しめあげていきました。チエモノさんは手足もしばり上げられて、身動きすらできなくなり、まるでひもをかけられた包みのようにになって床に転がっていたのです。

男はまばたきひとつしないで、物静かに指で机の上になにか書いていていました。外に待機していた刑事さんたちは、チエモノさんがいつまで待ってももどってこないので不審に思いはじめました。「よしっ」ライオンさんはそうつぶやくと、勇気を奮い起こしてパブの中にいきおいよく飛び込みました。すると、おや、まあ。――ロープでしばり上げられたチエモノさんが床に転がっているではありませんか。テーブルの前には男が座り、下を向いてテーブルクロスになにか書いているのです。

「いったいこれは」ライオンさんは思わずうなり声を上げました。

「なにか私に」男が聞きます。「御用ですか?」

「おまえを逮捕しに来たのだ」ライオンさんがおどすように言いました。

男は顔をあげ、その魂を奪うような、なぞめいた美しい目でちらっとライオンさんを見ました。ライオンさんはいかつい両こぶしを男の前に突き出しては見たものの、その目に見られてなぜか怖気《おじけ》づいてしまったのです。両手をポケットに突っ込んで、言いました。

「自首してくれりゃあ、こちらとしても助かるんだがね。無理やり逮捕となると、いいか、からだ中の骨をボキボキにたたき折ってやるからな」

「そうですか」男は言いました。

「そうだとも」ライオンさんは答え、さらに言いたしたのです。「いいか、おれがきさまの肩にちょっと触れるだけで、もう一生、かたわになるんだぞ。だれもがおれのことを『力自慢の獅子』って呼んでいるのを知らないのか？」

「なるほど」男は言いました。「それはすごい。でも力だけにたよっていてもね。それに、人に話かけるのに、ポケットに手を入れたままというのは、いかがなもんですかね」

ライオンさんはちょっぴり恥ずかしくなりました。そこで、両手をポケットから出そうとしたのです。ところがどうしたことでしょう？　どうしても、どうにもポケットから手を抜くことができません。まず右手から——まるで、急に手が大きくなったようにどうにも抜けないのです。今度は左手——とてつもなく重いものに引っぱられてでもいるように、やはりどうしても抜けません。「いくら重いものでも、そんなのへっちゃらさ。抜いて見せるぞ」ライオンさんは強がってみたものの、やはり、どうにもこうにも、どうしても抜くことができません。力いっぱい、それこそこん身の力を振り絞って引っぱってもだめでした。

「くそっ。悪い冗談はよしてくれ」ライオンさんはすっかり気力までうせて、蚊のなくような声でつぶやきました。

「いや、それほど悪い冗談とも思いませんがね」男はそう言いながら、テーブルになにか書く手を休めませんでした。ライオンさんが汗だくになって必死に身をよじりながら、何とかポケットから手を抜こうと悪戦苦闘しているのも知らずに、刑事さんたちはこんどはライオンさんがいつまで待ってももどってこないのを不審に思いはじめたのです。

「今度は、おれが行く」それだけ言うとコロコロさんは、それこそ、その丸いからだを転がすようにしてパブの中に飛び込みました。おや、まあ。――チエモノさんはロープで縛り上げられて床に転がっているし、ライオンさんはポケットに両手を突っ込んだまま、まるで熊のように部屋中を飛び跳ねていたのです。そしてテーブルの前には男が下を向いてテーブルになにか書いていました。

「私を逮捕にこられたのですかね?」コロコロさんが口を開く前に男のほうから聞いてきました。

「職務ですので」コロコロさんはていねいに、しかし、はっきりと言い、ポケットから手錠を取り出したのです。「恐縮ですが、お手をちょっと前にお出しいただけませんか。すみません。ちょっと手錠をかけさせていただきたいものですから。いえ、すてきな、ひんやりした手錠でして、まったくの新品です。飛び切り上等の鋼《はがね》でできておりまして、しっかりした鎖までついております。すべて超一級の手錠でございます」そういうと、コロコロさんはまるで商品を見せる店員のように、冗談めかして手錠をガチャガチャ言わせながら手から手へ移しかえていました。「それでは、どうぞ。お手を」コロコロさんは相変わらず陽気な調子で言いました。「けっして無理にとは申しませんが、ただ、お断りになられると、その、なにしろ最高級のブレスレットのような、ええ、特許つきの錠前のようなもので。ぴったりお手に合いますし、お手を締めつけるようなことは決してありません」そう言うコロコロさんの顔は上気して赤くなり始め、汗をいっぱいかいていました。そして相変わらず手錠をますますスピードを上げて手から手へと移しかえていたのです。——「すてきな、あなた様用にあつらえたものですから。どうです、すごいでしょう！　大砲を作る鋼鉄でできているんで、で、ですからね。おどろいたでしょう！　真っ赤に燃えた炉の中でつく、つく、つくら——れた——くそっ、あちあちちっ！」コロコロさんは悲鳴を上げ、手錠を床に投げ出しました。気の毒に、熱くてそうするしかなかったのです！　とても手に持ち続けることはできませんでした。手錠は真っ赤になって燃えていて、床に落ちたかと思うと床にりっぱな焼け穴を作ったのです。まったく、火事にならないのが不思議なくらいでした。

いくら待ってもだれひとりもどってこないのを見たイライラさんは、「ウェル（よし）」とつぶやくと、決心したようにピストルを取り出して、パブの中に入っていったのです。

部屋の中に入ってみると、おや、まあ。——部屋の中は煙でもうもう。その中でコロコロさんがやけどをした両手を少しでも冷まそうとフーフー息を吹きかけながら部屋中を飛び跳ねていました。相変わらず、ライオンさんは両手をポケットから何とか抜こうと必死にもがいていましたし、チエモノさんはロープにしばり上げられたまま床に転がっていました。そしてテーブルの前には男が下を向いてテーブルクロスになにか書いていたのです。

「ウェル」イライラさんはそう言うと、ピストルを持ったまま迷わず男に近づきました。すると男は顔を上げ、なにか深く考えているようなようすで、やさしくイライラさんを見ました。男にじっと見られたイライラさんは、どうしても手が震えるのを止められませんでしたが、それでもなんとか至近距離からピストルを六発すべて、男の両目のあいだに撃ち込んだのです。

「もう撃つのはおしまいですか?」男が聞きました。

「いや、まだだ」そう言い終わるか終わらないうちに別のピストルを取り出してさらに六発、男の額に撃ち込んだのです。

「もうおしまいですか?」男がまた、聞きました。

「ああ、終わりだ」イライラさんは何とか答えると男に背を向け両腕を組んで、部屋の隅に置いてあった長椅子にへたへたと座りこんでしまったのです。

「さあ、お勘定です」男はそう言うとコップに二十ハリーシュ硬貨を一枚チャリンと投げ込みました。パブからはだれも出てきませんでした。ピストルの発射される音を聞いて、パブの中にいた者は全員すっかりたまげて床に伏せて隠れ、震えていたのです。男はもう一枚二十ハリーシュ硬貨をテーブルの上に置くと、刑事のみなさんに向かって挨拶するようにうなずいて静かに部屋から出て行ったのです。

男が出て行ったすぐあとに、おせっかいさん、身軽いさん、物知りさんの三兄弟が、それぞれ別の窓から顔を出しました。まずおせっかいさんが窓から部屋に飛び込んできて、「おい」と声を上げました。「やつはどこだ?」そう言ったかと思うと吹きだしたのです。

つぎに身軽いさんが窓から飛び込んできました。「いったいこれは」チエモノさんが床の上で転げまわっているのを見た身軽いさんも笑い出しました。

物知りさんも窓から飛び込んできて言いました。「どうも、ライオンさんのご機嫌はよろしくないようだな」

「イライラさん、そんなにしょげかえってどうしたんです？」おせっかいさんはイライラさんをますますいらいらさせるようなことを言ってしまいました。

「ライオンさん、抜け目のないあなたがこんなどじをしでかすなんて」身軽いさんが最後に言いました。

チエモノさんは床から身を起こしながら言い訳をしたのです。「いや、まったく信じられないよ。あの泥棒のやつ、指一本動かさないでおれを縛り上げたんだからね」

「おれの手をどうにもポケットから出せないようにしたしね」ライオンさんが柄《がら》に似合わない小さな声でつぶやきました。

「おれの手に持っていた手錠を真っ赤に燃やしやがったんだ」コロコロさんもつぶやきました。

「ウェル」イライラさんがぼやきました。「そんなのどうってことない。おれなんて、やつの額に十二発もぶち込んだんだが。けろりとしていやがって、額にかすり傷ひとつないんだからな」

おせっかいさん、身軽いさん、物知りさんの三兄弟はたがいに顔を見合わせました。

「どうやら」おせっかいさんが口を開くと、

「あの泥棒は」身軽いさんが後を続け、

「魔法使いらしいな」物知りさんが結論を出したのです。

「だがいいか、諸君」おせっかいさんがみなをはげますように言いました。「やつはもう罠《わな》の中だ。やつはもう千人の兵隊に取り囲まれているんだからな」

「――それに、このパブはすっかり包囲したし」身軽いさんも言いました。

「――ネズミ一匹ここから逃げ出せないさ」物知りさんがみんなを安心させました。

そのとき外で、まるで雷が落ちたような、千もの銃がいっせいに発射されたすさまじい音がしました。

「やったぞ」刑事たちはいっせいに声を上げました。

そのときドアがバンッと開いて部隊の隊長さんが部屋に飛び込んできて伝えたのです。「刑事のみなさん。パブは完全に包囲しました。ネズミ一匹たりともパブから外に出すな、そう命令を下してあります。ところが、ドアから白いハトが空に飛び出して、やさしい目で本官を見つめながら、頭上を飛び回っているのです」

「えっ」だれもが大声で言いました。イライラさんだけは「ウェル」と言いましたけどね。

「いや、私はサーベルでその白いハトに切りつけ、」隊長は話を続けました。「同時に千人の兵士がそのハトめがけて銃を発射したのです。ところがハトはたちまち千もの小さいかけらになったかと思うと、あっというまに白いチョウへと変身して、どこかへ羽を振るわせながら飛び去ってしまったのです」

おせっかいさんの目がギラリと光りました。「よし、いいぞ」おせっかいさんは強い口調で言います。「全軍を召集するんだ。予備役も国防義勇軍も含めてだ。世界中に派遣してその白いチョウを捕まえるのだ」

こんなわけで、ここでお話しておきますが、とてもすてきなチョウのコレクションができあがったのです。このコレクションはいまでも国立博物館で展示されていますよ。プラハに来られた際にはぜひごらんになってください。

そのとき、身軽いさんがほかの四人の刑事に言い出しました。「私たち三人はここでみなさんとは離れて、いろいろ今後の計画を相談して決めたいと思います。ですから、みなさんはここにいても意味がありませんよね」

チエモノさん、コロコロさん、イライラさん、それにライオンさんの四人は何の成果も上げることができず、手ぶらでしょんぼりともどらざるをえなくなりました。

おせっかいさん、身軽いさん、それに物知りさんの三兄弟はどうやったら魔法使いの鼻を明かして、うまく捕まえることができるか、一生懸命知恵を出し合いました。そのあいだに、それこそタバコを百本吸い尽くし、ストラシュニツェで手に入るものをすべて食べつくし、飲みつくしてしまったのです。それでもなにひとついい知恵は浮かびませんでした。とうとう物知りさんが言い出しました。「おい、みんな。こんなことをしていてもだめだな。外でいい空気でも吸ってくるか」

三人でパブの外に出たとたん、そこにはなんとおどろいたことに魔法使いが座ってこちらを

VŠETEČKA
VŠUDYBYL
VŠEVĚD
MAZZANI
JAKOLEV
VALIJSE
NEVRLEY

見ていたのです！　魔法使いは三人がこれからなにをしようとしているのか興味津々《しんしん》のようでした。

「ここにいたのか」そう叫ぶと、おせっかいさんはすっかりうれしくなり、ジャンプして魔法使いの肩をつかみました。ところがこの瞬間、魔法使いは銀色に輝くヘビに変わったのです。すっかり怖くなったおせっかいさんはヘビを地面になげだしてしまいました。

すぐさま今度は身軽いさんが自分の上着をヘビに投げて、捕まえようとしました。するとヘビは金色のハエに姿を変え、ボタンホールから空へ逃げてしまったのです。

そこへ物知りさんが飛びあがって、この金色のハエを帽子で捕まえました。ところがハエは小川になって帽子ごとどんどん流れていったのです。

三人はパブに飛び込んでガラスコップをつかむと、けんめいに小川の水をコップでくみ出しました。でも小川はどんどん流れて、とうとうヴルタヴァ川に流れ込んでしまったのです。そういうわけでヴルタヴァ川はいまでも、ご機嫌がいいときには、とてもすてきな銀色に輝いて流れているのです。きっとあの魔法使いのことを思い出しながら、おだやかにざわめき、きらきら輝いているのでしょうね。このようなヴルタヴァ川の姿を見るとだれもが頭を思わず垂れて、その流れるさまを見とれてしまいます。

おせっかいさん、身軽いさん、それに物知りさんの三兄弟もヴルタヴァ川の川岸に立って、これからどうすればよいか、ぼんやりと思案にふけっていました。すると、銀色の一匹の魚が水の中からひょっこりと顔を出し、キラキラ輝く黒い目で三人のことをじっと見たのです。まちがいなくあの魔法使いの目でした。そこで三人はあわてて釣竿を買ってきてヴルタヴァ川で釣りを始めました。いまでも、一日中ヴルタヴァ川に船を浮かべて、一言も口をきかずに、釣り糸を垂れている三人の姿を見ることができます。きっと銀色の黒い目をした魚を捕まえるまでは、おだやかな気持ちになれないんでしょうね。

この三人の刑事さん以外にもたくさんの刑事さんが何とか魔法使いを捕まえようとがんばりました。でもどうしてもつかまえることができなかったのです。魔法使いを捕まえようと自動車を走らせているときに、突然、一匹のシカが若草のあいだから顔を出して、そのやさしい、好奇心に富んだ黒い目でじっと車を見ていることもありました。また、飛行機に乗っているときにワシが飛んできて、その燃えるような誇らしげな目でいつまでもこちらをじっと見ていることもありました。また、船に乗っていると海の中からイルカがジャンプして、その利口そうな静かな目でじっと船を見続けるのです。また、オフィスでなにかじっと考えごとをしていると机の上の花が輝き始めます。まるで、好奇心にあふれた魅力的な目であなたを見つめているようです。あるいは、警察犬が突然頭を上げ、これまで見たことのない、すてきな、まるで人のような目であなたのほうを向くのです。刑事たちは、いつもどこからか常に魔法使いに見られているような気がしました。そしていつの間にか姿を消すのです。こんな魔法使いをいったいどうすれば捕まえることができるでしょうかね？

四

こんな刑事たちの悪戦苦闘するさまをアメリカ人の名探偵、シドニー・ホールは新聞記事を読んで知っていました。シドニー・ホールはじっくり考えた末に、自分でこの魔法使いを捕まえようと、決心したのです。そこでさっそく大金持ちに変装し、ポケットにピストルを忍ばせてチェコに向かったのです。

チェコに着くとさっそく警視総監に面会しました。警視総監は、これまで魔法使いを逮捕しようと手を尽くしてきたが、いまだに逮捕に至っていないこれまでのいきさつを一部始終シドニー・ホールに説明しました。そして最後にこう言ったのです。「ですから、やつを捕まえて裁判の席に立たせるのはとうてい不可能ですよ」

シドニー・ホールはにっこり笑って言いました。「いいですか、いまから四十日のうちにやつを逮捕してこちらに連れてきますよ」

「ありえませんね」警視総監は大声で言いました。

「じゃあ、捕まえられるかどうか、賭けをしませんか? お皿いっぱいのナシを賭けるということでどうですか?」シドニー・ホールが言い出しました。なにしろシドニー・ホールはナシを食べることと賭けをするのが大好きでしたからね。

「いいでしょう」警視総監は答えました。「でも、いったいどうやってやつを捕まえるのか、教えてもらえませんかね？」

「まずは、」シドニー・ホールは答えました。「世界一周旅行をしなければなりませんね。でもそれにはとってもお金がかかります」

そこで警視総監はお金をどっさりシドニー・ホールに渡しました。そして、いかにもわかった風に言ったのです。「きみの計画はだいたい想像がつくよ。でも、これはだれにも洩らせないな。でないと、魔法使いのやつにこちらが追跡していることがわかってしまうからね」

「いえ、その逆です。明日には世界中の新聞社に、名探偵、シドニー・ホールが必ず魔法使いを四十日以内に捕まえてみせると豪語していることを伝えてもらわなければ困ります。お願いします。それでは私はこれで失礼します」

警視庁を出るとシドニー・ホールは四十日という新記録で世界一周をなしとげた有名な旅行家のところへ直行しました。そして言ったのです。「私はこれから四十日で世界一周をやろうと思っています。できるかできないか、どうです、ひとつ賭けてみませんか？」

「そんなことできっこないですよ」その旅行家は言いました。フォックスさんは八十日で世界一周をしました。私はその記録を破り、四十日で世界を回りました。でも、それ以上短い日にちで回るのは無理です」

「それじゃあ賭けてみましょうよ」シドニー・ホールが提案しました。「銀貨千ターレル（ドイツの大型銀貨）でどうでしょう」

こうして賭けは成立しました。

その日の夜のうちにシドニー・ホールは世界一周旅行に出発しました。一週間後にシドニー・ホールから電報が届きました。エジプトのアレクサンドリアからでした。「ツイセキチュウ。シドニー・ホール」という内容でした。

その七日後に次の電報がインドのボンベイからきました。「テガカリツカメタ　ジュンチョウイサイフミ　シドニー・ホール」

それから少しして、ボンベイからたしかに手紙が届きましたが、暗号で書かれていてその内容をだれも解読できませんでした。

それからまた八日後に日本の長崎から伝書バトが着きました。ハトの首には一枚の紙片がくくりつけられていました。その紙片を開いてみると「モクヒョウニセッキンチュウ　コウゴキタイ　シドニー・ホール」

それからしばらくして、今度はアメリカのサンフランシスコから電報が来ました。「カゼヒイタホカジュンチョウ　ナシノヨウイサレタシ」

とうとう出発から三十九日たちました。するとオランダのアムステルダムから電報が届いたのです。「アシタ　ゴゴ七ジ十五フンニック　ナシノヨウイヨロシク　ゼヒ　ラ・フランスキボウ　シドニー・ホール」

出発から四十日後の午後七時十五分、列車が音を立てて駅に到着しました。列車からシドニー・ホールがひょいとプラットホームに飛び降りてきましたが、おどろいたことにそのあとから魔法使いが降りてきたのです。魔法使いは悲しそうな青白い顔をしていて、うつむいたままでした。刑事たちは全員、シドニー・ホールを出迎えるために駅で待っていましたが、魔法使いがしばられもしないで自由の身なのにはすっかおどろいてしまいました。シドニー・ホールはただ刑事たちに向かって手を振って言いました。「今晩、パブの『ブルー・ドッグ』に行くから、そこで待っててくれませんか。とりあえず、ぼくはこの人を監獄までお連れしなくてはなりませんからね」シドニー・ホールは魔法使いとタクシーに乗りこみましたが、そこでふいに思い出したのです。刑事たちに大声で言いました。「ナシを持ってくるのを忘れないでくださいね」

その日の晩、『ブルー・ドッグ』では、刑事たちに取り囲まれて、皿いっぱいに盛られたすばらしいナシが、探偵シドニー・ホールを待っていました。ずいぶん待たされてもうシドニー・ホールは来ないのではないかとだれもが思ったそのときに、ドアが開いてよぼよぼのおじいさんが入ってきました。おじいさんはお魚やキュウリを売り歩いているのです。

「おじいさん」刑事たちは言いました。「いや、なにも買う気はないんだが」

「それは、残念ですね」そう言ったかと思うと突然、ぶるぶるとひどく震えだし、ぜいぜいと声を詰まらせ、いまにも息が止まりそうでした。そして、苦しそうに椅子に倒れこんだのです。

「なんてことだ」刑事の一人が叫びました。「ここでくたばってくれるなよな！」

「ご心配なく」息を詰まらせ、身をよじりながら、おじいさんはやっと何とか答えました。「もうだめです。限界です」おじいさんはだれもが見ている中で笑い出し、もうどうにも止めることができずに大笑いし続けたのです。目からは涙がこぼれ、息もできないために顔色が青紫に変わるほどでした。そして苦しそうにあえぎながら言いました。「いやあ、みなさん。どうにも笑うのをこらえられないんです」

「じいさん」刑事たちは聞きました。「いったいどうしてほしいんだ?」

おじいさんは立ち上がると、テーブルにふらふらと近づき、皿から一番よさそうなナシをひょいと手にとって、皮をむくとぺろりとあっという間に食べてしまったのです。

そして、おじいさんはぱっと付け髭《ひげ》と付け鼻を取り、白髪のかつらと青いメガネをはずしました。すると、おどろいたことに髭《ひげ》をさっぱり剃って、ニコニコ笑っているシドニー・ホールの顔が現れたのです。

「みなさん」シドニー・ホールは刑事たちに言い訳をしました。「どうか、悪く思わないでください。なにしろこの四十日というもの、絶対に笑うわけにはいかなかったものですからね」

「いつ魔法使いを捕まえたんですか?」刑事たちはだれもがいっせいに聞きました。

「きのうなんです」名探偵のシドニー・ホールは答えました。「でも、あいつをぼくの考えた計略でうまく引っかけて捕まえる、そのことを考えるだけでも最初から、もう笑いをこらえるのに苦労しどうしだったんですよ」

「そうですか。でもどうやって」刑事たちはどうしても知りたかったのです。「あいつの居所がわかったんですか?」

「うーん」シドニー・ホールはうなりながら言いました。「いや、話せば長くなってしまうんだ。ごめん。もうひとつナシを食べ終わったら話すよ」

ナシを食べ終わるとシドニー・ホールは話し始めました。「いいですか、みなさん。刑事や探偵にとってなによりも大事なのは、ロバにならないことなんです」そう言うと、シドニー・ホールは、ひょっとするとその場にいる刑事たちの中にロバがいないか、自分の周りを見回したのです。

「それで?」刑事たちは聞きました。

「それで?」シドニー・ホールは聞き返しました。「それに、機転のきいた知恵にも長《た》けていないとね。その上、」シドニー・ホールはもうひとつナシをむきながら話を続けました。「ちゃんとした計略もたてられなくてはね。いいですか。ネズミってどうやって捕まえますかね?」

「ベーコンなんかをえさにして、おびきよせて捕まえますが」刑事たちは答えました。

「じゃあ、魚は何で捕まえますかね?」

「ミミズとかワ虫をえさにして捕まえますね」

「なるほど。それでは魔法使いはどうやって捕まえますかね?」

「わかりっこないよ」

「ほかのふつうの人間を捕まえるのとかわらないんですよ。やつにも人間と同じように弱点がある。その弱点をまず見つけることです。いいですか。じゃあ、魔法使いの弱点はなんですかね？」

「わからないな」

「好奇心さ」シドニー・ホールは断言するように言いました。「魔法使いにできないことはなにもないんだ。でも、好奇心を抑えられないのがやつの弱点なんですよ。とてつもなく好奇心が強いんだね。いや、このナシもいただいちゃっていいですか？」

ナシを食べ終わると、シドニー・ホールは話を続けました。「みなさんはだれもが魔法使いを追いかけていると思い込んでいますよね。でも実は追いかけているのは、魔法使いのほうなんです。見失わないように見張っているんだよ。おそろしいほどに好奇心が強くて、こちらがどうやって捕まえようとしているかすっかり知りたくてうずうずしているのさ。だからいつもきみたちから離れずにまとわり付いているんだよ。ぼくはこの魔法使いの好奇心を利用して、やつを捕まえる計画を立てたんだ」

「どんな計画ですか？　教えてください」刑事たちは大声で、興味津々《しんしん》ききました。

「いや、まあ、こんな計画なんです。あの世界一周旅行は、実は、観光というか、ほんのお楽しみ旅行だったんです。ずっと前から、ぜひ世界旅行をしてみたいと思っていたんだが、これまでチャンスがなくてね。でも、こちらに来てすぐわかったんだ。魔法使いのやついつもぼくから離れずに、どうやって自分を追いかけるか、観察しているってことがね。これもあいつの

好奇心のなせる業《わざ》ってわけだ。それで、あいつをお供に世界旅行ってわけか、そう、思わずつぶやいてしまいましたね。いろいろ見物できるし、あいつを見失うなんてことはないってことだよ。いや、つまり。あいつはぼくからけっして目を離すことがないってことさ。やつの好奇心がどんどんふくらむように、あえて四十日の世界旅行をしたってことなんだ。さて、おいしいナシをもうひとついただくかな」

食べ終わると、シドニー・ホールは言いました。「ナシ以上にうまい果物はないね。そういうわけで、ピストルと旅行に使うお金を持って、スウェーデン人のビジネスマンに化けて、出かけたってことなんだ。まず最初はイタリアのジェノヴァだった。そこからはアルプスの山々がすっかり見わたせるんだ。アルプスの山はみんなべらぼうに高くって、山頂の石が転げ落ちると、ふもとに落ちるまでにはとても時間がかかって、石の表面にコケが生えるって話だ。ジェノヴァからは船でエジプトのアレクサンドリアに行くつもりだった。

ジェノヴァはとても美しい港町でね。それで船のやつ、どれもまだジェノヴァまで遠いのに、勝手に自分でジェノヴァ目ざして走り出すってことだ。ジェノヴァの沖合い百マイルまで来ると、もううれしくてうれしくて、船の罐《かま》に石炭をくべるのをやめて外輪の回転を止め、帆を下ろして、自分でどんどんジェノヴァまで行ってしまうんだ。

ぼくの船は午後四時ジャストにジェノヴァを出港する予定だった。三時五十分にぼくは港目ざして走っていた。ところがその途中で小さな女の子が泣いているのが目に入ってしまったんだ。

『お嬢ちゃん、何で泣いているの?』ぼくはきいてみたんだ。

『えーん、えーん』その子は泣きながら、言ったんだ。『あたい、失くしっちゃったの』

『失くしたんなら、自分で探せばいいんじゃないのかい』ぼくはその子に言ってやったよ。

『でも、あたい、お母さんを失くしっちゃったの』女の子は泣きながら言いました。『迷子になったのよ』

『そうか、それじゃあ、自分じゃ探せないね』そういうわけで、ぼくはその子の手を取ってお母さんを探しに出かけたんだ。一時間もジェノヴァ中を走り回って、やっとその子のお母さんを見つけることができたんだが。いやはや、困ったことにもう四時五十分だった。船はとっくに出港しているに決まっている。あの子のおかげで、まる一日ふいにしてしまったな。ぼくはそう思った。がっかりしてしまい、とぼとぼ波止場まで行ってみると、何とおどろいたことに、まだ船は出港しないで目の前にいるじゃないか。ぼくは急いで船に乗りこんだ。すると船長が言ったんだ。『おやおや、スウェーデン人のお客さん。大遅刻ですね。もうとっくに出航していたはずなんですが。でもなぜかいかりが海底で巻きついてしまったらしくて、もう一時間もいかりを揚げるのに悪戦苦闘している始末なんです』ぼくは正直、ありがたい。助かったと思ったよ。ナシをもうひとついただいていいかな」

食べ終わると、シドニー・ホールはつぶやきました。「うまい。いや、もう最高だな。それから船は地中海へと船出したんだよ。もうあたり一面、真っ青に澄み渡っていて、どこから海か、どこから空か、その境目もわからないんだ。だから、船の中にも海岸にもいたるところに標識が貼ってあったり、立て札が立っているんだよ。そこには『ここから海』とか『ここから空』って書いてあるのさ。そうしないとだれもがまごついてしまうからね。それでも、ぼくの乗っていた船の船長の話じゃ、うっかりまちがえて空に自分の船を入り込ませてしまった船長がいたそうだ。なにしろ空はどこまでもかぎりというものがないから、その船はどこまでもどんどん空を進んで、だれも、それからのことは知らないそうだ。でもぼくの乗っていた船は無事にエジプトのアレクサンドリアに着くことができた。アレクサンドリアは大都会なんだよ。なにしろあのアレクサンダー大王が建設したんだからね。

アレクサンドリアからあの電報を打ったってわけだ。魔法使いのやつに、なにかあいつの情報を送ったと思い込ませるためにね。でも、あいつの情報なんてなにもなかったんだ。ただ、ぼくはあいつがいつもぼくの回りをうろついていると確信していたんだ。カモメやウの群れが船の上を飛び回り、アホウドリがはるか遠くの空で元気に羽をひるがえしながら飛んでいるのを見たときに、魔法使いのやつ、きっとあの群れの中にいて、おれのことをつけているな、と思って見ていたんだよ。魚が海の中からおれのことをじっと見ているのを見ると、あれはきっと魔法使いだなと思ったよ。船が大海原を航行中にツバメの群れが降り立ってきて、マストの横木に止まったときには、あの白いツバメの群れの中で一番美しいツバメがきっとやつなんだと思ったね。

アレクサンドリアに滞在しているあいだには、聖なるナイル川を上ってカイロまで出かけたんだ。カイロはとてつもない大都会で、もしも壮大なモスクやとてつもなく高いミナレットが建てられていなかったら、この大都会のやつ、自分でいったいどこまでが町なんだかわからないと思うね。モスクやミナレットはとても遠くからでも見えるので、はるかに離れた家でも、その居場所がはっきりとわかるってわけさ。

カイロってところはなにしろ暑いんだ。そこでナイル川に水浴びに出かけた。岸に服を脱ぎ捨てて水着に着替えた。ただ、ピストルだけは手放さないことにした。するとそこへ巨大なワニがしのび足でやって来て、岸に置いてあったぼくの着ていたものをみんな食べてしまったんだ。時計もお金までもね。ワニのところへすっ飛んで行って、六発ピストルをやつに向けて撃ったんだよ。ところが、弾は跳ね返ってきたんだ。やつの甲羅はまるで鋼鉄製のようだった。ワニのやつ、まるであざけるように大声で笑いやがった。ここで、ナシをもうひとつほしいな」ナシを食べ終わると、シドニー・ホールは話を続けました。「みんな、知ってるかい。ワニってのは、小さな子どものように、めそめそ、ワンワン泣けるんだよ。うそ泣きして水辺に人を誘い出すんだ。てっきり子どもがおぼれていると勘ちがいした大人が助けようと駆けつけたところを、ワニは飛びかかってガブリと食べてしまうってわけだ。このワニは無駄に年をとってはいない、なかなか知恵のあるやつでね。子どものように泣けるだけじゃない。船乗り並に悪態をつくことだってできる。オペラ歌手もびっくりするようにうまく歌を歌えるし、まるで人のように話もできる。イスラム教に宗旨替えをしたとかいう話だからね。それはそれとして、いや、ほんとうのところはほとほとまいっていたんだ。なにしろ、服もお金もなくちゃ、どうしようもないからね。すると、どこからか、真っ黒なアラビア人がぼくの前に現れて、このモンスターのようなワニに言ったんだ。『おまえさん、こちらの人の服も時計もみんなのみ込んじまったのかい？』

『のみ込んじまったさ』ワニは答えた。

『お前、抜けてるな』アラビア人はワニに言いました。『いいか。あの時計はゼンマイが巻かれていないんだぞ。止まった時計を腹にかかえてどうする気だ？』ワニのやつ、ちょっと考え込んでからぼくに向かって言いやがった。『それじゃあ、こうしよう。ちょっと口をあけるから、時計を胃袋から取り出して、ゼンマイをしっかり巻きなおして、もとの胃袋にもどしてくれ』

『なるほど。それはいいけど。でも、手を食いちぎられちゃかなわないからね。そうだろう？　だから、そのぶかっこうな口を閉じれないように、棒を一本、あごとあごのあいだに入れさせてくれ』

『おれの口はぶかっこうじゃないぜ。だけど、なにかしでかす気がないんなら、おれのすてきな、りっぱな口に棒を入れさせてやる。急ぐんだ』

もちろん、やつの頼みをきいて口に棒を入れてやったさ。それから、あいつの胃袋に手を入れて、時計だけじゃなく、服や靴、それに帽子も引っ張り出したんだよ。出しおわったところでやつに言ってやった。『やい、やい。ワニのクソ爺《じじい》。その棒は記念においていってやるからな』ワニは悪態をつこうとしたけど、棒がしっかり口に入っていて口をきくことすらできないありさまだったんだ。もちろん、ぼくに食いつくこともできなかったし、それどころか、棒をはずしてくれと頼み込むこともできなかった。もうあわてる必要もない。ゆっくり服を着て、ワニに言ってやった。『いいか、教えてやる。おまえの口はなんてぶかっこうでみっともないんだ。役立たずだしな』これを聞いたワニのやつ、さんざん悔し涙を流していたよ。

知恵をきかせてぼくを助けてくれたアラビア人を探したんだが、もう姿を消していたんだ。ワニはいまでも口を大きく開けたまま、ナイル川を泳いでいるのさ。

アレクサンドリアからはインドのボンベイに向かった。インドのマハラジャか王子様に変装してね。これがまたぼくには似合ってね！　まず、紅海を通らなければならない。この海は自分のせいであまり大きくなれなかったのを恥ずかしがって、いつも赤面しているそうだ。それでこんな名前がついたんだね。まだどの海も子どもで小さかったけど、どんどん成長して大きくなっていたときに、この紅海だけが陸に上がってアラビアの子どもたちと遊びほうけていて、成長するのをすっかり忘れてしまったんだ。そのあいだに、どんどん時間がすぎていった。神様は紅海のために、海底にするための大量の良質な砂を砂漠に用意してくださっていたんだけどね。それでもやっとのことで紅海は成長しなくてはならないことを思い出したんだが、もう遅すぎた。縦に細長くのびることしかできなかったんだ。それでとうとう地中海とのあいだに乾燥した陸地がほんの少し残ってしまったんだ。これをいつまでも苦にしている紅海を気の毒に思って、人間が運河を作って二つの海をつないであげたというわけさ。運河ができてからは、紅海はもうそんなに赤い顔をしていないんだよ。

船が紅海を通過してインド洋にでたころ、ぼくは船室でうとうとと居眠りをしていた。すると、突然だれかが船室のドアをどんどんと強くたたいたんだ。ドアを開けてみたが、――廊下にはだれもいなかった。ところが、ちょっと外の様子をうかがっていると、船員が二人、こちらに向かって歩いているのが見えたんだ。やつらはひそひそと話していた。『あのマハラジャは服のポケットにお宝を隠し持ってるぞ』船員の一人がささやいたんだ。『あいつを殺して、真珠とダイヤモンドを奪い取るんだ』いやあ、実のところダイヤも真珠もガラスでできたまがいものなんだよ！『よし、わかった。だが、ちょっとここで待っててくれ』もう一人が小声で答えたんだ。『上のおれの部屋にナイフを忘れてきた』男が急いでナイフを取りにもどっているあいだに、もう一人の男の首根っこごととっ捕まえて、さるぐつわをかませてやった。そいつにマハラジャの服を着せて、ロープでがんじがらめにしばってベッドに放り込んでおいたんだ。おれはそ知らぬ顔をして、そいつの服を着るとドアの前に立ってナイフを取りにもどったやつが帰ってくるのを待った。まもなくもどってきたので言ってやったんだ。『マハラジャはもう絞め殺したから、もうそのナイフはいらないぜ。おれはここで見張っているから、真珠とダイヤをかき集めて持ってきてくれ』そして、部屋に入ったとたんにドアの鍵をしっかりかけてやつを閉じ込めて、船長のところに行ったんだ。『船長、妙なやつらが私の部屋を訪ねてきましてね』――これを聞いた船長はその船員二人をこっぴどくたたきのめしたんだ。そのあいだにぼくは、船に乗っているすべての人を集めて、持っている真珠とダイヤを見せて、こう言ってやった。『みなさん、すっかり目がくらんでいますね。でも賢者にとってはこんなものはつまらんものですよ。そらっ！』ガラスでできた真珠やダイヤを海に放りこんだんだ。これをみただれもがぼくに向かって頭を下げ、大声で叫んだ。『ああマハラジャ様、なんて賢い、気高い方なんでしょう！』

でも、いったいだれが船室のドアを棒でたたいて命を救ってくれたんだろうか。いまでもわからないんだ。まあ、とにかく。この大きくておいしそうなナシをもうひとついただきたいね」

まだナシを口いっぱいほおばったままで、シドニー・ホールは話を続けました。「こうして無事インドのボンベイに着いた。インドは大きな不思議な国だ。なにしろめちゃ暑くてね。川もカラカラだから、無くなってしまわないようにいつも水をそそいでやらなくてはならないんだよ。森は木が茂りまくっていて、もう一本の木も入り込む場所なんてないくらいなのさ。だから、ジャングルって呼ばれているんだね。雨が降るたびに、なにもかもどんどん育つんだ。お寺も地面から、まるでキノコのようにぐんぐん上に伸びていくんだ。だから、ほら、ベナレスにはあんなにたくさんお寺があるんだよ。インドにはサルがいっぱいいるんだ。まるでスズメみたいにいるんだよ。サルはすっかり人になれていて、寝室にも平気で入り込んでくる。朝、目がさめたときに、ふと気がつくとサルが代わりにベッドで寝ているなんてこともよくあるんだぜ。まったく、慣れすぎだよね。それにヘビの長さだって、とてもまともな長さじゃないんだ。だから、しっぽを見つけると、それが自分のしっぽだとわからなくて、自分よりずっと大きな別のヘビが追いかけていると思い込んでしまうんだ。必死に逃げるのに疲れはてて、かわいそうに、死んでしまうんだ。ああ、まだ、インドに住んでいるゾウのことを話していないな。だが、とにかく、インドは大きな国だ。

ボンベイから電報を打ち、少しして暗号で書いた手紙を送った。これで魔法使いのやつ、ぼくが悪魔も思いつかないような計略をめぐらして、ほくそ笑んでいると思ったにちがいない」

「手紙には何て書いてあったんですか?」刑事たちは口々に聞きました。

「ぼくは手紙の半分は解読に成功したぜ」刑事の一人が得意そうに言いました。

「それじゃあ、あんたはおれより頭がいいってわけだ」名探偵シドニー・ホールが答えました。

「だって、ぼくはこの手紙を解読できないからね。だって、暗号に見せかけるためにでたらめに文字を並べただけなんだから。ボンベイからは汽車でカルカッタに向かった。インドの汽車は座席のかわりに浴槽が置いてあるんだぜ。そうしないと乗客が暑さのためにうだってしまうんだよ。汽車は砂漠やジャングルを通過して行ったんだが、ジャングルの茂みの中からは、おそろしいトラの眼がこちらをにらんでいた。川の浅瀬には白いゾウがいて、その気品のある、利口そうな目でこちらを見ていたよ。ヤマワシが汽車を追い越して飛びさり、虹色のチョウが窓からひらひら舞い込んできたんだ。いいかい、これでもう、ぼくにはわかったね。魔法使いのやつがすぐ近くで出没しているのがね。

もうまもなくカルカッタというころ、列車は聖なる川、ガンジスの近くを走っていた。この川の川幅はとてつもなく広いんだ。だから、石を対岸めがけて投げると、向こうに着くのに一時間半もかかるんだそうだ。とにかく、列車が川沿いに走っているときに、女の人が一人、川で洗濯しているのが目に入ったんだ。ところが、前かがみになりすぎたせいだか、その女の人はそのまま川に落ちておぼれてしまったんだよ。ぼくは、とっさに走っている列車から飛び降りて、そのインド人の女性を岸に引き上げた。でも、だれっだってこれぐらいのことはするよね。きみたちだってするだろ？」

刑事たちはうんうんとうなずきあいました。

「でもね」シドニー・ホールは話を続けました。「正直なところ、ことはそう簡単には運ばなかったんだ。水の中で、その女性を何とか捕まえたまではよかったんだが、そこへ、くそっ。ろくでもないワニのやつがぼくの腕にかみついたんだ。なんとかワニを振り切って、女性を岸に上げたんだが、ぼくはそのまま地面にへたり込んであとは何にもおぼえていないんだよ。四日間というものこのインド人の女性がぼくのことをけんめいに看護してくれたらしいんだな。ほら、この金の指輪は彼女が記念にぼくにプレゼントしてくれたんだぜ。世界中どこでも、親切にされるとありがたいと思うし、感謝するものさ。色が白かろうと黒かろうと、異教徒だろうと。ろくに服も着ていないインド人のほうがくだらないおれたちなんかよりも、その点ずっとましなのかもしれないぜ。

だが、とにかくおれはここで五日も使ってしまった。これじゃあカケにも負けてしまう。ガンジス川の岸辺にしょんぼりすわっていたんだが、頭に浮かぶのは、(もう四十日では世界を回れない。銀貨千ターレルも夢の夢。皿いっぱいに盛ったナシも夢の夢、いただけないんだな)ボーっとそんなことを考えていると、そこへラファイアひもで編んだ帆をかけた、ぼろ舟が、そう、ジャンクとかいうそうだが、近づいてきたんだ。舟には三人の褐色のマレー人が乗っていて、ぼくに向かって、歯を見せてなにか言ったんだ。まるで食ってやろうかとおどけているようだったね。『ニア、ナニア、プフェ、ヘム　ナガサキ』三人のうちの一人がなにか言ったんだ。『なにをふざけているんだ』なにを言っているかわからなかったのに思わず言われたことをオウム返しに言ってしまった。『ニア、ナニア、プフェ、ヘム　ナガサキ』するとおれの言い方が気に入ったんだか、男は早口になにやらべらべらまくし立てて、にやりと笑ったんだ。ナガサキという言葉だけはわかったけどね。ナガサキはこれから行く予定の日本の港町なんだよ。ぼくは言い返したね。『ナガサキまでこんなタライみたいなぼろ舟でどうやって行けるんだ？　くそったれめが』『ナイ』男はそう言うと、自分たちのジャンクを指さして、さらに空と自分の胸を指さし、なにやらわめいたんだよ。どうやら、ぼくをナガサキまで連れて行ってやると言っているようだった。『ナシを一皿もらってもおことわりだ』そう答えたとたん、三人の男どもはまるで褐色の悪魔になりかわったように、ぼくに飛びかかると地面に引き倒し、ムシロにくるんで、まるで荷物を投げるようにジャンクに放り込んだんだぜ。『こいつはとても快適とはいえないな』そうぶつぶつつぶやいているうちに、ムシロに巻かれたまま寝入ってしまった。眼を覚ますと、ぼくはもうジャンクの上ではなくて、どこかの海岸に倒れていた。頭の上にはお日様のかわりに大きなキクの花が咲いているじゃないか。おまけにまわりの木はみんなウルシ塗りだ。海岸の砂もまるで洗ったようにさらさらしていて、きれいなんだよ。こんなきれいなところなんて、日本以外考えられない、そう思ったたね。でも念のため、最初に出会った、なにか髪を結った、黄色い顔をした人に聞いてみたんだ。『すみません。ここはどこですか?』すると、笑顔を浮かべて答えてくれたんだ。『ここはナガサキですよ』」

「いやあ」シドニー・ホールは話を続けました。「おれはだれからもバカだとは言われてはいないよね。でも、どうしてもぼくには理解ができなかった。あのぼろいジャンクでカルカッタからナガサキまでたった一晩のうちに着いてしまうなんて。どんなに速い船だって十日はかかるはずだ。まるでタヌキにばかされたような気分だったね。でもまあ、とにかく。ナシをもうひとついただきたいね」

ナシをゆっくり上手にむいて食べ終わると、シドニー・ホールは話を続けました。「日本って国は大きくて不思議なところだ。住んでいる人はみんな陽気で、なんでも器用にこなしてしまうんだ。とてつもなくうすいお茶碗をあっというまにつくっちゃうんだからね。ほら、こうやって親指を立てて、くるくる回してかたちができると、そこへ絵付けをする。それでもうできあがりってわけだ。日本人は絵を描くのが信じられないくらいうまいんだ。ぼくは見たんだよ。ある絵師が絵筆を手から下の白い紙の上に落としてしまったんだね。すると筆は、自由に動き出して風景画を描き始めたんだ。みるみる家々が立ち並び、木々がそびえ、道を歩く人から空を飛ぶノガモまでみごとに描かれたすばらしい風景画ができあがってしまった。絵のできばえをほめるとその絵師はこんなことを言ったんだよね。『私の亡くなった師匠のすごい業《わざ》にくらべれば、こんなのは足元にも及びません。あるとき、雨で師匠のはいていたぞうりがすっかり泥だらけになってしまったのです。ところが、少し乾いてきたぞうりを見てみると、片方のぞうりにはウサギを追う猟師と犬の姿が、もう片方のぞうりには寺子屋で子どもたちと遊ぶ先生の姿が描かれているではありませんか』おどろいてしまうよね。

ナガサキからは蒸気船に乗ってアメリカのサンフランシスコに向かった。航海はなにごともなく平穏だったんだが、そこへ大嵐が突然襲ってきてね。船は難破して沈んでしまったんだ。だれもがあわてて救命ボートに飛び乗った。ボートはもういっぱいで、これ以上だれも乗る余地はなくなっていたんだが。そこへ沈みつつある船から船員が二人、大声で叫んだんだ。『女性が一人取り残されているんだ。何とか救命ボートに乗せてあげてくれ』『無理だな』だれかが大声で答えた。でもおれは思わず言ってしまったんだ。『だいじょうぶだ。席は何とかなるさ』そう言ったとたんに、おれは救命ボートのみなさんから海に投げ込まれてしまったのさ。でも、文句を言っても始まらない。なにしろ、どんな場合でもレディーファーストは守らなければならないからね。船が沈んでしまい、救命ボートもいなくなってぼくは一人大海原《うなばら》に取り残されてしまった。板切れにつかまって波に揺られていたってわけだ。まあ、なかなか快適だったと言いたいところだが、なにしろ水につかっているんだからね。まる二十四時間、水につかったままで、もうだめだ、助からない、もう終わりだ、そう思った。するとそこへ、ブリキかんが流れてきたんだ。なかには花火が入っていた。

『花火なんて何の役に立つ？　まだ、ナシのほうがずっといいんだけどな』最初はそう思ったね。でも、すぐ思い直した。すっかり日が暮れてあたりが真っ暗になったら、花火をあげてみよう。実際、空高く上がって、流星のように光ってくれた。二発目は星のように、三発目は太陽のように光ってくれたんだ。四発目はなにか歌を歌ってくれ、五発目は星のあいだに入り込み、いまでも光っている。こんなにして花火のあがるのを楽しんでいると、そこへ大きな船が近づいてきて、ぼくを甲板に収容してくれたんだよ。『おまえさん』船長はぼくに言った。『私たちが花火に気がつかなければ、いまごろおぼれていたね。あの花火は十マイルも遠くから、空高く輝いて光るのが見えたんだ。それで、だれかが助けを求めているんだと判断したんだ』その親切な船長の記念にナシをもうひとついただきたいね」

シドニー・ホールはナシを食べ終わると、元気に楽しそうに話を続けました。「サンフランシスコで船を降り、いよいよアメリカに足を踏み入れたってことだ。いいかい、アメリカはぼくの祖国なんだよ。なんていったってアメリカはアメリカだ。でもいくらぼくが話しても、だれもきっと信じちゃあくれないだろうな。なにしろ広大で、不思議な国なんだ。それからサンフランシスコから大陸横断鉄道に乗ってニューヨークにたどり着いたんだよ。ニューヨークにはとてつもなく高い家がいっぱい建っていてね。ビルとかいうそうだが、あまり高すぎでいつまでたっても完成しないんだ。レンガ職人や屋根葺き職人が一階から階段を上っていくと、ビルの真ん中あたりでお昼になってしまう。仕方なく、そこでお昼をすませるともう下に降りなくちゃならないってわけだ。そうしないと、夜ベッドにもぐりこむのにも間に合わないからね。

そんなことが毎日、毎日続くんだよ。でもアメリカにかなう国なんてどこにもないさ。ぼくはアメリカが大好きなんだが、そういう祖国愛をいやがるやつなんて、老いぼれたロバぐらいのものさ。

アメリカからはまた船に乗ってオランダのアムステルダムに向かった。その船の中で、そうなんだー航海中にー、うん。その船でとっても素敵なうれしいことがおきたんだ。あー、そうなんだよ。そうなんだ。あの世界一周旅行で、あれがぼくにとって一番うれしい、そう、ダントツにうれしい出来事だったんだ」

「いったい、なにがおきたんです?」刑事たちはいっせいに聞きました。

「うん。そうなんだ」そう言うと、シドニー・ホールはぽっと顔を赤くしたのです。「ぼくは婚約したんだ。その船にすてきな女の人が乗っていたんだ。アリスさんという名前なんだが、あんなにきれいな魅力的な人はきみたちの国どころか世界中探してもいないね。絶対いない!」シドニー・ホールは急にまじめな顔になりました。「でも、信じてくれ。ぼくはけっして自分のほうから、彼女に『好きです』なんて言わなかったんだよ。航海の最後の日にも、そんなことは一言も言わなかった。ごめん。ナシをもうひとついただきたいな」

ナシをそれはそれはおいしそうに食べ終わると、シドニー・ホールは話を続けました。「航海の最後の日の夜、ぼくが甲板を歩いていると、突然、アリスさんがぼくのところに近寄ってくるなり、こんなことを言い出したんだよ。『シドニー・ホールさん、ジェノヴァにいたことはありませんか?』『ええ、いたことはありますが』ぼくがそう答えると、『じゃあ、そのとき、お母さんからはぐれて迷子になってしまった女の子に出会いましたよね?』アリスさんがそうきいてきたんだ。『ええお嬢さん。それで、どこかの気のいいばかがその子をお母さんのところに連れていってあげてましたっけ』

アリスさんはちょっとだまってから、こんなことを言ったんだ。『シドニー・ホールさん、インドにもいましたわね?』『ええ』ぼくがそう言うと、彼女は今度はこんなことを言い出したんだ。『それでは、ガンジス川で洗濯していて、誤って川に落ちた女性を助けるために、走っている汽車から飛び降りた勇敢な男性を見ませんでしたか?』『ええ、見ることは見ましたが』いや、ちょっとさすがに戸惑ってしまった。『どこかの頭のおかしいやつだったようですね。まともな人ならあんなことをするわけがありませんからね』

アリスさんはちょっと口をつぐんでから、不思議そうにぼくの目をやさしそうに見つめたんだ。

『シドニー・ホールさん』アリスさんがまた聞いてきたんだよ。『沈む船に取り残されそうになった女性を助けるために、自分を犠牲にして救命ボートの席をゆずった、とてもいさぎよいりっぱな方がいたというのはほんとですか?』ぼくは、もうすっかり熱くなってしまった。『ええ、お嬢さん』ぼくは答えたよ。『ついこのあいだ、海に飛び込んだおっちょこちょいがいたという話は耳にしていますが』

アリスさんはぼくの両手を握って真っ赤になって小声でぼくに言ったんだよ。『シドニー・ホールさん。あなたってなんて親切なかたなの。でも、ご自分でそのことをお分かりですか？ジェノヴァで迷子の女の子を助け、インドでは洗濯していて川に落ちた女性を助けあげて見知らぬ女性の命を救ったんですわよね。そんなあなたをだれもが好きにならないわけはありませんわ』

アリスさんがそう言い終わったちょうどそのときに、神様ご自身がぼくの背中をお押しになったのさ。それで、もうアリスさんをぼくは抱きしめていたってわけだ。こんなしだいでぼくはアリスさんと婚約することになったんだよ。でも、婚約してからぼくはきいてみた。『アリス。ぼくがしでかした、とんでもない振る舞いの数々、それをいったいだれから聞いたの？　ぼくはだれにもこのことを自慢げに話してなんかいないんだけどね』

『その、つまり』アリさんはぼくに話してくれた。『今晩、広い海をぼんやり眺めながら、ふとあなたのことを思ったのです。すると、黒い服を着た小柄な婦人が私のそばに来られて、あなたについて全部話してくれたのよ』ぼくは礼が言いたくて、その黒い服を着た婦人を船内くまなく探し回ったが、見つけることはできなかった。でもね。いずれにしてもぼくはアリスさんと船中で婚約したんだ」ここでシドニー・ホールは話を終わり、キラキラ輝く眼をぐいとぬぐったのです。

「それで魔法使いはどうなったんですか？」刑事たちがいっせいに聞きました。

「魔法使いだって？」名探偵シドニー・ホールは答えたのです。「あいつは自分の好奇心で身を滅ぼした。ぼくのわなにはまったってわけだ。ぼくがアムステルダムのホテルに泊まっていると、だれかが部屋のドアをノックして、部屋に入ってきたんだよ。いや、それが魔法使い本人だったんだから驚きだ。やつは青い顔をしてなにか緊張して不安そうだった。そしてこんなことを言ったんだ。『シドニー・ホールさん。もう、もうとてもがまんできません。いったいどうやって、この私を捕まえるつもりなのか教えてください』

『それは教えられないね。そんなことをしたらぼくの計画がきみにわかってしまい、きみはまんまと逃げおおせるだろうからね』

『そんな』魔法使いはしょんぼりとした声で言ったんだ。『少しは私の身になってもくださいよ。どうやってこの私を捕まえるつもりなのか、知りたくて知りたくて、もう夜もおちおち眠れないんですからね』

『それはお気の毒』おれはやつに言ってやった。『じゃあ教えてやろう。でもその前に、おれに約束するんだな。どうやって捕まえるか、それを聞いた瞬間から、すべておれの言うことをきいて、けっしておれから逃げ出そうとしないことをね』

『約束します』魔法使いはきっぱり言ったんだよ。

『魔法使いさん』ぼくは思わず立ち上がってしまったね。『みごとにひっかかったね。そんなりっぱな耳があるのにぼくにだまされるなんて。いいかい。ぼくはきみのその好奇心をきっちり計算していたんだよ。ぼくがどんな策略でおまえを捕まえようとしているのか、知りたくておまえが海でも陸地でも、ぼくに付きまとっているのをぼくが知らなかったとでも思っていたのかい。きっと、結局はぼくの前に姿を現すとわかっていたよ。そして、現にいまここに来てくれたってわけだ。自分の好奇心を満足させて、その代わり自由を失ったんだね。これでぼくの計画はまんまと大成功というわけだ！』

魔法使いはすっかりしおれてね、真っ青な顔でおれに言ったよ。『シドニー・ホールさん。あなたはとんでもない策略家ですね。この魔法使いの私でさえ見事に裏をかかれてだまされたんですから』まあ、こんなわけさ。これでぼくの話はおしまいだ」

シドニー・ホールが話し終わると同時に、刑事たちは全員大喜びし、見事に魔法使いを捕まえて、幸せいっぱいのアメリカ人の探偵を祝ったのです。シドニー・ホールはにっこり満足そうに微笑《ほほえ》んで、お皿に盛られたナシの中から一番おいしそうなのをさがしていましたが、ふと紙に包まれたよさそうなナシが目に入ったので、それを選び出したのです。包まれた紙を開いてみると紙には『シドニー・ホール様へ。思い出のかわりに。ジェノバの少女より』と書かれていたのです。

シドニー・ホールがナシの盛られたお皿を見ると、もうひとつ紙に包まれたのがあったのです。そこでその紙を開いてみると紙にはこんなことが書いてありました。

『ガンジス川でおぼれかかった女です。おいしいナシがいっぱい食べられることを祈っています』

シドニー・ホールが紙に包んである三つ目のナシの紙を開いてみると、そこには『救命ボートに乗れず、あやうくおぼれるところをお助けいただいた女です。心から感謝しております』

四つ目のナシを包んだ紙を開いてみると、『あなたのことをいつも思っています。アリス』と書いてあったのです。そして、お皿にはもうひとつ、とてもおいしそうなナシが残っていました。シドニー・ホールがそのナシを二つに割ってみると、中から二つ折りになった封筒が出てきたのです。そして『シドニー・ホール様』と宛名が書いてありました。シドニー・ホールは急いで封筒を開けて、手紙を読みました。

『秘密をかかえている者は、高熱にはご用心。ガンジス川の岸辺で、高熱のために意識が朦朧《もうろう》となった探偵は自分の秘密にしていた計画を全部、うわごとでもらしてしまったのです。ええ、りっぱな耳をした、いかにもだまされやすい人が立てた計画でしたね。でも、どういうわけかわたしはあなたが好きになってしまいましてね。せっかく頭を絞って立てた計画です。懸賞金の銀貨千タ―レルを取らしてあげたくなってしまったのです。それで、自分から捕まってあげたのですよ。手に入れた懸賞金は私からの結婚祝いとしてお受け取りください』

シドニー・ホールはそれはもうすっかりたまげてしまいました。「みなさん。これで、なぞが全部解けました。りっぱな耳のだまされやすい老いぼれロバはぼくのほうだったんだ。あの日、ジェノヴァで迷子の女の子のお母さんを見つけようとぼくが走り回っているあいだ、いかりをしっかりつかまえてあげさせなかったのは、魔法使いだったのだ。アラビア人に化けてぼくをワニから救ってくれたのも魔法使いだ。船員が二人でぼくを殺そうとしたときに、船室でうとうと居眠りをしていたぼくを起こしてくれたのもあの魔法使いだったんだ。ガンジス川のほとりで、けがのためにうわごとで計画をもらしたのを盗み聞きしたのも魔法使いだったんだね。ジャンクにこっそりぼくを乗せてナガサキまで予定通りぼくが着くように手はずを整えてくれたのも魔法使いだったし、海に一人取り残されたときに、花火の入った箱がぼくのところに流れ着くようにして、ぼくの命を救ってくれたのも魔法使いだ。小柄な黒い服を着た婦人に化けて、アリスがぼくに好意を持つように仕向けたのもあいつさ。いかにも好奇心にあふれた、間抜けな魔法使いのふりをして、あいつは最後に、自分で頭に描いていたとおりにおれに懸賞金を取らせてくれたんだな。おれは魔法使いよりも利口になりたいと思ったが、かなわなかったね。その上、やつはおれよりずっと上品だ。だれも魔法使いにはかなわないのさ！　おい、みんな。ぼくに唱和してくれ。魔法使い、万歳！！」

「魔法使いに栄光あれ！」刑事たちも大声で叫んだのです。その声があんまり大きかったので町中の窓ががたがたとゆれたそうですよ。

五

盗まれた子ネコのユーラを取りもどすためには、名探偵シドニー・ホールがつかまえた魔法使いを裁判にかけなければなりません。

でっぷり太った裁判長のコルプス・ユリスさんが高いテーブルの向こうの立派な椅子に、いかめしい顔をして座っていました。被告席には魔法使いが両手をしばられたまま座っていました。

「さあ、立つのだ」裁判長は雷のような大声で魔法使いに命じました。裁判長は魔法使いを問いただしました。「被告はこの国で生まれた年令が一歳になる、王様の子ネコ、ユーラを盗んだ罪で訴えられている。被告はこの罪を認めますか?」

「認めます」魔法使いは静かに答えました。

「認めるだと? このふとどきものめ。うそをつくな」裁判長がまた雷を落としました。「そんな言い訳はまったく信用できない。まずは証人に証言してもらわなければならないな。それでは、証人として、まず、とてもやさしい心をお持ちの王女様をお連れしてください」

証人として王女様が入廷されました。

「王女様」裁判長はまるで別人のようなやさしげな声で言いました。「このろくでなしめが王女様の大切なあの上品ですてきな子ネコのユーラを盗んだのはほんとうですか?」

「ええ、ほんとうだわ」王女様はお答えになりました。

「被告、いいか、このろくでなしめが」裁判長はまた雷を落としました。「もうこれでおまえの有罪は確定したぞ！　いいか、盗んだ方法を具体的に述べるんだ」

「はい、わかりました」魔法使いは答えました。「その子ネコは私の頭の上に落ちてきたのです」

「ばかもの！　うそをつくではない」裁判長は魔法使いをしかりつけ、王女様のほうを向いて、とてもやさしく、小声で聞いたのです。「王女様。お飼いになっていた、かわいい子ネコがどのように盗まれたかご存じですか？」

「ええ」王女様はお答えになりました。「その魔法使いの言うとおりだわ。落っこっちゃったの」

「なるほど。このろくでなしが。盗んだ方法は王女様の御証言でよくわかった」裁判長はまた大声で魔法使いをどなりつけたのです。「だが、盗人め。いったいなぜ盗んだんだ？」「子ネコは落ちたときに足を折ってしまったのです。それで、折れた足をなおして、包帯をしてから、コートの中に入れてやりました」

「この悪党が」裁判長はどなりつけました。「なにからなにまでうそをつきおって！　それでは、こいつが立ち寄ったストラシュニツェのパブのおやじに証言させよう」

そういうわけで、ストラシュニツェのパブのおやじが証人として呼ばれたのです。

「いいか、おやじ」裁判長が大声で言いました。「この盗人について知っていることを話すのだ」

「はい、わかりました」パブのおやじはおそるおそる小声で答えました。「裁判長様。そこの

男はうちの店に入ってきて、コートの中からなにやら黒い子ネコを取り出して、包帯をかえてやっていましたが」
「うむ。こいつ、どうもうそをついているな」裁判長のコルプスさんは小声でつぶやきました。「それで、そのかわいい子ネコをその男はそれからどうしたのだ？」
「それから」おやじは答えました。「子ネコを放してやりました。そのとたん、子ネコはあっという間に走っていなくなってしまいました」
「うーむ。子ネコを虐待しおって」裁判長は魔法使いに言いました。「子ネコを逃がしてしまいおって！　それで、王女様の大切な子ネコはいまどこにいるんだ？」

「おそらく、もうとっくに」魔法使いは答えました。「生まれたもとのところにもどっていますよ。ネコってそういうものでしょう」

「生意気を言いおって。ずうずうしいやつだな」裁判長は思わずほほえんだのです。「おれに説教する気か？」ところが今度は急に再び王女様のほうを向いて、かろうじて聞こえるような小さな声でききました。「お姫様。この気高い、すてきな子ネコのユーラはどれぐらいの価値があるとお考えですか？」

「この国を半分あげるからユーラをほしいといわれても、絶対あげないわ」王女様ははっきりと言ったのです。

「わかったか。このろくでなしが」裁判長は魔法使いをどやしつけました。「いいか。おまえはこの国の半分を盗んだことになるんだぞ。それは、わかっておるな、死刑に値する罪なんだ」これを聞いたお姫様はなんだか魔法使いが気の毒になりました。「タルト一切れと」すぐにおっしゃりなおしたのです。「ユーラを交換してもいいかもしれないわ」

「王女様、そのタルト一切れはいかほどの値打ちのあるものでしょうか？」

「そうね」王女様は答えました。「クルミのタルト一切れなら五ハリーシュ硬貨一枚と、イチゴのタルト一切れなら五ハリーシュ硬貨二枚と、クリームのタルトなら五ハリーシュ硬貨三枚とユーラを交換してもいいわね」

「それで、お姫様。ユーラはどのタルトとなら交換なさいますか？」

「それは、クリームのタルトがいいわ」お姫様はおっしゃいました。

「いいか。被告」裁判長は魔法使いに大声で言いました。「そのほうは一五ハリーシュ盗んだと同罪ということになる。この悪党が。法律上、それは三日間の刑務所行きということだ。さっさと、行くんだ。三日間だぞ。このふとどき者。ろくでなしの盗人が。どろぼう野郎め！」「おそれ多くもお姫様」裁判長は王女のほうを向くと言いました。「お姫様に聡明なうえに機敏な御証言をいただき、大変感激しております。どうか、お父上の国王陛下に、もっとも忠実で従順な、閣下にすべてをささげている、法にあくまでもしたがう、裁判長コルプスの心からのご挨拶をお伝えくださいませ」

　魔法使いは刑務所でカビの生えたパンと腐りかけてくさいにおいのする水しか与えられませんでした。それでも魔法使いは座ったまま、微笑を絶やしませんでした。すると、しだいに魔法使いの目がきらきらとどんどん輝きを増していったのです。そして、夜もふけたころ、魔法使いは立ち上がりさっと手を一振りしたのです。たちまちなにかすてきな音楽が響いてきました。そしてまるで花が咲き乱れているようにとてもいい香りがあたり一面にただよったのです。おどろいたことに、刑務所のなにも生えていなかった中庭に、突如としてバラが一面にぐんぐん育って花を咲かし、ユリがいっせいに青白く輝いている月に向かって挨拶したのです。パンジーとスズランが花壇でところせましと咲き、ガマズミとシャクヤクのずっしりと重い花が風になびいています。ノバラが白と赤の花を咲かせ、ノバラの木の上からはナイチンゲールの歌声が聞こえてきます。

このとき死刑判決を受けた殺人犯は独房の中でふと目をさまし、放火犯は硬い寝床の上から目をこすりこすり起きてきました。囚人の一人はおどろいて立ち上がり、窃盗犯の男は驚きの声を上げました。詐欺師は詐欺師でなにがおきたのかわかりもしないのに、両手を合わせてこれまでの罪を悔いあらためたのです。なにしろ牢獄の冷たいじめじめした壁がすっかり開いて、ほっそりとした魅力的な円柱が立ち並らぶアーチ状の天井のある大きな部屋に変わったのですからね。囚人たちの汚れた寝床には真っ白なシーツがかけられていました。窓の格子は無くなり、扉には鍵がかかっていませんでした。石段を何段か降りればそこはもう花が咲き乱れる庭園だったのです。

「おい、まだ寝ているのか?」殺人犯がとなりの放火犯をおこしました。

「もちろん、起きてるさ」放火犯はこたえました。「だがな。熱にうなされて夢でも見ているんだろうか。なにか、まるでここが牢獄じゃないような気がしてきたんだよ」

「おい、みんな」囚人の一人がみんなに言いました。「なんだか、たったいま死んじまって天国にたどり着いたばかりのような気がするぜ!」

「天国だって」詐欺師が大きな声で言いました。「おれが天国にいるわけがないだろう? きっと、なにかすてきな、そうだ、パラダイスにいる夢を見ているにちがいない」

「これは夢なんかじゃない」窃盗犯が言い返したのです。「ほんとうなんだよ。いいか、みんな。ほらここにあるユリの花だって何だって、みなどれも実際触れることができるぜ。一本失敬できたらな！」

「どうぞ、お持ちください」やさしげでいて、しかも、どっしりとした声がきこえました。魔法使いが囚人たちのまんなかに白いローブをまとって立っていたのです。「みなさん、これはみな、みなさんのためにご用意したものですからね！」

「だんな」囚人の一人がおそるおそるたずねました。「だんなもあっしらと同じ囚人なんですかね？」

「ええ、私もみなさんと同じ囚人です」魔法使いは答えました。私も有罪判決を受けたものですから。この庭は私たちのためなんです。木の下にはもうテーブルが用意されています。ナイチンゲールがみなさんのためにすてきな声で鳴いていますし、みなさんのためにバラも咲いています。さあ、夕食をいただきましょう」

囚人たちはそろってテーブルに着き、食事をたっぷり心行くまで食べ、飲んだのです。魔法使いがもてなしてくれた食事もワインもそれはすばらしいものでした。しかし、魔法使いがワインを詐欺師につごうとしても、詐欺師は目を伏せたままことわったのです。そして静かに言いました。「だんな、いただくわけにはいかないんで！」

「それはまたどうしてですか?」魔法使いがききました。

「だって、あっしにはそんな値打ちはございませんからね。なにしろ、たくさんの人をだましてひどい目にあわせてきましたから。とてもワインをいただくなんてことはできません」

するとと魔法使いの目がキラキラ輝いたのです。でも魔法使いはなにも言わず、ほかの囚人たちをもてなし始めました。殺人犯の囚人に魔法使いが赤ワインをつごうとしたときに、殺人犯の手が震え、ワインが何滴かテーブルクロスにこぼれました。

「だんな」殺人犯の男は魔法使いにむかってしょんぼりして言いました。「ワインの赤い色を見るとあのときの血の色がよみがえってくるのです。、罪のない人を殺したときに流れ出たあの血の色です! ああ、とてもたえられません!」

魔法使いは無言のままでした。それなのに魔法使いの目はさらにきらきらと輝いたのです。魔法使いは別の囚人にワインをつごうとしましたが、その男も大声で叫ぶように言いました。「いえ、とんでもない。ワインなんてとてもいただけません。おれは人をめちゃめちゃに殴り倒して、かたわにしたり、殴り殺しさえしたんですから。みんな勝手気ままにやってしまったのです。親しげに差し出された手を、たたき返したのです。おれをとてもとても大切にしてくれた人をさんざん苦しめてきたんですからね」

魔法使いの顔がパッと輝きました。しかしあいかわらず魔法使いは黙ったままでした。少しして魔法使いは窃盗犯のほうを向き、とてもおいしそうなナシを一皿さしだしました。「さあ、どうぞ」魔法使いが心のこもったやさしい声で言ったのです。「このナシはあなたのですよ」

「だんな」窃盗犯は叫ぶように言いました。「あっしは、人さまのものをさんざん盗んできたんです。ですから『あなたのですよ』と言われてもいただくわけには」

これをきいた魔法使いはにっこり笑い、今度は放火犯の男のところに近寄って言いました。「さあ、あなたもどうぞお食べください。食べるとリフレッシュできますよ」

「だんな、いただくわけにはいきませんよ」放火犯はつぶやきました。「みな、あんなに親切にしてくれたのに、あっしはその人たちの家の屋根に火をつけて家を焼き払ってしまったんですからね。いまじゃ、あの人たちは乞食になって、一切れのパンをめぐんでもらっているんですよ。あの人たちにこそ、食べてもらいたいものです」

これをきいた魔法使いの目は星のように輝いたのです。魔法使いはすくっと立ち上がって言いました。「あなたは長年、飢えと渇きに苦しめられてきました。長年、舌でおいしい甘いものを感じたり、心に喜びを感じることもなかったのです。なのに、何にも食べず飲みもしないなんて。さあ、遠慮せず、どんどん食べてどんどん飲んでください」

ところがこのとき、庭のほうからなにか人がいっぱい歩く足音が聞こえてきたのです。そして囚人たちと魔法使いのほうへ、その日の食事にも事欠く人たち、手足の不自由な人たち、それに乞食たちがぞろぞろと一団となって近づいてきました。

「えっ。まさか」詐欺師の男が叫びました。「あそこにいるのはおれがだまして金をせしめた男じゃないか！」

「まさか、あれは」殺人犯が半《なか》ばおどろきながらうれしそうに言いました。「あそこにいるのはおれが殺した男だ！」

「なんてことだ」四人の一人が言うのが聞こえました。「びっこをひいたり、手が不自由なあの人は、おれが前に痛めつけた人だ！」

「おい、みんな」泥棒だった男が興奮して声を上げました。「おれがあいつの身ぐるみをはいだんだ！」

「あれっ」放火犯が叫びました。あの乞食たち、あれはおれが火をつけた家の持ち主だった人たちだ！」

さあ、大変な騒ぎになりました。詐欺師は食べ物やワインを、自分がだましてひどい目にあわせた人たちのところへ運び始め、殺人犯は殺した男の前でひざまずき、きずを自分の涙できれいに洗い流し、切り裂いたテーブルクロスで包帯をしたのです。泥棒はテーブルに置かれた金と銀の食器を無理やり押しつけるように、自分が盗みを働いた人たちに渡したのです。これを見た放火犯は泣きながら言いました。「おれが財産のすべてを奪ってしまったので、この人たちは乞食をするまでになったんだ。おれはなにをあげればいいんだろう?」突然、放火犯は庭に咲いている花という花をつんで、乞食たちの両手いっぱい持たせたのです。

詐欺師が飲まず食わずですごしてきた人たちに腹いっぱい食べたり飲ませたりしているあい

だに、殺人犯は自分が殺したはずの男のきずに包帯を巻いていました。囚人の一人はけが人の手当てをし、窃盗犯は盗んだものをお返ししていました。放火犯は乞食のぼろぼろになった服を花で飾っていたのです。囚人たちはだれ一人としてなにも口にせず、みなさんをお城へと案内し、白いきれいなシーツを敷いたベッドで眠ってもらったのです。そして自分たちは固い床にごろりと横になりました。

魔法使いはひとり庭に残り、両手を組んで目を星のように輝かせていました。甘くとろけるような穏やかな眠りが牢獄をすっぽりと包んでいました。

そこへ突然、看守たちが牢獄の中庭になだれ込んできて、牢の扉をどんどんとはげしくたたいたのです。「おい、いつまで寝ているんだ。さっさと起きるんだ」看守たちは口々に叫びました。「いいかげんにしろ。おまえらはもう三日も寝続けているんだぞ。今までなにをしても目を開けなかったんだ！」

囚人たちはあわてて目をさましました。そして、自分たちが固くて汚いもとの寝床のわきの床に寝ているのに気がついたのです。ほっそりとした円柱が立ち並らんでいた部屋は、冷たいじめじめしたもとの牢獄の壁にもどっていました。がらんとした中庭にいっぱい花を咲かせていた草や木もすっかりなくなっていたのです。牢の床にバラとユリの葉が何枚か散らばっているだけでした。

「おれたちは三日も目を覚まさず寝ほうけていたのか？」殺人犯はおどろいていいました。

「まさか」放火犯も声を上げました。「ただの夢だったのか？」

「看守さん」窃盗犯がおずおずとたずねました。「だれか、男が一人いませんでしたかね？」

「いたさ」看守が答えました。「国王陛下の子ネコを盗んだ男がね。そいつは三日間、身動きもせずに自分の牢の中に座っていた。目を星のように輝かせてね。だが、今日、刑期を終えたかと思うと、なにかかわいい小鳥に姿を変えて消えやがった！　置き土産のつもりか、魔法で裁判長閣下の耳をロバの耳にしてな。だがもういい。おい、おまえら、さっさと起きるんだ！」

こうして、囚人たちはもとの刑務所暮らしにもどったのです。でも、これまでとはちがうこともおきました。くさったにおいのした水差しの水は、それからずっととても甘いワインの味がするようになり、カビくさかったパンは口に入れるととてもおいしい味がするようになったのです。そして、すてきな花の香りが牢獄中にただよっていました。夜になって寝床に入ろうとすると、寝床には清潔な真っ白いシーツがかけられていたのです。

六

王女様は子ネコのユーラが生まれたもとのところにもどっているという魔法使いの言葉をお信じになって、使いをあのおばあさんの家へつかわしました。

使いは馬に乗って、飛ぶようにおばあさんのところへ駆けつけました。馬のひずめからは火花が飛びちるほどの猛スピードでした。家に着いて見てみると、いました、いました。黒い子ネコがおばあさんの孫のヴァシェクに抱かれていたのです。

「おい、ヴァシェク」使いは大声で言いました。「王女様はその子ネコをお城に引き取りたいとお望みである」

ユーラがいなくなるのかと思ったとたん、ヴァシェクの心臓はキュッと痛みました。でも、答えたのです。「わかりました。ユーラはぼくが王女様のところへ自分で連れて行きます」

ヴァシェクはユーラを袋に入れると、すぐにお城の王女様のもとへと急ぎました。「王女様、ユーラを連れてまいりました」ヴァシェクは王女様に申しました。「この子ネコが王女様のユーラなら、どうぞまたお飼いになってください」

ヴァシェクが袋を開けましたが、ユーラは、以前おばあさんのかごの中から元気よくぴょんと飛び出したように袋の中から出てきませんでした。かわいそうに、一本の足を引きずりながら、やっと袋の中から這い出てきたのです。

「この子ネコ」王女様が申しました。「ほんとうにユーラかしら？　ユーラは足なんか引きずってなかったわ。でも、だれにもわからないわよね。でも、あっ、そうだわ。ブフィノを呼んできて」

ブフィノはユーラを見たとたん、もううれしくてうれしくて、しっぽをビュンビュンとちぎれんばかりに振りました。でも、二匹がどんな会話を交わしたのかは、いまになってもだれにもわからないんですよ。

「やっぱりユーラなんだわ」お姫様は大声で言いました。「ブフィノにはわかるのね。ヴァシェク、ユーラをつれてきてくれた御礼になにをすればいいかしら？　お金がいい？」

ヴァシェクは顔を赤くしてすぐに答えました。「王女様、そんなものいりません。うちのおばあさんは使い切れないほどお金を持っていますからね」

「それなら――それなら――お菓子のタルトならどうかしら？」王女様はお聞きになりました。

「いいえ、いりません。お菓子ならいっぱいありますからね」

「それなら――それなら――」王女様はちょっと考え込んでから申しました。「いいわ。私の持ってるおもちゃのどれでも好きなのを持ってって」

「おもちゃなんていりません」ヴァシェクは手を振ってことわりました。「ほら、見てください。このナイフでおもちゃでも何でもぼくはつくれますからね」

王女様は困ってしまったのです。もうなにをヴァシェクにあげたらいいか、わからなくなってしまいました。

「それじゃ、ヴァシェク」とうとう王女様はこんなことをおっしゃりました。「あなたのほしいものを私に言ってちょうだい」

ヴァシェクの顔はケシの花のように真っ赤になりました。

「早く言いなさいよ」王女様はヴァシェクをせかせたのです。

「いえ、とても申せません」ヴァシェクは耳まで真っ赤になって、やっと答えました。

今度は王女様がシャクヤクのようにすっかり赤くなっておっしゃりました。「なぜ言えないのかしら？」

「だって」ヴァシェクは悲しそうに言いました。「そんなこと、王女さまがぼくにしてくれるわけがないもの」

王女様はもう真っ赤なバラの花のように赤くなっておっしゃいました。「いいのよ」王女様は困っておっしゃいました。「なんでもしてあげるから」

ヴァシェクは首を振って言いました。「してくれるわけがないもの」

「はっきり言って。なにがしてほしいのよ？」

「いいえ申せません」ヴァシェクは悲しそうに言いました。「ぼくは王子様じゃないもの」

「ほら、ヴァシェク、あっちを見て」王女様が早口でおっしゃいました。ヴァシェクがそちらを向くと、王女様は爪先立ちになって背を伸ばし、ヴァシェクのほほにチュッとキスをしたのです。すっかりぼおっとしてしまったヴァシェクが気がついたときには、王女様は部屋の隅に駆け込んでいて、つかまえたユーラの毛並みの中に顔をうずめていました。

ヴァシェクはすっかりうれしくなって、どぎまぎしながら言いました。「王女様、ありがとう。でも、ぼくもう帰らなくちゃ」

「ヴァシェク」王女様が小声でささやくようにお聞きになりました。「あなたのしてほしかったのはこれだったのね？」

「あの。はい、そうです、王女様」ヴァシェクはつぶやくように答えました。ちょうどそのときお付の侍女たちが部屋に入ってきてしまったのです。ヴァシェクはあわてて部屋から逃げ出しました。

ヴァシェクはすっかりうれしくなって、家まで急いで帰りました。ただ、途中森に寄り道して一本の木の皮をナイフで剥いで、手の中に入るほどの小さな、すてきな舟をつくったのです。そしてその小舟をポケットに入れると、飛ぶようにして家にまっすぐ向かったのです。家に着くと——おどろいたことにユーラが戸口でヴァシェクを出迎えたのです。悪いほうの足で毛並みをつくろっている最中でした。

「おばあちゃん」ヴァシェクはおもわず叫び声をあげました。「ユーラをお城へ連れて行ったばかりなのに！」

「いいかい、ヴァシェク」おばあさんは答えたのです。「ネコは生まれたところへ帰ってくるものさ。たとえどんなに離れていてもね。あしたの朝になったら、また、お城に連れもどすんだね」

ヴァシェクは夜が明けると、ユーラをつれて急いでお城に向かいました。そして、お城に着くと王女様に息もつかずに一息で言いました。「王女様、ユーラをまた連れてきました。まったくこまった子ネコです。ぼくんちにもどってしまうんですからね」

「まあ、悪い子ね」王女様はおっしゃりました。「風みたいに飛んで帰ってしまうなんて」

「王女様」ヴァシェクは聞こえるか聞こえないような小声でそっと聞きました。「この小舟もらってくれますか?」

「ありがとう。うれしいわ」王女様はそうお答えになり、続けて聞いたのです。「ヴァシェク、ユーラを連れもどしたお礼に今日はなにがしてほしいの、言ってごらん」

「ぼくわからないや」ヴァシェクはそう答えるともう髪まで真っ赤になっていました。

「はっきり言いなさいよ」王女様はそう小さな声で言うとぱっと顔を赤くしたのです。

「でも、ぼく言えないや」

「言って!」

「だめです。言えません」

王女様は首をかしげられて、もらった小舟を指でいじりながら、思い切っておっしゃったのです。「いいわ。きのうしてあげたことをしてほしいのかしら?」

「あの、でも」ヴァシェクはあわてて口ごもりながら答えたのです。そして王女様がヴァシェクのほほにキスをし終わるか終わらないうちに、もう家にすっ飛んで帰ってしまったのです。でもとてもうれしそうでした。ヴァシェクは帰る途中で一度だけヤナギの木のもとでちょっと立ち止まり、枝を切ると、すてきな笛をつくりました。

ヴァシェクが家に着くと、——もうユーラが戸口でヴァシェクを待っていたのです。足でぴんと張ったおひげのお手入れをしていました。「これはまた」ヴァシェクはおばあさんを呼びました。「ねえ、ユーラがまた家に帰ってきちゃったよ！」「ユーラをつかまえるんだ」おばあさんが言いました。「あしたの朝、さっさともう一度お城にユーラを連れて行くんだ。もうそろそろお城になれるころさ」

朝になるとヴァシェクは袋に入れたユーラを背負って、また、お城に行きました。そして王女様の顔を見るなり言いました。「ユーラがお城から逃げ出してまた家にもどっていたんです」ところが王女様はにこりともしないでヴァシェクをにらみつけ、一言も口をきかなかったのです。「王女様、ほら」ヴァシェクは小声で言いました。「この笛、きのう、ヤナギの木の枝を切ってつくったんだ」

「こちらによこしなさい」王女様はあいかわらずしかめっ面のままでした。ヴァシェクは一生懸命考えましたがどうしても王女様のご機嫌がなぜ悪いのかさっぱりわかりませんでした。

王女様は笛を吹いてみました。笛からはすてきな音色が聞こえてきましたが、おどろいたことに王女様はこんなことをおっしゃったのです。「ヴァシェク、あんたって悪い子ね。私わかっちゃったの。あなた、きのうと同じことをして、して——してほしいばっかりにわざとユーラをお城から逃がしているでしょう！」

ヴァシェクはすっかり悲しくなってしまいました。かぶっていた帽子をとると、さびしそうに言ったのです。「王女様がそうお考えなら、しかたがありません。もう二度とお城にはうかが

いません」
　ヴァシェクはとぼとぼと家に帰りました。ところが、ヴァシェクが家に着くと、もう家の戸口にユーラが座って待っていたのです。もうミルクでお腹はいっぱいだとばかりにからだ中を舌でなめて毛づくろいをしていたのです。
　ヴァシェクも戸口に座り、ユーラをそっとだきあげ、なにも口をきかずにだまっていました。
　そこへ、王様のお使いが馬に乗って飛んできました。「ヴァシェク！」使いの者は大声で叫んだのです。「王様がユーラをつれて城に来るようにお命じだ！」

「そんなことをしても無駄ですよ」ヴァシェクが答えたのです。「ネコの生まれたところにもどる習性はどうしようもありませんからね」

「だがな、ヴァシェク」使いの者は伝えたのです。「王女様もそちが毎日お城に来るようにとお命じになっているのだぞ」

ヴァシェクは首を横に振りました。「でも、ぼく。もう二度とお城には行かないって王女様にお話ししちゃったもの」

そこへ、おばあさんが戸口に顔を出しました。「お使いの方。イヌは飼い主にすぐなつきますが、ネコはそうはまいりません。ネコは家になつくものでございます。ユーラはもうこの家にすっかりなついてしまっているのです」

これをきいた使いの者は馬にのったままふたたびお城に大急ぎでもどりました。

次の日、おばあさんの家の戸口の前に、百匹の馬にひかれたそれはそれは大きな馬車が止まりました。馬車から御者が下りてきて大きな声で言いました。「おばあさん。王様が、ネコが家になつくものなら家ごとネコをお城に連れてまいれとおおせじゃ。そなたとヴァシェクもいっしょに連れてまいれとのご命令だ。家ぐらい、城の庭に運び込むことなど造作のないことだとのおおせなのだ」

たくさんの王様の家来がおばあさんの家を馬車に乗せました。御者がムチを振り、「ハイッ、ドウ」と声をかけると百頭の馬が馬車をひき始め、おばあさんの家を乗せた馬車はお城へと進んでいったのです。馬車に乗せられた家の戸口にはおばあさんとヴァシェク、それにユーラが乗っていました。

その時、おばあさんは皇太后様が見た夢を思い出したのです。ユーラが次の王様をお城に連れてくるという夢だったのですが、その次に王様になる方はまるごと自分のお家といっしょに馬車に乗ってやってこられるとのことだったのです。でも、おばあさんはそのことを口には出さずに黙っていました。

馬車は大歓迎の中お城に着きました。おばあさんのお家は庭に下ろされたのです。ユーラはお家の中にいましたから、これまで通り、おばあさんとヴァシェクといっしょに暮らすことができました。ですから、もうそこから逃げ出そうなどとは思わなかったのです。王女様はユーラと遊びたくなった時には、このおばあさんのお家に出向かなければなりませんでした。王女様はユーラのことが大好きでしたから、毎日おばあさんのうちに出向くことなどまったく苦になりませんでした。もちろん、ヴァシェクともとても仲のよい友だちになりました。

これで、長い長いいたずら子ネコと王女様のお話はおしまいです。でも、王女様とヴァシェクがその後どうなったか、だれもが知りたくないわけはありませんよね。ですから、これだけはお伝えしておきます。いいですか。ヴァシェクが大きくなってこの国の王様になったとしたら、それは、ユーラがいたからでもありませんし、王女様と大の仲良しだったからでもありません。

ヴァシェクがこの国のためにおこなった数多くの偉大で勇敢なおこないがヴァシェクをこの国の王様にしたのです。

訳者あとがき

みなさん、チャペックさんの「長い長い郵便屋さんのお話」をはじめ九つのお話を読まれていかがだったでしょうか?

おもしろい、話が自由奔放、奇想天外、前代未聞でとてもついていけない、笑い転げた、ハチャメチャでびっくりした、ちょっと理屈っぽくてわかりにくい、つまらない……さまざまな感想があると思います。

訳者の私も、たしか小学校の高学年ころに岩波少年文庫の中野好夫さんの「長い長いお医者さんの話」ではじめてこの童話集を読みました。わくわくと心を躍らせながら読んだ記憶があります。ただ、そのとき、子ども心になにかわかりにくいところもたしかにありましたが……。

チャペックは「童話は乳母の語るおとぎ話である」という古代ギリシャの哲学者プラトンの考えを支持し、童話は語りだとはっきりと述べています。たしかに、チャペックさんの書いた九つの童話は、どれも語りかけるように書かれています。ですから、できればお父さんやお母さん、おじいちゃんやおばあちゃん、あるいはだれか語り部さんに話を語ってもらうと、たちまちのうちに物語の中にスーッと吸い込まれてとても楽しい不思議の世界ですごすことができるのではないでしょうか。もし、だれもが忙しくて読んでもらえないときには、声を出して自分で読むのがおすすめです。翻訳にあたっても、できるかぎりチャペックさんの語りの「味」

を消さないように努力したつもりです。

童話はたいていは遠い遠い世界の話のはずです。山をいくつもやっとのことで越えて海に出て、そのはるか向こうの陸に広がる砂漠を越えて……といった調子です。たしかにチャペックの童話にもそんなお話もありますが、たいていのお話はちがいます。読者は郵便局にもカレル広場にも小人が住んでいる！　お巡りさんが竜を退治する！　チェコのどの川にもカッパがいる！　ヘイショヴィナ山には魔法使いまで住んでいる！　それだけでおどろきたまげてドキドキ、ワクワクします。それで？　それで！　どんどん先を読みたくなる、といった感じでしょうか。ところが、童話に出てくる郵便屋さんもお巡りさんも魔法使いの往診に行くお医者さんも小人や竜、魔法使いが現れてもまったくおどろかないのです。まるでありふれた日常の一コマのようです。「やはり郵便局にも小人がいるんだな」、「プラハ郊外にまで竜が現れたのにはまいったな！」、「魔法使いなんて面倒な患者の往診か！　やれやれ」といった感じなのです。童話の語り手、つまり作者のチャペックさんも、まるでそれが当たり前のように淡々と語っています。

チャペックさんは、「童話は創話である」と述べています。つまり童話は「つくり話」なのです。小説もフィクション、つまりつくり話ですから童話と小説のあいだにはっきりとした境などはないのかもしれません。ただ、大昔から語り継がれているおとぎ話にしろ新たにつくられたおとぎ話にしろ、童話は空想的でも超自然的でもなく、ただ、具体的な現実の制約を取り除いた、

「あったかなかったかに拘束されない柔軟な独特な雰囲気の世界を」つくりだしているのです。

言い遅れましたが、カレル・チャペックは中央ヨーロッパにあるチェコという国の作家です。一八九〇年に生まれ一九三八年に亡くなりました。第一次世界大戦と第二次世界大戦のあいだの二十年ほどの短い期間に精力的に活動しました。今では誰でも知っている「ロボット」という言葉をつくったのも実はチャペックなのです。この童話集「長い長い郵便屋さんのお話」をチャペックが書いたのは一九三二年のことでした。

チャペックの生まれ育ったのはチェコの首都プラハの北方、ポーランドやドイツの国境にも近いマレー・スバトニョビツェという小さな町でしたが、そのあたりはシラカバやトウヒの森が広がる丘陵地帯でした。住人たちはどの家にも小人が住み着き、妖精が森や野原のいたるところにいる、川にはカッパが住んでいる、山には魔法使いがいると、だれもがずっと昔から固く信じていました。どの小人も妖精もカッパも魔法使いも人には悪いことはなにもしなかったようです。もっとも、川で遊んでいる子どもを溺れさせるカッパや、カエルや石を雨がわりに降らせる魔法使いのように、度のすぎたイタズラをする困った連中もいたようです。それでも、住民たちは、ときにはこんな連中に腹を立てたりぶつぶつとこぼしたりしながら、長い年月、彼らと「共存」してきたわけです。

この童話の語り手、つまり作者のチャペックさんが、ありふれた日常の一コマのように淡々と小人や妖精、カッパや魔法使いを語っているのは、こういった連中と「仲よく共存」する環境の中で生まれ育ったことと密接に関係しているように私には思えます。

空想的でも超自然的でもない、言ってみれば、夢の中にでも出てくるような世界です。チャペックさんが机に向かいペンをとりちょっと現実の世界を離れると、つぎからつぎにすてきなおとぎ話が浮かんできたのだと思います。

たしかに、お姫様をさらうといった「度の過ぎた」いたずらをした竜はいましたが、この童話に出てくる小人や妖精、竜やカッパ、魔法使いは、燃えているかまどに人を放り込むといったとんでもない悪さや残酷なふるまいをだれひとりとしていません。これもチャペックさんが彼らと「仲よく暮らしながら」育った体験に基づいているのかもしれません。チャペックにとって彼らが残酷なふるまいをするなど、とても信じられないことでしたし、たとえ童話の世界の中にあってもあり得ないことだったのです。

このチャペックの童話集は、これまで日本では、一九五二年、すでに亡くなられた中野好夫さんが英語訳から重訳した「長い長いお医者さんの話」として知られています。この「長い長いお医者さんの話」は名訳なのですが、残念なことにもとの英語訳がチャペックの原作とはかなりかけ離れた「飛んだ」訳なのです。チャペックの原作の語りの味をできるかぎり日本語で表現したという思いもあり、このたび思い切ってチェコ語から翻訳しました。

この童話集「長い長い郵便屋さんのお話」の挿絵は兄のヨゼフ・チャペックが描いたものです。どの挿絵も実に楽しく見ているだけでわくわく、浮き浮きした気持ちになります。

表紙などの装幀は今回も和田　誠氏にお願いいたしました。ありがとうございます。

訳者紹介

栗栖《くりす》 茜《あかね》

1943年生まれ。東京医科歯科大学医学部卒業。

主な著訳書

著書 「がんで死ぬのも悪くはないかも」「登山サバイバル・ハンドブック」「低体温症サバイバル・ハンドブック」

訳書 「低体温症と凍傷　全面改訂第二版」「山でのファーストエイド」「アコンカグア山頂の嵐」(共訳) 「ひとつのポケットからでた話」「もうひとつのポケットからでた話」「カレル・チャペック戯曲集Ⅰ　ロボット / 虫の生活より」「園芸家の十二ケ月」「サンショウウオ戦争」など

ブログ　http://ameblo.jp/capek-kurisu/

海山社 Kaizansha

長い長い郵便屋さんのお話

2018年10月25日　初版

著　者　カレル・チャペック

訳　者　栗栖　茜

発行者　栗栖　茜

発行所　合同会社海山社

〒157-0044　東京都世田谷区赤堤3-7-10

URL http://www.kaizansha.com

印　刷　株式会社セピア印刷

ISBN978-4-904153-12-3　Printed in Japan